U0827846

欣梦享
ENJOY LIVING

二喜
Er Xi Works
著

中意你

love you forever

江苏凤凰文艺出版社
JIANGSU PHOENIX LITERATURE AND
ART PUBLISHING

图书在版编目（CIP）数据
中意你 / 二喜著. -- 南京 ： 江苏凤凰文艺出版社，2024. 11. -- ISBN 978-7-5594-9036-0
Ⅰ. I247.5
中国国家版本馆CIP数据核字第2024KH2955号

中意你

二喜 著

责任编辑 王昕宁
特约编辑 马春雪
装帧设计 青空·阿鬼
责任印制 杨 丹
特约监制 杨 琴
出版发行 江苏凤凰文艺出版社
南京市中央路165号，邮编：210009
网 址 http://www.jswenyi.com
印 刷 文畅阁印刷有限公司
开 本 880毫米×1230毫米 1/32
印 张 9.5
字 数 255千字
版 次 2024年11月第1版
印 次 2024年11月第1次印刷
书 号 ISBN 978-7-5594-9036-0
定 价 49.80元

CONTENTS

目录

surprise

♫正在播放《中意你》

0:52 5:20

第 1 章
相亲

跟秦琛相亲那天，苏沫正处于人生低谷。

低到什么程度？大概跟塔里木盆地似的。

和相爱七年的男友分了手，还被假闺密陷害，离开了工作十年的公司，她整个人的状态基本可以用一个词形容：浑浑噩噩。

窗外车水马龙，苏沫红裙惹眼，长腿跷着摇晃，嫩白脚踝上的铃铛随着晃动发出阵阵脆响。

秦琛坐在她对面，脊背挺直，眉目刚硬，神情肃冷，再加上他那洗到发白的黑色短袖和利落寸头，整个人的形象又糙又硬。

中间人给两人做介绍时十分殷勤，且专挑好听的说。

苏沫时不时应一句，全身透着慵懒，明显漫不经心。

中间人第 N 次嫌她不积极配合，用手捅她的腰时，她不甚走心地问了句："你身体怎么样？我这个人，对那方面要求挺高的。"

不鸣则已，一鸣惊人。苏沫话落，坐在她对面的男人太阳穴明显跳了跳。

下一秒，男人起身，片刻没停留，只冲中间人礼貌地微微点了下头，嗓音低沉道："赵姨，抱歉，我店里还有事，先走了。"

中间人面露尴尬，不好意思挽留，又想做最后努力："小秦，你看……"

后面的话还没说出口，秦琛已经迈开长腿，阔步离去。

苏沫用那双天生柔情似水的眸子扫了他一眼——腿挺长的，宽肩窄腰，有肌肉感，看得出，身体素质应该不错。

苏沫正看得出神，中间人一巴掌拍在她面前的餐桌上，颇有恨铁不成钢的意思："你说说，这是这周第几个了？"

苏沫回神，红唇扬笑，一双眸子水波粼粼："第十二个。"

中间人被她这抹笑晃了眼，愣了愣，反应过来后，故意板着脸说："你还好意思说！再有一个，都凑够十三太保了。"

苏沫唇角微动："哦。"

苏沫的相亲态度太过消极，与小县城里三十岁出头的未婚女性的婚恋观实在不相符。中间人的脸色难看了些："苏沫，这里不比你之前待的大城市，三十岁不结婚，是会被人戳脊梁骨的。说实话，我也就是看在我们两家是实在亲戚的分上，不然我真不愿意接你这个活儿……"

实在亲戚？中间人要是不说，她差点忘了。她跟这个中间人确实有那么点亲戚关系，听说，这中间人是她三姑奶二表哥家孙媳妇的堂姐。

这关系，是挺实在的。

中间人最后甩手走时，脸上全是薄怒。

中间人刚离开，苏沫放在桌上的手机就振动了两下，她低头看过去，屏幕上跳出一条好友的信息。

阮卉：都三个月了，你真不回来了？你真甘心在那种小县城里度过余生？

苏沫正想给发信息的人回消息，手机界面忽然蹦出一条好友申请。苏沫愣了一下，点进去，一个乌漆墨黑的头像映入眼帘，再看名字——秦琛。苏沫眼尾轻挑，没通过，而是给对方发了个拒绝的问号。

秦琛：180。

苏沫：什么？身高？

秦琛：**时长，分钟。**

这人是在回答她刚刚相亲时提出的问题。不过这个男人居然还会继续跟她联系，这一点，倒是让苏沫觉得挺意外的。要知道，刚刚相亲的时候对方的脸色可不是一般的冷，全程无笑，正经到不行，瞧着实在不像是这种会说浑话的人。当然，也不像是会喜欢她这种红颜祸水的人。

被男人一打岔，苏沫也忘了回之前的信息，站起身打车回了家。她刚一进门，揣在兜里的手机就响了起来。她掏出手机，看到屏幕上闪烁着“外婆”两个字，稍稍迟疑，知道躲不过，白皙纤细的指尖最终滑过屏幕按下接听键：“外婆。”

苏沫自知相亲失败，免不了又得听一顿唠叨，故而一开口语气便娇滴滴的，试图以此唤起电话那头老太太的疼爱。

谁知老太太根本不吃她这套，直接切入主题：“今天相亲相得怎么样？”

苏沫用指尖钩着发丝：“没成。”

老太太：“你又没瞧上对方？”“又”这个字，别有深意。

苏沫担心挨骂，话锋一转，委屈巴巴道：“哪儿能啊？今天这个特别优质，长得帅，身材也好，各方面我都挺满意的。”

老太太明显不信：“真的？”

苏沫红口白牙说着假话：“真的。”不过后面还跟着一句“但是”。

就在她准备把锅甩到秦琛身上时，老太太带着笑意抢了她的话：“正好，小秦对你也挺满意的，你加一下他的微信。”

常年玩儿鹰，最后却被鹰啄了眼。苏沫红唇微启：“好呀。”

老太太：“苏沫，你少跟我整幺蛾子。”

苏沫回答得干脆：“不能。”

苏沫因为打小在南方长大，话音自带几分江南水乡的呢喃软语，老太太听着，心里忽然一软：“你是不是还惦记着那个谁？”

“那个谁”，全名蒋商。

之前提起这个名字时有多甜蜜，现在提起它时就有多蚀骨灼心。

苏沫唇角微抿：“外婆，人家都结婚了。”

老太太：“该释怀了。”

难得出了名爱撑人的韩老太还会安慰人，苏沫心里酸溜溜的：“我知道。”谁知她心里的感动劲儿还没散，老太太就一盆凉水泼了下来：“你再不释怀，人家未婚妻都要显怀了。”

她就知道！

挂了电话后，苏沫起身走到冰箱前拿了一罐啤酒，倚着一侧的墙壁喝了两口，想到了什么，低垂着眼眸通过了秦琛的微信申请。

出于好奇，苏沫指尖滑动，点进了秦琛的朋友圈。一眼扫过去，苏沫忍不住“啧”了一声，除了偶尔几张为文身设计的图纸，一无所有。

还真是朋友圈如其人——无趣。苏沫红唇勾笑，正想退出，拿在手里的手机振动，秦琛给她发来了第二条信息。

秦琛：晚上有时间吗？

苏沫：怎么？试试？

苏沫这个回复赤裸又轻浮。很显然，她故意的，就是为了让他反感。

信息发出后，聊天界面半天没有动静。苏沫嘲弄轻笑，猜想对方大概是被她吓到了。不过她也无所谓，她本来也没想跟对方有结果。

一罐啤酒喝完，苏沫后知后觉地想起自己还有一条微信没回复，再次打开手机，给最开始给她发信息的人回了条信息。

苏沫：小县城也没什么不好。

阮卉：你甘心？

苏沫：甘心。

阮卉：你这是……被蒋商伤着了？

伤着了吗？那肯定是伤着了。恋爱七年，她连婚后三年抱俩都想好了，他却转头跟别人订了婚，缺德到冒烟的玩意儿。后来对方还发了什么，苏沫没看也没回，脱掉脚下的高跟鞋，白嫩脚趾踩着地面，迈步进了浴室。

再见到秦琛，已经是一个月后。

苏沫正在自己新开的小店门口倚着墙壁，边吃冰棒边接师母的电话，秦琛站在巷子口，被一个二十岁出头的小姑娘扇了一巴掌。看到这一幕，苏沫轻挑眼尾，她好奇心不重，但还是闻到了八卦的气息。

“沫沫，你到底有没有听到我说话？”

久久听不到她的回应，电话那头，师母的语气变得严肃。

苏沫“嗯”了一声，没了相亲时的妩媚妖娆，多了几分自持清冷：“师母，我听到了。”“那你是怎么想的？这个比赛真的不参加了？”

苏沫说：“含金量不高，没有参加的必要。”

“不是含金量高不高的问题，你到现在难道还没听懂师母的意思吗？你在这行的名声已经毁了，想重新回来，肯定要做出点什么成绩。这个比赛虽然含金量不高，但……”

“师母，我现在没有这个心情。”苏沫顿了顿，又补了句，“而且，我也没想过再回去。”

听到苏沫决绝的话，电话那头的人一声叹息，声音里满是难受：“如果你师父还在就好了，你也就不用受这份委屈。”

提起已逝之人，气氛变得沉重。苏沫浅吸一口气，不想继续这个话题：“师母，等我回蓉城去看你。”

挂断电话，苏沫还没从通话中回神，一道白色倩影突然出现在她面前，是刚才在巷子口扇秦琛巴掌的姑娘。

小姑娘泪眼婆娑，用手指着苏沫问站在不远处的秦琛：“是不是她？”

苏沫：啊？

见秦琛不说话，小姑娘越发恼怒：“你以为你不说话，我就认不出她吗？你手机里的那张照片明明就是她。”

苏沫：“什么照片？”

小姑娘闻声看向苏沫，在看清她姣好的面容和凹凸有致的身材后，眼眶红得越发厉害。

苏沫瞧在这姑娘身上问不出什么，便看向不远处的秦琛，再次语出惊人：“什么照片？秦琛，你不会是私藏了我的照片做坏事吧？”

秦琛跟她对视，眉峰轻蹙：“没有。”

苏沫：“是什么照片？”

秦琛沉声说：“相亲的时候赵姨给我发了一张你的生活照。”

苏沫：“哦。”原来如此。

既然解释清了，苏沫自觉没有继续待在这里的必要，收起手机，把吃完的冰棒棍扔进一旁的垃圾桶，踩着高跟鞋回了小店。

她开这家店，是为了强迫自己“朝九晚五”，避免自己越来越颓废堕落。店铺主营各种漆器家具摆件，每一件都贵得离谱，在这个人均工资三千的小县城，基本不会有人买。至于她为什么会开这么一家店，那是因为除了这门手艺，别的她也不会。

苏沫正边喝水边摆弄手机，小店的门被从外面推开，刚刚在门口质问秦琛的小姑娘唯唯诺诺地走了进来。

苏沫掀起眼皮，笑容娇媚：“有事？”

“我买东西。”

苏沫：“随便看。”

做生意嘛，顾客就是上帝。况且，她跟这姑娘之间也谈不上矛盾。

“这个多少钱？”小姑娘拿了个巴掌大的首饰盒问苏沫。

苏沫轻笑，红唇翕动：“一千二百八。”

听到苏沫的话，小姑娘的手忍不住抖了下：“多、多少？”

她一个月工资才三千八，这么小的东西卖一千二百八？

苏沫：“你是我开业以来第一个顾客，可以给你打个折。一千二百七十九怎么样？”

小姑娘倒吸一口气，她还以为跟之前在金域广场买东西似的，标价五千六，打折完后二百三呢。

其实在这姑娘进店门的时候苏沫就看出来了，这姑娘压根儿就不是来买东西的，而是来打探她的底细的。情窦初开的小姑娘，总以为拿捏了所谓的情敌，就能知己知彼百战百胜。这个想法，挺蠢的。

小姑娘为了面子强撑着，局促地站在原地没动，手里的首饰盒是拿着不是，放下也不是。

苏沫放下手里的水杯，若有所思，而后歪着脑袋看向她："你要不要来我这里打工？"小姑娘没反应过来："什、什么？"

苏沫笑着说："这样的话，你就可以监视我跟秦琛了啊。"

小姑娘：还能这样？

苏沫把小姑娘的心态拿捏得死死的，也不急，只说："你考虑考虑。"

说完，她转身刚放下水杯，身后的小姑娘脱口而出："工资多少？"

苏沫："实习期三个月，每月五百。"

小姑娘："五百？你一个小盒子就要卖一千二百八，你给员工一月五百？"小姑娘眼睛瞪得溜圆，愠怒地盯着苏沫，觉得她是在耍自己。

就在小姑娘准备跟苏沫大吵一架走人时，店门再次被推开，秦琛单手撑着门，高大挺拔的身影出现在门口："苏沫，你出来，我有话跟你说。"

苏沫的视线在两人之间流转，她实在舍不得这个送上门的"好员工"，眉眼含笑，风情妖娆："好呀。"

苏沫呢喃软语的时候让人骨酥。别说男人，女人听着身上都会不由得起一层鸡皮疙瘩。苏沫迈步出门，站在秦琛面前，用带了钩子似的眼神描绘着秦琛的轮廓五官。棱角分明，眉眼深邃，唇形略薄，按照老一辈留下来的说法，这种面相的男人招桃花、多薄情。

秦琛："我今年三十二。"

苏沫自然接话："我三十。"

秦琛低垂着眼眸看她，嗓音低沉磁性地问："结婚吗？"

苏沫闻言，眼尾微挑，笑得有些荡漾："秦师傅，我是通过了你的好友申请，不是通过了你的男友申请。"

秦琛点头，高大的身影笼着她："我知道。"

苏沫笑而不语，知道还这么问……

两人就这么面对面站了会儿，隔壁文身店一个二十出头的小黄毛探出脑袋：“琛哥，电话。”

秦琛声音肃冷：“嗯。”应承完，秦琛朝苏沫微微点头，转身就要离开。

苏沫看着他的背影，眼底闪过一抹揶揄，果然，越是看起来高冷自持的男人，骨子里越坏。苏沫正想着，余光扫到了自家店门内往外看的小姑娘。苏沫轻挑红唇：“秦琛。”

秦琛闻声回头：“嗯？”

苏沫：“过来抱我一下。”

秦琛蹙眉：“什么？”

苏沫嫌他磨叽，迈步上前虚抱住了他。软玉温香入怀，秦琛一只手下意识搂住了她的腰。细，不足盈盈一握。秦琛喉结滚动：“你……”

苏沫仰头，笑得像个活色生香的妖精：“交个朋友。”

秦琛：“好。”

拥抱过后，苏沫转身回了店里。

秦琛回头，没看到人，只看到一截摇曳生姿的杨柳细腰。

跟她预想的结果差不多，苏沫回到店里时，小姑娘的脸气得鼓成了包子：“我决定了，我要在你这儿工作。”

苏沫：“今天就开始？”

小姑娘：“嗯。”

在接下来的交谈中，苏沫得知小姑娘名叫双琪，今年二十六岁，大学毕业后去了一家外企工作，后来不适应那里的工作氛围，回了老家在自家酒店做前台。用她的话说，每月三千八，整天笑哈哈。她跟秦琛的感情纠葛，基本可以用一句话来形容：一见钟情，她追，他逃……

晚上下班时，苏沫给了双琪一把店里的钥匙，让她每天早上九点来开门。

双琪拿着手里沉甸甸的钥匙问：“那你呢？”

苏沫翘着纤细指尖："我啊，当然是睡到自然醒再来了。"

双琪："你就不怕我把你店里这些东西都倒卖了？"

苏沫："双琪，二十六岁，家住佳和小区，身份证号是……"

没等苏沫继续念，双琪直接打断："变态。"说完又小声念叨了句，"总有一天我会在琛哥面前揭露你的真面目。"

不等双琪在秦琛面前揭露苏沫的真面目，真正能揭露她真面目的人就出现了。苏沫刚拎着小羊皮手包走出店门，就跟站在马路对面西装革履的蒋商撞了个正着。看到蒋商的那一刻，苏沫微微眯了眯眼。

四个月的时间足以改变很多事。比如四个月前，两人还是圈子里有名的郎才女貌，一转眼，他就跟别人成了天作之合。一条马路，跟不可跨越的银河似的，让两人遥遥相望，止步当下。

不等蒋商朝她走来，苏沫脚尖一转，变了方向，进了隔壁文身店。

之前她把店开在这里的时候，并不知道秦琛就在隔壁。今天刚知道，就派上了两次用场。苏沫推门而入，里面坐着的几个男人齐齐朝她看过来，其中有一个，就是刚刚喊秦琛接电话的小黄毛。

"找琛哥？"

苏沫回笑："嗯。"

小黄毛："在二楼。"

苏沫："我直接上去？方便吗？"

小黄毛脸上堆着笑，嘴快咧到后牙槽了："方便。"

听到小黄毛这么说，苏沫也没多想。等到她一走，一楼几个男人炸了锅。

"那女人是谁？琛哥女朋友？"

"瞧着不像本地人。"

"皮肤可真白。"

小黄毛上前伸手在每个人脑袋上抽了一巴掌："找死啊。"

二楼的格局很简单，上楼梯后，左手边一共三个隔断房间。前两个门敞着，里面有人正在文身。第三个房间是秦琛的工作室，上面挂着一个木制小牌子，牌子上写了两个字：勿扰。勿扰？不好意思，她得扰他。

苏沫抬手敲门。

“进。”

苏沫推门前没想到会看到这样的一幕——男人裸着上半身正在换衣服，宽肩窄腰，肌肉纹理结实，荷尔蒙爆发……

秦琛没料到敲门的人会是苏沫，在看到她后，脸色微变，浓眉轻蹙，声音里带着丝丝寒意：“有事？”

苏沫客观评价：“身材不错。”看出秦琛神情有变，苏沫秉承着有求于人的态度老实地收回视线，“我需要你帮我一个忙。”

秦琛沉声问：“什么忙？”

苏沫：“假装我男朋友。”

最怕空气突然安静。苏沫的坦白从宽，换来的是秦琛审视犯人一般的打量。过了一会儿，秦琛转身，背对着她说：“不帮。”

苏沫愣住。秦琛会拒绝她这件事，完全在她意料之外。

看着他的背影，苏沫仅思忖数秒，提了一口气说：“那让你真的当我男朋友。”大不了明天就分手。

苏沫话落，秦琛头都没回：“我不喜欢被人利用。”

苏沫昧着良心说：“不是利用，是真交往。”

秦琛回身，他个子高，靠坐在身后绘图用的办公桌上低头看她。两人对视，苏沫娇笑着，心却是虚的。

秦琛目光犀利，嗓音森冷：“马路对面那个西装革履的男人，是你前男友？”

眼睛可真毒！苏沫没回答，算是默认。两人四目相对，有点暗暗较劲的意思。准确地说，是苏沫在暗暗较劲。

苏沫长得漂亮，再加上工作原因，也算是个“艺术家”，所以骨子里自带几分傲劲。她觉得秦琛这个人挺没意思的，明明想追她，但是让他帮个小忙，他却一口拒绝。不仅不给她面子，还撂她脸子。下一秒，苏沫拎着手包转身离开。不帮就不帮。

苏沫的高跟鞋踩在木质楼梯上，发出哒哒哒的声响。瞧见她下了楼，坐在一楼的几个男人齐刷刷转头看向她。苏沫宛若未见，碎花裙摆飘曳，从众人面前走过，只留下一缕香。

“这是……闹掰了？”

“琛哥真是铁石心肠啊。”

不等这人把话说完，就见秦琛沉着一张脸从二楼走了下来，一言不发地迈着两条大长腿阔步出了门。

“我说什么来着？琛哥放不下。”

“这姑娘，琛哥怕是追不上吧？”

苏沫从秦琛的文身店出来后，瞥了蒋商一眼，站在马路边等出租车。刚刚她气急攻心，没注意观察，现在仔细一瞧，发现这人瘦了一圈，虽然气质依旧，可眉眼颓唐，没了光。苏沫看蒋商的同时，蒋商也在看她。他儒雅绅士，如果不是那紧绷的下颔，她还以为他要成谪仙了，无欲无求、不悲不喜的。

两人对视间，蒋商迈步往苏沫这边走。苏沫捏紧了手里的包，想着待会儿等他过来，她就用这个包抽他。然而不等她实施，一辆出租车在她面前停下，后腰处落下一只大手，把她推进了车里，紧接着，推她的人也进了车。苏沫侧头，看见秦琛坐在她身侧，目光冷冷，嗓音中带了那么一点懒，跟司机说着：“去西胡同。”

西胡同，苏沫外婆家。苏沫下意识想拒绝，但出租车已经在行驶中，她心里还记挂着马路对面的人，转头用余光扫向窗外，红唇微抿。随着车开出一段路，车窗外的身影也渐渐缩成了一个点。

算了，回西胡同就回西胡同，反正她也好久没回去了。

苏沫回头，视线扫过秦琛，心里的气没撒到罪魁祸首身上，只能往他这个间接犯身上撒。她娇气轻哼：“你不是不答应吗？”

秦琛："我现在也没答应。"

确实，他现在也没说是她男朋友。苏沫被撑得无话可说。

接下来两人一路无言。眼看车就要抵达西胡同，苏沫打开手机扫码付钱。多付了五块，算是秦琛回去的钱。

"谢谢秦师傅送我回来。"

苏沫口不对心，嘴上说着道谢，却是一个多余的眼神都没给秦琛。

秦琛把她的态度看在眼里，不急不怒："客气。"

车停下，苏沫刻不容缓下车，刚走两步，就听到身后响起沉稳的脚步声。苏沫拧眉回头，看到秦琛高大的身影就站在她身后。

苏沫正欲开口质问，身后传来外婆韩金梅的声音："沫沫、小秦。"

听到这个声音，苏沫身子半僵，猜到秦琛今天大概会留下来吃晚饭。看到韩金梅身边还站着跟她比了一辈子的赵老太时，苏沫更确定了这个想法。

赵老太笑眯眯地问："这是沫沫的男朋友呀？"

韩金梅对秦琛满意："是啊，瞧着怎么样？"

赵老太："做什么的？"

韩金梅替秦琛回答："自己开店的，文身店，特别火，听说平时找小秦文身都得排队……"

赵老太撇嘴，也不知道信不信："是吗？"

韩金梅："你老了，不懂年轻人的这些东西。"

赵老太斜了她一眼，借着要做晚饭的由头离开，边走嘴里还边念叨："我老了，你没老吗？比我还大两岁呢……"

赵老太年纪大了，耳朵背，她自己常听不到别人说话，就以为所有人都是一样。可事实上相比于赵老太，韩金梅可以说耳聪目明。

听到赵老太编派自己，韩金梅作势就要上去跟她理论，被苏沫一把拦下。苏沫挽住她手臂说："外婆，晚上吃什么？"

被苏沫这么一拦，韩金梅想起来秦琛还在场，笑呵呵地换了一副慈爱面孔："红烧鱼、粉蒸肉、梅菜扣肉……"韩金梅跟报菜名似的报了一堆，最后看着秦琛说，"我问过媒人，说这些菜都是小秦喜欢吃的。"

秦琛点点头："谢谢外婆。"

秦琛这声"外婆"让韩金梅笑得合不拢嘴。苏沫听在耳朵里，看在眼里，忍不住翻了个白眼。这个场面搞得她好像是冬天滞销的大白菜，不仅甩卖，还得倒贴。

在这样看似"其乐融融"的气氛里，三人回到了家。一进门，苏沫就懒洋洋地窝在沙发里玩手机，秦琛则跟着韩金梅进了厨房。

苏沫玩了会儿手机，觉得百无聊赖，掀起眼皮看向厨房里秦琛殷勤的身影，眼睛眯了眯，给他发了条信息。

苏沫：**秦师傅，你这是对我一见钟情？**

收到苏沫这条信息的时候，秦琛正被韩金梅询问祖宗三代。秦琛掏出手机瞧了一眼，没回，只认真回答韩金梅的问题："我爸妈在我十六岁那年出车祸去世了，家里还有一个妹妹，今年十八岁。"

韩金梅闻言，满眼心疼："可怜的孩子。"

秦琛浅笑，不似面对苏沫时那般刚硬，有着晚辈的低姿态："还好。"

韩金梅问："那你这些年都是怎么过来的？"

秦琛坦诚地说："打工，当学徒，一点点积攒，直到现在。"

十六岁的半大孩子，在没爹没妈的情况下还要拉扯刚满两岁的妹妹，这种情形，不用经历，单单想想就知道多难。不过，心疼归心疼，该问的韩金梅还是要问，比如……

"小秦，你买房了吗？"

秦琛听得懂韩金梅的意思，如实回答："买了，两套，现在住着一套小一些的，大点的年初刚买，还没装修。"

听到秦琛说有房子，韩金梅一颗悬着的心落了地。不是她讲求物质，主要是谈婚论嫁的，没房子真不行，不然结了婚住哪儿？生了孩子后孩子住哪儿？总不能一辈子租房子。

苏沫的情况不比秦琛好多少，母亲在她三岁时患乳腺癌去世，父亲倒是活着，但跟死了没差别，二十七年里从没露过面，连通电话都没有。韩金梅出于私心，不想让她后半生再吃苦。

两人聊了几句，从厨房出来，端菜上桌，喊苏沫吃饭。

苏沫趿着拖鞋走过来，正准备落座，韩金梅拿起桌上的竹筷敲她的手："去洗手。"

苏沫皮肤白，又没来得及收回手，手背上留下了两道红痕。秦琛看在眼里，眉头本能蹙了下。韩金梅余光扫见他的表情，眉开眼笑。

苏沫去洗手间洗手，秦琛也去洗。老房子的洗手间本就空间逼仄，苏沫一个人站着都勉勉强强，秦琛再往里一站，更是显得拥挤不堪。

苏沫抬眼看他，眼中却没什么笑意："秦师傅。"

秦琛低头看她，喉结滚动："嗯。"

苏沫："你对我一见钟情？"不回信息，她就当面问。

秦琛睨向她，没否认："有点。"

苏沫甩甩手上的水，转过身微微仰头跟他对视，姣好的面容暴露在他眼前。"见色起意？"

秦琛："嗯。"

见他承认，苏沫轻笑："你倒是挺诚实。"

秦琛不卑不亢："没什么不诚实的。"

苏沫这会儿还怄着气，记着下午他不肯帮忙，拿了块毛巾擦干手说："可我不喜欢不顺着我的男人。"

拒绝的话说得直白，说完，苏沫迈步从秦琛面前走过。秦琛瞥了她一眼，忽然大手一伸扣住了她手腕。苏沫回眸抬头，眸子里仿佛盛满了水。

秦琛："怎么叫顺着你？"

苏沫："让你往东，你不往西……"说着，苏沫走到秦琛跟前，踮起脚时勉强到他鼻尖，用风情万种的语调说着极尽挑衅的话，"让你跪着，你绝不站着……”话落，苏沫把手腕从他手里抽离，转身迈步离开。

苏沫一走，空气里那股子甜腻劲儿没了，秦琛的神情恢复冷漠，仿佛刚才那一瞬的暧昧只是错觉。

苏沫从洗手间出来后，韩金梅笑眯眯地看着她眨眼：“怎么样？”

苏沫明知故问，不等秦琛上桌，用纤细好看的手指捏了颗盘子里的花生米送进嘴里：“什么怎么样？”

瞧着她这副懒洋洋又不上心的样子，韩金梅有些急：“当然是小秦那个孩子啊。”

苏沫：“哦。”

韩金梅：“‘哦’是什么意思？”

苏沫抬头，水眸含笑：“外婆，你觉得他怎么样？”

祖孙俩相依为命三十年，瞧她这样，韩金梅还有什么猜不到的？不过她不想纵着苏沫，板着脸说：“我觉得小秦那孩子挺好。”

苏沫笑吟吟的：“哪儿好？”

韩金梅：“长得帅，有自己的店，也有一门手艺，自己还买了两套房……”

苏沫眼睛眯笑：“这就算好呀？”

韩金梅反问：“不然呢？”

“可我现在也有自己的店，也有一门手艺，而且也有能力自己买两套房……”苏沫说的是实话，这些年她在外拼搏，一路坐到了大师傅的位置，手里确实存了不少钱。放在一线城市，这些钱或许不算什么，但是放在长乐这样的小县城，足够后半生衣食无忧。

听到苏沫这么说，韩金梅话锋一转：“你不会还惦记着蒋商吧？”

苏沫倏地皱眉，嘴里的花生米都不香了。打蛇打七寸，蒋商就是苏沫的七寸。两人就这么无声对峙，直到秦琛出来，僵局才被打破。

饭桌上，韩金梅又问了秦琛不少问题，从工作到生活，从社交到个人习惯，事无巨细，明晃晃的一百二十个满意。见苏沫不说话，韩金梅在餐桌下用脚踢她：“沫沫，你跟小秦介绍下自己。”

苏沫抬头，知道韩金梅这是在强行撮合她跟秦琛，心里不乐意，又不能当着外人折了老太太的面子，脸微微往秦琛那边偏了偏，眉眼弯弯，水眸里带了点若有似无的笑意："年龄三十，做漆器的，主做平遥推光漆器，偶尔也会做雕漆，彩绘也多少通一些，不是太拿手……"

苏沫确实是在做自我介绍，至于是真心还是假意，那就不得而知了。

秦琛拿起一旁的公筷给她夹了块排骨，深邃的眼眸直勾勾地看着她，不避不退："感情方面呢？能说说吗？"

哟，想知道的还挺多。

苏沫回看他，妩媚漂亮的眼睛里闪过一抹狡黠："可以啊。"

下一秒，苏沫把手里的筷子放下，身子往后一靠，穿着拖鞋的脚跷起来，白嫩的脚趾在桌下一晃一晃的："有过一个谈了七年的男友，对方是上市公司老总。我们感情很好，我很喜欢他，他也很喜欢我。"

秦琛面不改色："为什么分手？"

苏沫晃动的腿骤然停下，她挑眉看向他，眼神里带了点恶狠狠的味道："他联姻去了。"

秦琛："知道了。"

听完苏沫的讲述，秦琛表现得很平静，既没有表现出有所芥蒂，也没有与那样优秀的男人对比之后的自卑。

没看到自己想要的效果，苏沫有点不满意。她本想让他知难而退，这下可好，真成了讲述感情经历了。不过苏沫骨子里就不是个善茬，她翘着手指拿起果汁杯，状似无意地问："你呢？秦师傅？"

秦琛淡声问："感情？"

苏沫漫不经心地应："嗯。"

秦琛："没谈过恋爱，没恋爱史。"

苏沫不信："是没有，还是不想说？"

秦琛沉声说："真的没有。"

苏沫扬笑："那你跟我在一起挺亏的。"言外之意，祝你找到更好的。

话说到这份上，一般男人都会觉得面子上挂不住，因此萌生退意，但秦琛不是一般人。只听到他嗓音低沉且语气认真地道：“不亏，正好跟你学学经验。”

两人你来我往的，韩金梅在一旁看在眼里，高兴在心里。她看得出苏沫对秦琛暂且没有男女方面的意思，但她也看得出秦琛对苏沫很有好感。不管怎么说，两头挑子，有一头热总比两头都凉强。

饭后，秦琛主动承包了洗碗的活儿。

苏沫靠在沙发里端着一个果盘吃饭后水果，韩金梅戳了她一下，给她使眼色，示意她看厨房：“现在去哪儿找小秦这么勤快的男人啊？”

苏沫不以为然：“有本事有能耐的男人不好找，四肢健全、能干家务的男人有的是。”

韩金梅：“能干是一回事，肯干是另一回事，你以为所有男人都会在婚后分担家务？”

苏沫咬了一口指尖掐着的草莓：“既没本事主外，又不愿意主内，我为什么嫁给他？他是救过我的命？”

韩金梅瞪了她一眼，刚想说她两句，秦琛收拾完厨房走了出来：“外婆，厨房都收拾完了，时间不早了，我就不打扰了。”

韩金梅是真喜欢秦琛。秦琛虽然瞧着性子硬了些，但从细节来看，应该是个知冷知热的人。她有心撮合两人试试，所以一把夺过苏沫手里的果盘，笑呵呵地说：“正好，沫沫也要回去，小秦，你们俩一起走。”

从西胡同出来，被强迫回家的苏沫和秦琛并肩走着，昏黄的路灯把两个人的影子拉得颀长，一高一低，一刚一柔。明明是两个不相干的人，影子靠在一起，倒是生出几分旖旎。

苏沫没有吊男人的嗜好，她用余光瞥了他一眼，高跟鞋踢着脚下的小石子，直白地说：“秦琛，我不喜欢你这种类型。”

秦琛闻言止步：“我哪种？”

苏沫笑起来：“闷骚的。”

秦琛眉眼低垂，眉峰微蹙：“那你喜欢哪种类型？”

苏沫似笑非笑，说出的话不辨真假：“明着来的。”

苏沫觉得，秦琛对她应该就是单纯的见色起意，没多少耐心。毕竟一个相亲对象而已，又没什么感情基础，不过就是瞧着她漂亮，所以才多了几分兴趣。她向来美而自知。

如苏沫所料，秦琛没再说话。

苏沫往前走了两步，恰好遇到一辆出租车，她往后瞥了他一眼，最后什么都没说，弯腰上了车。不喜欢就别给希望，希望相对应的是失望。

秦琛目送她离开，而后掏出手机拨了一通电话出去，声无起伏地丢下四个字：“过来接我。”

几分钟后，一辆不算起眼的汽车停在他面前。车身上全是灰，也不知道多久没洗了，文身店里的小黄毛从驾驶位上下来，嬉皮笑脸地跟他打招呼：“琛哥。”

秦琛：“嗯。”

秦琛向来一副面无表情的扑克脸，所以小黄毛瞧见他这副不冷不热的模样，也没放在心上：“琛哥，今天怎么样？我看你跟隔壁店的老板娘上了一辆出租车。”

秦琛迈步上车：“没怎么样。”

小黄毛全名叫邱正，听到秦琛的话，表情有些古怪：“啊……”

秦琛闻声，斜眼去瞧他。邱正被他瞧得心虚，用手挠着后脑勺：“琛哥，你别怪我说话不中听，那老板娘瞧着跟咱就不像是一路人。”

他们就是一群糙老爷们，那老板娘多娇啊，走路都摇曳生姿的，一看就不是一般男人能追得上的。见秦琛锁着眉没说话，邱正没敢再多说，一溜烟去了驾驶位。

苏沫抵达小区后，刚付完钱下了车，门卫大爷就喊住了她，从里面搬出来两个大箱子。“你朋友放在这儿的，说是你的东西。”

苏沫挑眉：“我朋友？”

她打小话少，在长乐县压根儿就没什么朋友。直到后来去了蓉城，有了一番成就，她才慢慢放开自己。

看出她的狐疑，大爷解释说：“是一个帅帅高高的男人，戴着一副眼镜，瞧着文质彬彬的，但是很有派头，一看就不是一般人……”

大爷边说边回忆，忽然听到“刺啦”一声，低头看去时，苏沫已经蹲下身用钥匙划开了箱子。箱子打开，里面的东西裹着回忆扑面而来，苏沫眯了眯眼，想骂街。

她起身拍了拍手，抬头看向门卫大爷，笑着说：“大爷，这些东西您看看有没有您需要的，如果没有，劳烦您帮忙搭把手，把它们扔了吧。”

箱子里装了不少东西，有这些年蒋商送给她的礼物，还有当下这个季度的名牌包包和衣服。东西都是她喜欢的，可惜，人不是了，所以连带着那些东西都失去了本该有的光彩。

门卫大爷诧异地看了她两眼：“这些东西都不要了？”

大爷不认识名牌，但识货。箱子里这些东西一看就价值不菲，再加上下午留下这些东西那个男人气场强大，大爷还有什么猜不到的？

苏沫：“对，都不要了。”

大爷有些不太敢拿，怕万一苏沫后悔了，回头找自己麻烦。

瞧出大爷的想法，苏沫笑吟吟地说：“您不要就帮我扔进垃圾箱，感激不尽。”说罢，也没等大爷回话，朝大爷留下感激一笑，踩着高跟鞋离开了。

回到家，苏沫刚进门，放在包里的手机就振动起来，她拿出来瞧了一眼，唇角勾起一抹笑。

秦琛：我考虑了下，还是想跟你试试。

苏沫：你还挺执着。

秦琛：试吗？

苏沫：不试。

他那张脸长得确实好，可惜，她现在没这个心情。

秦琛久久没得到回复，人靠坐在沙发里，眉眼冰冷。

正在厨房里忙碌的邱正和秦绿见状，对视一眼，秦绿小声问邱正：“我哥怎么了？”她长这么大，还没见她哥这样过。

邱正：“求爱不成。”

秦绿闻言眼睛一亮：“我哥有喜欢的女孩子了？”

兄妹俩父母早亡，秦琛为了把秦绿拉扯大，又当爹又当妈，三十二岁了还没结婚，秦绿一直都觉得是自己耽误了他。这会儿听到秦琛有了喜欢的人，秦绿心里不知道多高兴。

瞧见秦绿这么高兴，邱正扯了下嘴角：“别高兴太早。”

秦绿：“为什么？”

邱正：“那个人……唉……”

想到苏沫，邱正不知道该怎么评价。她好像没什么不好，甚至漂亮得出奇，可就是因为太漂亮了，瞧着就不好追。以前他对“红颜祸水”这个词没有概念，可自从认识了苏沫，瞧见连他们家老大这棵万年铁树都开了花，他就明白了。

见邱正欲言又止，秦绿推他：“你倒是说啊。”

邱正愁得挠头发：“反正就是，那姑娘不是琛哥追得上的……”

追不上？是有多难追？邱正这话不仅没打消秦绿的积极性，反倒是勾起了她的兴趣。所以第二天，秦绿一番乔装打扮，出现在了苏沫的店里。秦绿来时，苏沫还没到，接待她的人是双琪。秦绿随手拿起一个小饰品盒问多少钱，目光却在店里游移。

双琪瞧见她拿的就是昨天自己拿的那款，顿时怒从心上起，恶向胆边生：“一千五。”

秦绿咋舌：“多少？”

双琪心里憋着气，想着干脆把苏沫的店搅黄算了。她提着一口气，正想再次狮子大开口，门口风铃响动，苏沫踩着高跟鞋，穿着一身咖啡色缎面吊带裙款款走来。

这一瞬间，秦绿心想：这是真追不上啊，可也是真漂亮啊……

秦绿喜忧参半，还没捋清是喜多还是忧多，店门再次被推开，秦琛阔步走了进来。

苏沫听到动静，回头，唇角一勾，笑意盈盈地道：“秦师傅，有事？”

苏沫自认为昨晚跟秦琛说得已经够清楚了，今天他还在这儿出现，不免有死缠烂打的嫌疑。苏沫不喜欢这种明知没结果还保持暧昧的关系，挺没劲的，正欲说点什么彻底断了他的念头，就见他的目光从她身上擦过，落在不远处的女孩身上。

秦琛板着脸说：“回去。”

被他这么一吼，女孩顿时小脸通红，放下手里的东西，缩着脖子，战战兢兢地挪着小碎步离开了。

见状，苏沫双手环胸，轻挑了下眼尾。原来不是找她啊。也是，昨晚她把话都说到那份上了，他要还来，脸往哪儿搁？

秦琛朝苏沫微微点头，算是打过招呼，也跟着阔步离开。

两人一走，双琪疾步上前，眼睛都快跟着秦琛飞出去了，还不忘问苏沫：“那个女孩是谁？”

苏沫扬笑，红唇勾起：“你问我？”

双琪：“他除了你还有别的女人？”

苏沫：“男人嘛，一般也就是看着正经。”

双琪气得脸鼓成了包子，不过转念一想，还是苏沫更具有威胁力，看着她说：“我不管别人，只盯着你。”

苏沫轻笑，不以为然：“好呀，琪琪。”

秦琛把秦绿拎出去后，打了辆车送她回家。

秦绿被强塞进车里，趴在窗户上眼巴巴地看着他：“哥。”

秦琛冷声道：“以后不准再来。”

秦绿满眼期盼：“那位漂亮姐姐会是我嫂子吗？”

秦琛没看她，从兜里掏出零钱塞给司机："师傅，开车。"

司机收了钱，一脚踩下油门。待车走远后，秦琛再次看向苏沫的小店。会是吗？谁知道呢？

苏沫并没有被早上的插曲影响心情。她吃过早餐，就拿着一本书，半躺在靠近落地窗的摇椅上翻看。整个人懒懒散散的，有种说不出的美感。书刚翻看到第三页，放在手跟前的手机一阵振动。苏沫垂眸，屏幕上跳出一条信息——

阮卉：蒋商昨天去看你了？

这个圈子还真是一切如故，一丁点小事都藏不住。

阮卉：昨晚他那个未婚妻给了他一个下马威，啧啧啧，不愧是豪门千金，那个气场！

苏沫瞬间来了兴趣，秉持着看热闹不嫌事大的心态，拿起手机发了个问号过去。对方也不卖关子。

阮卉：听说直接把蒋商踢出了一个合作项目。

苏沫：呵。

阮卉：你真不回来了？

苏沫：不。

对方久久没回话，之后，发来了一条新消息。

阮卉：蒋商的婚礼提前了，后天！

说罢，对方还给她发了一张蒋商的朋友圈截图。

本人于七月六号在海天酒店举行婚礼，诚邀到来，敬请光临。

配图是一张婚纱照。

苏沫瞥了一眼，唇角掀起一抹轻嘲。

这之后，苏沫看似一切如常，实际上整个人比平常更加懒散，连午饭都没吃就拎着她的小包回了家。苏沫心不在焉，所以没看到隔壁落地窗内，一个高大的男人坐在高脚凳上，一脚踩着地面，一条腿微屈，正目光深邃地盯着她离开的背影。

男人拿着手机，屏幕上是一条已读未回的信息——

师兄，那个蒋商后天结婚。

回到家后，四下无人，苏沫也懒得再伪装，甩掉脚下的高跟鞋，直接走进卧室，整个人倒在了床上。没有什么是蒙头大睡一场解决不了的，如果有，那就睡两场。闭上眼，苏沫抿了下唇角，眼泪猝不及防地滑落。

说不难受是假的。付出了七年的青春和热情，一颗心全扑在那个人身上，最后得到的却是这样一个结果，换谁谁不难受？一个人能有几个七年？

但苏沫骨子里是个要强的人，心里再难受，嘴上也半点不肯承认。她在床上翻了几次身，浑浑噩噩地睡了过去。等到一觉醒来，窗外已经是黄昏。她呆愣地在床上坐了会儿，胡乱抓了抓头发，起床洗漱，又化了个美美的妆，然后出了门。

人越是 emo，就越得积极起来，不然会被那种窒息的情绪活活溺死。

小县城没什么夜生活，苏沫溜达了一圈，只在一个不起眼的巷子里发现了一家酒馆。她踩着高跟鞋迈步往里走，酒吧内灯光昏黄，只有一排木制吧台，加几套整齐有序的木制桌椅，倒是能瞧出几分清吧的意思。

苏沫径直走到吧台前坐下。调酒师是个三十岁左右的男人，瞧了她一眼，又转头看了眼身后的挂钟，诧异之余倒也镇定自若。

苏沫挑眉："不营业？"

男人脸上扬起一抹笑："营业，只是我开酒馆这么久了，还没接待过这么早来的顾客，抱歉。"

苏沫玩笑道："没人失恋？"

男人："也有，不过一般都是半夜吃饱喝足了才来。"

听出男人的弦外音，苏沫点点头："懂了，别人都有朋友陪。"

大多数人都是在外面吃饱喝足，转场之后才来的这里。照这样估算，最早也得九点以后。像她这种直奔酒馆来喝酒的，在这个小县城怕是少之又少。

谈话间，男人调了一杯酒递到苏沫面前：“请你的。”

苏沫接过酒，红唇勾笑：“不用，我自己买单。”

酒馆里放着轻音乐，苏沫跟男人有一搭没一搭地聊着天。从聊天中，苏沫得知男人不是本地人，他之所以在这里开酒吧，是为了等一个人。

苏沫弯着唇角笑了笑：“女人？”

男人没否认：“嗯。”

苏沫：“挺痴情。”

男人问：“那你呢？”

苏沫慢悠悠地说：“我啊，被人甩了。”

男人脸上的错愕一闪而过：“你被人甩？”

苏沫扬笑：“不像吗？”

男人如实回答：“确实不像。”

苏沫是那种美得很张扬的女人。这样的女人，确实不像是被甩的一方。看出男人的想法，苏沫没说话，唇角噙着笑，继续喝酒。接连三杯酒下肚，她开始有些头晕，刚准备掏出手机扫码结账，手机屏幕上蓦地跳出一条信息。

阮卉：**蒋商那孙子给你发了请柬。**

离开酒馆时，老板问她要不要帮她叫车，苏沫没回头，抬起一只藕似的胳膊朝他摆了摆手。走出酒馆，苏沫在巷子里走了几步，眼看就要出巷子了，忽然在路边看到一个熟人。秦琛依旧穿着他那件洗到发白的黑色半袖，微弓着背靠着墙壁，在灯光的映照下，脸部轮廓越发硬朗。

苏沫盯着他看了几秒，不由得轻挑眼尾。不得不承认，秦琛的皮相确实是一顶一的好。这种男人放在相亲市场上，哪怕只看脸，也会有不少女人蜂拥而至。这样的人怎么还是单身？是他入不了对方的眼，还是对方入不了他的眼？想来应该是后者可能性更大。

苏沫借着酒劲看得出神，缓过劲儿来后只当互不相识，继续迈步。眼看两人就要擦身而过，秦琛忽然低沉着嗓音开口：“我送你。”

苏沫闻声回头，确定他是在跟自己说话，唇角勾了勾，似笑非笑。

秦琛：“这儿不好打车。”

苏沫：“秦师傅这是日行一善？”

秦琛看着她没答话，但显然不是。两人对视了一会儿，苏沫忽地一笑，也没矫情，把手里的包递给他，踩着高跟鞋绕过车身走向副驾驶座。秦琛没吭声，拿着包转身上车。

两人一路无言，直到车抵达苏沫住的小区，秦琛下车给她开车门，她才含着盈盈笑意说了句：“你怎么知道我住这儿？”

秦琛一本正经地说：“之前相亲的时候中间人说过。”

苏沫瞧着他，双手环胸，似乎是在琢磨他这句话是真是假，半点没有要下车的意思。

看着她微醺的眸子，秦琛沉声开口：“你喝醉了。”

苏沫盯着他：“所以呢？你想乘人之危？”

秦琛：“没有。”

苏沫：“你猜我信不信？”

秦琛蹙眉。

两人就这么僵持了十分钟，苏沫弯了弯唇角，率先下了车。苏沫走在前面，秦琛在后面跟着。

眼看就要进小区，苏沫一个转身，朝秦琛伸手：“包。”

秦琛上前，把手里的包递给她。

苏沫轻抬下颌，脸上没了笑，一副高高在上的姿态：“秦琛，我想我已经跟你说得够清楚了，我不喜欢你。”

秦琛低头看她：“知道。”

苏沫浅笑：“既然知道，你这是在做什么？”

秦琛长得高大，眉眼间自带几分与生俱来的压迫感，说起谎来也是面不改色："不是你自己说做朋友？"

苏沫早把这事儿忘了，如今听到秦琛这么说，也懒得争辩，点了点头："行。"说完再也没理他，转身离开。

她刚走出两步，放在包里的手机忽然响了起来。她掏出手机按下接听键，电话那头，这段时间一直给她通风报信的阮卉道："沫沫，蒋商的婚礼你去不去？"

苏沫丢下轻飘飘的两个字："不去。"

阮卉："行，我听说叶冉要去，你不去也好，省得你看到她感到晦气。"

叶冉，就是那个陷害苏沫偷盗他人作品，让她不得不离开了工作十年的公司的塑料姐妹。

听到阮卉的话，苏沫话锋一转："我去。"

阮卉惊呼："你疯了？"

苏沫："没疯。"挂断电话，苏沫转头看向秦琛，目光在他的脸颊和身上游走，而后灵光一闪，往秦琛跟前走近了些："秦琛，大家都是成年男女，我们坦诚点。"

看着面前仿佛洞察一切的人，秦琛眸中一片暗色。

苏沫踮起脚，在他耳边吐气如兰："帮我个忙，我就考虑跟你交往，好不好……"

苏沫声娇音柔，几个字念得百转千回，秦琛下颌紧绷，在她靠过来的时候下意识环上她的腰。

见秦琛许久没有表态，苏沫笑吟吟地说："不想答应？"

秦琛脑子里的弦突然绷紧："什么忙？"

苏沫的眉眼弯出好看的弧度："假装我男朋友。"秦琛皱眉。

瞧出他想拒绝，怕上次的历史重演，苏沫故意挑衅："秦琛，你不会是不敢答应吧？"

时间一分一秒过去，就在苏沫打算放弃时，秦琛冷声开口："假的？"

苏沫顿时挑眉：“不然呢？”

秦琛道：“不行！”

苏沫笑了：“那你想怎样？”

秦琛嗓音低低沉沉地道：“来真的，直到你有了真正喜欢的人。”

他竟想用这种方式把她捆在身边！

苏沫心中戏谑，直接戳破他的心思：“秦师傅，你不会以为时间久了我就会对你有感觉吧？”

秦琛面色冷硬：“不会。”

苏沫轻笑：“那就好。”

反正不管他是什么想法，她想抽身的时候都会及时抽身。

协议达成，苏沫给了他一个漫不经心的眼神，转身带路。秦琛心领神会，抬步跟上。从上楼到进门，两人始终保持着一段安全距离。

房门一关，不等苏沫抬手开灯，整个人忽然从后面被拥住。男性气息袭来，苏沫本能战栗，指尖掐上秦琛环在她腰间的手臂。

秦琛哑着声音在她耳边质问：“谁教你的？谁教你用这样的方式换取帮助，嗯？”

苏沫这会儿慌张又害怕，却仰头借着窗外的月光看着秦琛，借着酒劲儿蓄意报复：“我向来如此，跟你有什么关系？”

秦琛眸色暗得发沉。

苏沫现在就只剩这张嘴厉害，然而旁的话还没说出口，下颌就被秦琛的大手捏住，灼热的吻随之落下……

第 2 章

纠缠

从苏沫家出来，秦琛才发现外面在下雨。不是那种倾盆大雨，但足以把人淋湿。他站在单元楼门口，脑子里忽然闪过刚刚在楼上的画面，牙根一紧。过了一会儿，看着门外雨势渐小，秦琛准备离开，刚迈开步子，揣在兜里的手机突然振动了几下。

他掏出手机，屏幕上跳出一条信息：**小商要结婚了，你不回来吗?**

夜色已深，手机屏幕的光在这种环境里显得尤为亮。秦琛低头瞧了一眼，神情淡漠，没回复，没删除，直接把手机重新揣回了兜里。

四十分钟后，秦琛开车回到家。虽然已经避过雨，但身上还是被打湿了些。开门后，坐在客厅沙发上看电视的秦绿和邱正齐齐朝他看来，在看到秦琛身上的水迹后，秦绿忙不迭地起身去给他拿毛巾。

秦琛接过，边擦拭着微湿的头发边说：“你们俩吃饭了吗？”

两人整齐摇头，明摆着是在等投喂。

秦琛：“我换件衣服给你们俩做饭。”说完，秦琛丢下毛巾进了卧室，走到衣柜前拿了干净衣服，刚脱下身上的黑色半袖，卧室门突然被从外面推开。眉峰骤然蹙起，他向来不喜欢别人闯入自己的私人领域。

邱正在他身后倒吸一口凉气，惊愕出声：“琛哥，你后背……”

秦琛转头："什么？"

邱正脸上泛起不自然的红："有指甲挠痕。"

邱正今年二十出头，虽没谈过恋爱，却是该懂的都懂。秦琛背后那挠痕，一看就是女人挠的。邱正脑海里忽然冒出一个人，隔壁漆器店的老板娘。他被自己这个想法吓了一跳，赶紧摇头。

不可能，绝对不可能！隔壁店老板娘多身娇体贵的一个人，一看就跟他们这些人不是一路人，何况前两天琛哥刚在她那儿吃了闭门羹。

邱正满脑子胡思乱想的时候，秦琛也注意到了身上的挠痕，不仅后背有，手臂上也有，肩膀上还有被她咬过的痕迹。

秦琛："管好自己的嘴，别跟秦绿乱说。"

邱正回过神，嬉皮笑脸地问："琛哥，是谁？"

秦琛："没谁。"

邱正不信，往前凑："是不是'大漂亮'发廊……"

秦琛："不是。"

邱正开始乱猜："那是中街开花店的冯姐？"

秦琛不耐烦地回应："不是。"

邱正："那还有谁？最近应该没了啊，之前的都被你的一张臭脸吓走了，总不能是隔壁老板娘……"

秦琛板着一张脸："为什么不能是她？"

邱正自然接话："因为感觉她压根儿不可能瞧上咱们这种人啊！隔壁老板娘一看就是那种娇滴滴、需要被人时时刻刻捧在手心里的女人，而且一看就不缺人追，还是不缺精英男的那种，咱们……"邱正说着，见秦琛正讳莫如深地盯着他看，脑袋"嗡"地一下，后知后觉反应过来什么，"不是……琛哥，该不会真的是隔壁老板娘吧？"

秦琛没回答，转过身冷声说："出去，我换衣服。"

邱正："琛哥……"

秦琛："别让我说第二遍。"

邱正灰溜溜地出了门，秦琛却没立即换衣服，而是转身走到床边，拿起随意扔在上面的手机，打开微信，点进置顶头像，给那位娇滴滴、需要被人捧在手心的老板娘发了条信息：睡没？

苏沫收到秦琛这条信息的时候，人正趴在被窝里跷着白嫩脚尖看剧。恐怖片中，女鬼如墨的瞳孔里蓦然流下两行血泪，搭配上她那张苍白的脸，真有点毛骨悚然的意思。苏沫正看得投入，屏幕顶端突然跳出一条信息。她扫了一眼，嘴角轻扯，没回复。这么腻腻歪歪干什么？那是热恋期的小情侣之间才该有的状态。她没回复，秦琛那边也没再问。

次日醒来，苏沫只觉得身上都有一种不容忽视的难受。

苏沫洗了脸，正画眼线呢，扔在跟前的手机铃声倏地响起，手被吓得抖了下，好在她技术过硬，没有翻车。

电话是双琪打来的，苏沫这边刚说了声“喂”，便听到双琪难掩激动地说：“苏沫姐，大单！”

苏沫很是漫不经心：“嗯？”

双琪：“有人要买你的漆器首饰盒，还想订一批家具，出价一百万！”

双琪以为苏沫会跟她一样兴奋，谁知道苏沫只是“啧”了一声，笑着说：“首饰盒加一批家具，出价一百万？他们怎么不去抢？”

双琪：“是不是给得特别多？”

苏沫：“太少！”

双琪一脸惊愕。

苏沫：“三百万，问他们要不要，要的话我现在就过去，不要的话就算了。”

双琪在长乐县长大，除了念大学那几年去了省会城市，其他时候根本没离开过长乐县，哪里听过这样的高价：“三百万？”

苏沫轻笑着，出手很是大方：“谈成了给你五万提成。”

谁会跟钱过不去？双琪兴冲冲地说：“一定不辱使命。”说完立马挂了电话。

苏沫化完妆从洗手间出来时，双琪的电话再次打了过来。

苏沫拿着牛奶去厨房用微波炉加热，然后倚着橱柜笑问："谈成了？"

双琪亢奋地回应："你怎么知道？"

苏沫："我二十分钟后到。"

挂了电话，微波炉里牛奶恰好加热完，苏沫慵懒地迎着窗外的阳光喝完牛奶，把杯子扔进洗碗机，换了件长裙出了门。

打车到了漆器店，苏沫刚下车，就看到店里站了两个人。身材高挑的女人背对着她，苏沫看不到对方的脸，但她认得那个男人——蒋商的助理，关川。如此一来，女人的身份也不难猜。看对方的身段和穿着，大概率是蒋商那位未婚妻的手下。

苏沫踩着高跟鞋进门，伴随着一阵清脆的风铃声和双琪难掩欣喜的招呼声，站在店里的两人齐齐回头。关川跟苏沫很熟。在苏沫跟蒋商分手之前，关川没少代蒋商给她送礼物。如今再见，双方心态都不错，没表现出多少尴尬，还彼此颔首打了招呼。

"苏小姐。"

苏沫笑意吟吟："关助理。"

关川说："蓝总想在你这边定制一套结婚用品。"

蓝总，全名蓝茜，蓉城蓝氏集团的千金，如今在蓝氏身居高位。

苏沫莞尔："随便看。"

关川问："可以单独定制吗？"

苏沫没表现出丝毫不悦："想要独一无二？"

关川点头："对。"

苏沫倏地一笑："可以。"说罢，话锋一转，"不过得加钱。"

这事儿关川做不了主，转头看向站在一旁的女人："李助理。"

女人闻声蹙眉："三百万还不够？"

苏沫："普通的款式够，定制就不够。"想恶心她，一般情况，三百万足够了。加倍恶心，那就是另外的价钱。

女人显然也做不了主，朝苏沫点了下头，走出店门去打电话了。

瞧着女人离开，苏沫走到收银台前把手包放下，轻抬眼眸看向关川问："关助理，喝茶吗？"

关川向来行事谨慎，这会儿自然拒绝："不用，谢谢。"

苏沫回以浅笑，带有几许轻嘲。

看着苏沫明晃晃的笑脸，关川有些不自然，有种被看透心思的窘迫感。好在他也是经历大风大浪的人，不至于露怯。

五分钟后，女人回来，走到收银台前直白地问苏沫："私人定制得多少钱？"

苏沫说："起码四百万。"

女人从兜里掏出一张三百万的支票推到苏沫面前："蓝总说她出五百万，这三百万是订金，交货付尾款。"

苏沫垂眸扫了一眼支票，敛笑收起："可以。"

女人说："我们蓝总的意思，要做寓意百年好合的款式，其他随苏老板发挥。"

苏沫微笑："好。"

买卖谈得痛快，苏沫亲自送两人出门。临走前，关川脚下步子稍顿，用仅两人能听到的声音跟苏沫说了句"对不起"。苏沫双手环胸，仿若没听到。"对不起"才值几个钱？况且，他一个听人摆布的打工人，能做什么主？这声"对不起"怎么着都轮不到他来说。

目送两人开车离开，苏沫转身往回走，刚走两步，就瞧见隔壁店里秦琛正坐在门口落地窗的位置。他跟前站了个女人，短裙，大波浪，烈焰红唇，一套装扮野性十足。

苏沫盯着秦琛瞧了会儿，他似有所感，也转头朝她这边看了过来。两人四目相对，苏沫的唇角勾起一抹玩味的笑。

她掏出手机发信息。

苏沫：秦琛，我没有跟别的女人共享一个男人的嗜好。

落地窗内，秦琛看着手机皱起了眉。

秦琛：不会。

点到为止。看到秦琛的微信，苏沫笑了笑，收起手机，踩着步子进了店门。双琪盯着苏沫，眼睛里的崇拜不加掩饰。如果这会儿是深夜，苏沫觉得她这双眼估计会泛绿光，在某个瞬间，跟她昨晚看的那个恐怖片主角挺像的。

苏沫倚靠在椅子上，问："微信转你？"

双琪眨眼："五万？"

苏沫掏出手机，指尖在屏幕上点了点，轻启红唇："七万五。"

双琪不可置信，直到手机上真的收到苏沫的转账提醒，才相信自己不是做梦，脸上的神情一秒经历了七十二变，复杂，纠结，矛盾。

最后，双琪攥着手机扭扭捏捏对苏沫说："你别以为我收了你的钱，就不会再看着你。我跟你说，我的爱情是不能用金钱买卖的。"

苏沫轻笑："那你把钱还我。"

双琪闻言把手机藏到身后："不可能。"

苏沫压根儿也没想真的跟她要钱。她用指尖戳着手机点了两杯咖啡。过了一会儿，咖啡送到，苏沫递给她一杯，双琪接过时问道："你这些东西真的这么值钱啊？"一单生意五百万，比她家的酒店都赚钱。

小县城没什么高档咖啡，基本都是速溶的。苏沫拿起咖啡杯抿了一口，微微拧眉，心里下决定过两天在店里买个咖啡机。"不值那么多。"

双琪："啊？"

苏沫大大方方地说："刚刚来的那两个人，一个是我前任的助理，一个应该是我前任未婚妻的助理。"

双琪大跌眼镜："啊？"

苏沫："故意来恶心我的。"

双琪愕然。

苏沫倏地一笑："你以为我是什么国家级的大师吗，这点东西就卖五百万？”

双琪哑然，一时间不知道该如何接话。这一瞬间，双琪忽然有点同情苏沫。

看出双琪眼底的同情，苏沫轻挑眼尾，打趣她：“忘了我是你的情敌了？”

双琪：很好！她内心那点同情顿时没了！

苏沫这个人有个很大的优点，就是感情和工作向来分得开。既然接了这个订单，就在力所能及的情况下做到最好。她当初之所以从蓉城回长乐，也不单纯是因为感情受伤，很大一部分原因是身心俱疲。太多乱七八糟的事情交织在一起，让人陡然升起一些叛逆情绪。

做漆器前，首先要着手绘图，苏沫整整一天都在设计图纸。接近黄昏，她坐起身伸了个懒腰，发现手机屏幕上有几条未读信息。她工作太投入时就会忘我，连“我”都忘了，何况是手机振动。

苏沫拿起手机，懒懒散散地往后靠进座椅里，解锁屏幕看信息。一条是师母发的，问她什么时候回蓉城，想跟她见一面。一条是阮卉发的，跟她告密叶冉是蒋商婚礼的伴娘。前两条苏沫都没回复，修长白皙的脖子向后抻了抻，形成一道美丽的弧，权作放松，而后她直接点开了最后一条。

秦琛：**晚上有时间吗？**

苏沫轻挑眼尾，指尖在屏幕上散漫地打了个问号发过去。秦琛那边没立即回复，苏沫往门外看，恰好能看到隔壁文身店亮起的灯光，猜他大概是有客户。

过了一会儿，手机振动。

秦琛：**有事。**

苏沫轻笑，他们俩之间能有什么事？一没有工作往来，二没有人情世故。苏沫发了个“哦”字过去，一旁低头玩手机的双琪忽然抬头问：“苏沫……姐，你说秦琛喜欢什么颜色？”

双琪对她还是有意见的，这声“姐”喊得不情不愿。

苏沫懒懒地应着：“颜色？”

双琪说：“我想给他织条围巾，让他秋天的时候围着，这样只要看到围巾他就能想到我。”

这要是在之前，苏沫听到这话，说不准还会为她旁敲侧击，问问秦琛的喜好。但现在，让她眼睁睁看着小姑娘依旧飞蛾扑火，她觉得不厚道。苏沫思忖数秒，跷着二郎腿，身子微倾，手机抵着下颌，问：“你要不要换一个？”

双琪眼神懵懂：“换一个什么？礼物？”

苏沫说：“不是，换个男人。”

看着苏沫真诚的脸，双琪心下一惊，瞬间坐直了身子：“你喜欢秦琛？”

得，她再多说两句，说不准这丫头当场就得跟她闹离职。“没有。”

双琪警惕性十足：“那你说这话是什么意思？”

苏沫坐回座椅里，裙摆处露出的一截小腿白到发光：“就是觉得秦琛这个人不靠谱。”

听到苏沫这么说，双琪松了口气，舔了舔下唇说：“你会这么说，是因为你不了解他。他挺靠谱的，我认识他很久了，也找人打听过他的事，你别看他瞧着挺招女人喜欢的，但从来没跟哪个女人传出过绯闻。”

苏沫轻嗤一声，想到昨晚的种种，表情不屑：“也许只是他掩饰得好。”

感情这点事，吃亏的大多是女人，尤其是名誉上。就像虽然大家都提倡男女平等，但潜意识里，女人做饭做家务不见得会被大家夸，但男人要是能在家多做两顿饭，转头就会被冠以“好男人”的名头。说到底，还是顽固思想作祟。苏沫觉得，秦琛之所以名声好，可能根本原因在于他跟每个纠缠他的女人都没有正经谈过恋爱。在长乐县这种小地方，女人为了名誉会把这种事捂得很紧，他自然也落得一个清清白白的名声。

可这话双琪不听，转头继续滑动着手机屏幕选毛线。左挑右选，最后选了绿色的。翠绿翠绿的，她觉得生机勃勃。

苏沫的手机一阵振动，秦琛又发了一条信息。

秦琛：**出来，我在门口。**

仿佛是一种无声的默契，显然谁都不想暴露。看到秦琛的信息，苏沫往门口瞥了一眼，没看到人，只瞧见了一抹被灯光拉长的影子。

苏沫："下班了。"

双琪停下滑动手机屏幕的手，把选好的绿色毛线加入购物车，应了声："好嘞。"

下班不积极，思想有问题。双琪很好地诠释了这句话，刚说完，人就拎起手包消失不见了。苏沫再看向门外，被灯光拉长的影子已经从形影单只变成了成双成对。

苏沫坐在原地没动，像是在看一场皮影戏。她瞧着影子里双琪靠近秦琛，又瞧着秦琛往后退了半步，唇角扯动了下："啧，虚伪。"

双琪是什么时候走的，苏沫没注意，等她发现的时候，秦琛已经推门而入，走到了她跟前。苏沫闻声抬眼头看了他一眼，又很快垂下头去，看着手里的游戏说："等我一会儿，我打完这局。"

秦琛问："得多久？"

苏沫："大概二十分钟？"

这个时间不好说。现在游戏里双方正激烈战斗着，瞧着这个武力值是旗鼓相当，一时半会儿怕是没办法结束。

秦琛神情淡漠："那你先玩儿。"

苏沫："嗯。"

门口风铃响动，秦琛从店里离开了。苏沫听到了动静，但没抬头。走就走了，两人之间的关系还没到牵肠挂肚地念着对方的份上。

跟苏沫预期的一样，这局游戏结束时恰好过去二十分钟。她放下手机抬头，店门也恰好再次被推开。看着迎面走进来的男人，苏沫眯了眯眼，轻挑眼尾："你手里是什么？"

秦琛嗓音肃冷接话："菜。"

她又不是瞎子，能不知道他手里拎的是菜？她问的是他找她谈事，买菜做什么？难不成他还想在她家大展厨艺？事实证明，苏沫猜对了。直到半小时后秦琛拎着那袋子菜出现在她家厨房时，她都一脸不可思议。

秦琛深邃的目光在厨房里扫了一圈，转头看向苏沫：“没有调味料？”

苏沫懒懒散散地倚着门框：“没有。”

多稀罕啊！她的厨房里何止没有调味料，连米面油都没有。她又不做饭，准备那些东西做什么？

秦琛：“我去买。”

苏沫双手环胸看着他：“秦琛。”

秦琛：“怎么了？”

苏沫轻笑：“你是不是有点过了？”

秦琛垂眸跟她对视，像是半点没察觉到他这样做有什么不正常：“哪儿过了？”

苏沫放下手走近他，似笑非笑：“你来我这儿是为了什么？为了给我做饭？”她扯着他的领口将人往下拽，贴在他的耳边私语，“秦琛，我们之间，不用做这么多铺垫……”

苏沫话还没说完，秦琛眸色一暗，大手掐在她的腰上，偏过头跟她对视：“确定不吃吗？”苏沫还在愣神间，秦琛已经松开掐在她腰间的手，临走时沉声问了句，“有没有想吃的水果？”

苏沫：“橙子。”

秦琛背对着她换鞋：“还有吗？”

苏沫：“西瓜和草莓。”

倒是不难买。秦琛“嗯”了一声，迈步离开。

目送秦琛出门，苏沫双手环胸，人倚靠在厨房的门框上，想：这人，应该是个老手。都说要想追求一个女人，若她涉世未深，就带她历尽世间繁华；如果她历尽沧桑，就带她去坐旋转木马。苏沫觉得，秦琛在用第二招对付她。

秦琛再次回来时，苏沫刚洗过澡，人正窝在沙发里煲电话粥。电话是阮卉打来的，跟她吐槽最近的一场比赛。

“节目你看了吗？暗箱操作！打着弘扬民族文化的名义，实际上是为了给几位大小姐、公子哥正名。”

苏沫低低地笑，语气里有几许轻嘲：“这种事也不是一次两次了。”

阮卉说：“垃圾，一堆垃圾。”

苏沫：“没办法，有些人，看似傲骨，实际上浑身都透着铜臭味儿。”

“想当初赵师傅在的时候……”话说半截，想起赵讴对于苏沫来说是软肋，阮卉及时闭嘴，嘴里喃喃地道了句，“沫沫，对不起啊，我……”

苏沫手落在沙发扶手上，指尖轻点，语气自然：“没什么，师父在的时候，圈子里的风气确实更好。”

赵讴是苏沫的师父，做的一手好漆器，平遥推光漆，是他最拿手的。赵讴性子沉稳，不骄不躁，骨子里就刻着民族情怀，唯一差的是脾气。

几年前有个外国人想出巨资投资他的漆器店，还找了各种人脉施压，老头儿愣是宁愿关了店门都没同意。那份风骨，让人敬佩。

想到赵讴，苏沫脸上的笑意收敛了些。

她从没跟人提起过，赵讴的死，不是意外。对外，赵讴是病逝，实际上，他是被害死的，吃了不该吃的东西，过敏致死。可老头儿活了小半辈子，向来心细如尘，绝对不可能会误食。

苏沫正想得出神，一道低沉的男声在她头顶响起：“少吃，饭马上就好。”紧接着，一片阴影笼下来，在她面前摆放了一盘切好的水果。

苏沫没看他，而是扫了眼厨房。不看不知道，一看吓一跳，厨房的地上堆满了东西，不知情的，还以为他把超市搬回来了。

秦琛显然也注意到了她的目光，淡定自若，没有半点异样：“我去做饭。”

苏沫红唇挑动，想说点什么，碍于正在通话，话在舌尖打了个转儿，最后什么都没说，只回了一句“嗯”。

电话那头的阮卉倒吸一口凉气，不可置信又满是激动地道："沫沫，你不是在家吗？你家里怎么会有男人？"

苏沫浅笑嫣然，语气玩味："不可以吗？"

阮卉跟苏沫认识了这么多年，太了解她的性子。苏沫看似风流，实则保守。不说别的，就冲她跟蒋商在一起这么多年还守身如玉，就不难猜她骨子里是什么性子。

苏沫一本正经地道："我认真的。"

阮卉不信："怎么可能？"

苏沫坐在沙发上调整了下姿态，人伏在沙发扶手上，长腿微微蜷了蜷，裙摆被蹭到了大腿根："怎么不可能？"

半晌，阮卉压低声音问："真的啊。"

苏沫用指尖绕着半湿的发丝："嗯。"

阮卉："沫沫，你还喜欢蒋商吗？"

苏沫的手指猛地顿住，没说话，舌根微微泛苦。

还喜欢吗？这个问题着实不好回答。理智和现实告诉她，不喜欢了，再喜欢，那就是自轻自贱。可过往又束缚着她，让她没法那么快完全抽身。七年啊，养条狗都有感情了，更何况是彼此相爱了七年的爱人。

阮卉久久没听到苏沫的回答，心里有了个大概答案，长叹一口气："我听说蒋商那个未婚妻找你定制漆器了？"

苏沫："嗯。"

阮卉："真没瞧出来，那女人看着在商业场上杀伐果断的，没想到背地里居然这么小家子气。"

苏沫中肯评价："谈不上小家子气吧。"

任何一个正常女人，在得知自己未婚夫心里有别的女人后，大概率都会或多或少觉得不舒坦。或许是身居高位的原因，就算是在知道蒋商不远千里驱车来看自己后，她也只是让助理跑来定制结婚用品，算是给个下马威。比起一般女人，她已经算是很沉得住气了。老实说，苏沫还挺喜欢这个下马威的。五百万啊，她在长乐县去哪儿赚这么多钱？

两人就这么有一搭没一搭地聊着，聊到最后，话题兜兜转转还是回到了蒋商身上。

阮卉说：“你现在既然有男朋友了，不妨带着他来，到时候最起码能减掉一大半的难堪。话说，这个男人帅吗？”

苏沫微微偏头，白皙修长的脖子微微向后仰，看着秦琛棱角分明的侧脸认真评价：“挺帅的。”

阮卉：“跟蒋商比呢？”最好能碾压他，气死他。

苏沫：“不是一个类型，他是……嗯……”

苏沫正思忖该怎么评价秦琛，秦琛忽然像是心有所感，朝她这边看了过来。两人对视，男女之间那点说不清道不明的东西倏然升温，不等苏沫反应过来，秦琛已经放下手里的炒勺，熄了火，阔步朝她走来，大手将她捞起来，低头吻上了她的唇……

秦琛的薄唇擦过她的脸颊，落到她耳边，嗓音低低沉沉地问：“方便吗？”

苏沫偏过头跟他对视，唇角勾起，没说话，像是在看一个臣服者。秦琛喉结滚动，头一低，再次吻住她的唇。

“沫沫，我说的话你听到没？”

手机那边，阮卉又说了什么，苏沫一句也没听到。

阮卉见依旧没听到苏沫的回答，自言自语：“信号不好？”说完干脆挂了电话。

苏沫从秦琛怀里挣脱出来，靠坐在沙发里娇气地问：“饭好了吗？”

“嗯。”

苏沫错开视线，拿了颗草莓咬了一口，秦琛看在眼里，转身进了厨房。

瞧见秦琛离开，苏沫唇角轻扯，“啧”了一声。手机适时发出振动，她垂眸，屏幕上跳出一条信息。

阮卉：啧啧啧，我可都听到了。

苏沫往后软软地靠着沙发背，一只手拿着草莓，另一只手滑动屏幕点进微信对话框。

苏沫：听到什么？

阮卉：那男人一定很霸道。

苏沫：？

阮卉：沫沫，你说你之前跟蒋商在一起那么久都没发生什么，现在是属于突然开窍？

苏沫：无聊……

发完信息，苏沫抬眼看到秦琛正往外端饭菜，起身往餐桌前走去。她这里从来没开过火，被他这么一折腾，倒是平添了几分温馨烟火气。

饭后，苏沫懒懒地坐在一旁，看着秦琛："都说眼睛是心灵的窗户，看一个人的眼睛，基本就能判断他是一个什么样的人，但是秦师傅你不一样。"

秦琛默不吭声。

听不到回应，苏沫没打算就此放过他，头一歪，视线落在秦琛面无表情的脸上，直直盯着他的眼睛继续说："秦师傅，你的眼睛是防盗窗吧？"

秦琛："洗头发吗？我帮你洗。"

苏沫的挑衅像是一拳打在了棉花上，她轻哼一声："洗。"

有免费的劳动力，为什么不用？

从浴室出来，苏沫任由男人帮自己吹头发。她蜷着腿坐在椅子上，从化妆镜里看身后的男人，随手拿过一瓶指甲油，一边垂眸给白嫩的脚趾上色，一边漫不经心地说："秦琛，你给多少女人吹过头发？"

秦琛眉目冷冽："只有你。"

苏沫轻笑，明显是不信："是吗？"

秦琛低头看向她，苏沫则仰头，人靠在椅子里，眉眼弯弯："秦师傅。”

秦琛喉结滚动：“你说。”

苏沫：“时间不早了，你该走了。”

秦琛：“嗯。”

秦琛走得干脆，丝毫不拖泥带水。

苏沫等着脚趾上的指甲油晾干了，走到衣柜前拎了件睡裙穿上，正想着休息一会儿，门铃忽然响起。她直起身子迈步上前。房门打开，瞧见门外的人，苏沫轻挑眼尾，皮笑肉不笑地开口：“蒋总。”

短短两天不见，蒋商瞧着越发颓废。不过到底是人中龙凤，这男人即便颓废，也不显得邋遢，相反还有几分惹人心疼的意思。可惜，苏沫是个有心却没心肝的，对于不属于自己的东西，即便曾经属于自己，也不会再有更多的情绪波动。

蒋商下颌紧绷，矜贵劲儿依旧，没有失态，半晌，他从身上掏出一份请柬朝她递过来。瞧见那份请柬的刹那，苏沫就笑了，笑得摇曳，笑得嘲弄：“给我的？”

蒋商：“当初我们说过的，即便最后走不到一起，也还是朋友。”

苏沫嘴角的轻嘲更浓：“蒋商，我都跟你分手了，而且还是在你对不住我的情况下分的，是什么让你自信到觉得我还会祝你幸福？”

苏沫从来牙尖嘴利。从小到大，她做人的宗旨是：人不犯我，我不犯人；人若犯我，礼让三分；人再犯我，斩草除根。

蒋商跟她分手时，她给足了体面。七年的感情，她顾及他的身份地位，没哭没闹，默默退出。如今他三番五次来找她，扰乱她的生活，那么被她骂，被她讥讽，就是他活该了。上赶着挨巴掌，你不抽他，都显得你待客不周。

空气里陷入了短暂的安静。

就在蒋商面色发僵，准备收回手里的请柬时，一只大手伸过来，从他手里抽走了请柬：“日子定在什么时候？”

秦琛去而复返，手里抱着一个刚买的微波炉。他气场太强，嗓音低沉又冷漠，即便是在商场上摸爬滚打了多年的蒋商也微微愣了下。

苏沫没想到本来已经离开的秦琛会折返，眼皮不自觉地跳了跳。

秦琛没听到蒋商的回答，朝他看过去。两个男人对视间，敌意显而易见。

蒋商沉不住气，率先开口：“这位是……”

秦琛伸手：“你好，秦琛，沫沫的男朋友。”

听到秦琛的自我介绍，蒋商如鲠在喉，喉头泛起一丝苦涩。曾经相爱七年的女人，一朝成了别人的女朋友，这种感觉，可想而知。

两个男人握手，一握即分，秦琛沉声问蒋商：“进去坐坐？”一副男主人的姿态。

按理来说，蒋商这会儿应该离开，可他就像是着了魔，做了三十多年来第一次有失分寸的事：“方便吗？”

男人最了解男人，秦琛睨他一眼，看出他的不甘心：“方便。”

片刻后，两人进门，苏沫脸上无笑，走到冰箱前去拿啤酒，刚打开准备喝，秦琛阔步走过来从她身后将啤酒拿走，给她塞了杯果汁。

苏沫板着脸回头，秦琛目光无惧：“刚刚榨的。”

刚刚……很普通的一个词，但对于他们俩而言，足够暧昧。

苏沫盯着他不说话，也没动手里的果汁，秦琛用手从后轻搂住她的腰，头低了低，低沉着嗓音在她耳边说：“你一开始不就想让我陪你演戏？别赔了夫人又折兵。”

苏沫：“话多。”

秦琛：“我去做点夜宵。”

秦琛轻车熟路地去了厨房，客厅里只剩下苏沫和蒋商。

蒋商之前没来过苏沫在长乐县住的地方，没想到第一次来，是在他们俩分手后。蒋商观察房间里的陈设，眸子晦暗。

苏沫迈步走上前，把秦琛塞给她的果汁放到他面前：“喝吗？”

蒋商闻声抬头："这个房子是你自己买的？"

苏沫轻哼："不是。"

蒋商："租的？"

苏沫唇角轻扯："也不是，是……"

"这套房子是她父母当年结婚的婚房。"秦琛突然插话，让客厅里的气氛骤然冷却。他从厨房走过来，将新榨的果汁放在蒋商面前，把苏沫递给蒋商的果汁拿走，塞进了她手里，而后冷冽的眸子再次落在了蒋商身上："沫沫应该跟你提过这套房子的存在。"

蒋商呼吸一窒。

不得不说，秦琛是个打蛇的好手，专挑七寸。这个话题，直接把蒋商对苏沫最后的那丁点念头推到了万劫不复的境地。蒋商喉头苦涩加重，想说点什么，最后终究是垂下眼眸，什么都没说。这种时候，什么样的解释都是徒劳。更何况，他也清楚明白自己跟苏沫再无和好的可能。

这套房子，苏沫曾几何时确实跟他提过。他们刚在一起的那段时间，苏沫跟他说，这儿是她的避难所，是她唯一一处敢暴露自己弱点的地方，哪怕这里空荡荡的，根本算不上是一个家。可他忘了……

两人在一起七年，随着时间推移，她的事，他忘了的又何止是这一件？抓着过往那点回忆不肯放，最后却被那段回忆狠抽了一巴掌，痛是痛了点，但也是出奇地见效。

苏沫朝蒋商露出一抹讥笑："忘了？"

蒋商喉头动了动，没作声，伸手去拿面前的果汁。

苏沫又把头转看向秦琛："你也会忘？"

秦琛的眉眼不算温柔，却无端给人踏实的感觉："不会。"

苏沫："呵。"

也不知道是说给谁听的，总之，两个男人都听出了浓浓的嘲讽。

蒋商还算内心强大，留在这儿吃了夜宵，但也仅限于此了。之后，秦琛在厨房洗碗，苏沫在厨房门口，蒋商道了句别，几乎落荒而逃。

蒋商一走，这个家就变得落针可闻。

苏沫不说话，看着似乎无恙，但仔细辨别就能瞧出，她的肩膀变得软塌塌的。秦琛侧身对着她，没拆穿她的狼狈样。洗完碗，秦琛收拾好厨房，从她身边走过，没回头，径直关门离开。

听到房门的响动，苏沫才堪堪回神，看了眼整洁干净的厨房，唇角微抿。

从苏沫家的小区出来，秦琛就看到了站在不远处的蒋商。很明显，对方是在等他。是怕他在这里过夜，还是别的什么，不得而知，但敌意不言而喻。

几分钟后，蒋商朝他走来："有时间吗？我们谈谈。"

秦琛没给面子："没时间。"

听到他的话，蒋商微微皱眉，又道："你接下来要去哪里？我送你，我们路上谈，不会耽误你时间。"

秦琛看着他，一句话戳破他的心思："不甘心？"

蒋商："没有。"他竭力稳着情绪，"我跟沫沫在一起七年，是爱人，也是家人，她有很多生活小习惯，我担心你们突然在一起不习惯，所以想跟你讲讲，即便我们俩以后没办法在一起，我也希望……"

秦琛薄唇轻挑："我们俩已经在一起了，她的那些小习惯，我会自己发现，不劳你费心。"

蒋商怔在原地，蒋商垂在身侧的手攥紧，嘴角强挤出一抹笑："沫沫不是那种女人。"

秦琛："哪种？"

蒋商脸色绷紧，跟他对视间，内心深处最后一道防线轰然倒塌。

蒋商知道对方说的是真的。都说女人第六感很准，男人又何尝不是？从看到秦琛的第一眼，他就感觉到了前所未有的危机感。只是他还是没想到，两人分手后这么短时间内居然……

蒋商喉头干涩，莫名想咳嗽，却又咳不出来，最后哑着声音说："她很好。”

秦琛：“嗯，你不配。”

两句话连贯起来，把蒋商骨子里的骄傲挫败得半点不剩。

秦琛对他眼底的晦暗视若无睹，径直穿过马路，上了早已等候多时的大众车。车门关上，不算宽敞的空间跟外界隔绝。

坐在驾驶位的邱正抬手摸鼻尖，瞧了眼站在对面的男人，咂摸出点滋味，小声问：“琛哥，那个男人是……老板娘的前任？”

秦琛靠着座椅，态度不冷不热：“嗯。”

邱正心直口快：“两人还挺般配。”俊男靓女，不论是从气质还是气场，两个人都十分登对。用两个字形容：精致。

秦琛系好安全带，一记冷眼朝他扫了过来。

寒意袭来，邱正一激灵，忙转移话题说：“他那个车不错，最便宜的也要三百万左右。”秦琛对这些身外物没什么研究，闻言蹙眉：“很好？”

邱正轻咳两声：“嗯，女孩子应该都喜欢。”

秦琛眉头蹙得更紧。

次日，苏沫还在睡着，就被阮卉的一通电话吵醒。她迷迷糊糊中按下接听键，声音里带着没睡醒的慵懒倦意：“说。”

阮卉：“蒋商出了车祸。”

苏沫：“哦……”

阮卉：“他昨晚又去看你了？”

苏沫这会儿睡意还在，整个人属于听到爆炸性消息后强制开机的状态，语气不急不缓，但依然有些烦躁：“嗯。”

阮卉唏嘘：“你们俩真是，唉……”

苏沫：“‘唉’什么？”

阮卉简要总结：“痴男怨女。”

苏沫：“停。”

苏沫对于这种分手后忘不了对方还黏黏糊糊的戏码不感兴趣，拿着手机起床去洗手间。

苏沫：“他来找我，是为了给我送请柬。”

阮卉错愕：“什么？”

苏沫似笑非笑：“不然你以为是什么？你以为他是来跪在地上求我回头的？”

阮卉噎住，一时间不知道该说点什么，因为她确实想过这个可能。如果把苏沫换成别的女人，阮卉万万不会有这种想法。

蒋商是谁？蓉城的天之骄子，怎么可能为了一个女人失态落魄？可女主角是苏沫，阮卉又觉得也不是没有这种可能。不说别的，单单苏沫那张脸，就足够让男人神魂颠倒。说“死而后已”夸张了，但绝对称得上“前仆后继”。

再加上两人有那么多年的感情，这几年来蒋商是如何捧着宠着苏沫的，他们这些旁观者都看在眼里。要说蒋商低声下气地求苏沫，听起来很离谱，但发生在他们俩之间，倒也合情合理。

苏沫刚想再说点什么，一股痛意袭来，她毫无准备，倒吸一口凉气。

阮卉：“怎么了？”

苏沫撒谎：“崴了脚。”

阮卉：“你注意着点，在家都能崴脚。”

苏沫：“嗯。”

阮卉又说：“蒋商这次的事闹得挺大，听说他那位未婚妻把婚礼都推迟了。”

苏沫语气轻飘飘的：“是吗？”

听出苏沫声音里的不甚在意，阮卉话锋一转问：“对了，你跟那个男人怎么样了？昨晚他不是在你那儿吗？蒋商去找你，两人是不是碰面了？”

苏沫不想回答这个问题。

打小韩金梅就教过她一个道理，自己的私事，跟任何人都少提，如果提了，就别怕尽人皆知。她不想尽人皆知，所以直接选择不提。

苏沫从洗手间回到卧室，找了个理由搪塞阮卉，挂了电话，当即找到秦琛的微信发信息。

苏沫：给我买药。

秦琛：？

苏沫：受伤了。

秦琛正在厨房给秦绿做早餐，收到信息时，先是微愣，反应过来后，用舌尖抵了抵一侧脸颊。他从厨房出来，把早餐随手放餐桌上，喊秦绿吃饭的同时给苏沫回信息。

秦琛：在家？

苏沫：嗯。

秦琛：我现在过去。

秦琛回卧室换了身衣服，走到玄关处换鞋。

见他要出门，坐在餐桌前吃早餐的秦绿嚼着一口煎鸡蛋，瞪大眼好奇地问："哥，你大清早要去哪儿？"

文身店可没这么早开张。就算偶尔有几个老顾客做预约，一般也都会选择在九点以后。

秦琛神情淡淡："出去走走。"

秦绿眼珠子滴溜溜转，猜到些什么："去哪儿走走？"

秦琛："你别管我，管好你自己，好好吃饭。"

对上秦琛冷漠的眼，秦绿丝毫不怯懦，脸上堆笑，眼睛亮晶晶的，她继续追问："是不是去找那个美女老板娘？"

秦琛："吃你的饭。"

秦琛到底也没给秦绿一个答案，从小区出来，他开车前往苏沫住的地方。路上，他随便找了个药店买药。店员打量着他，表情古怪。直到秦琛付完钱出了门，店员都没收回目光。

另一个店员过来推了她一把打趣道："干吗呢？喜欢人家？"

店员："少胡说。我认识那人。"

另一个店员："那个人是谁？"

店员："我朋友喜欢的男人。"

另一个店员惊愕："那这是什么情况？"

店员："不知道。"

秦琛从药店出来后，到了车前正要掏出车钥匙开门，忽然想到昨晚邱正说的那几句话。

——他那个车不错，最便宜的也要三百万左右。

——女孩子应该都喜欢。

秦琛捏了捏车钥匙，眉峰轻蹙。过了几分钟，他俯身上车，拨了一通电话出去。电话接通后，秦琛漠然开口："给我弄辆车。"

对方嬉皮笑脸："琛哥想要什么车？"

秦琛："你看着搞，要三五百万的。"

对方："没问题，琛哥，你什么时候要？"

秦琛沉声说："一周吧。"

对方："OK，保证一周时间送到。"

挂断电话，秦琛冷眉冷眼。他向来过得糙，对于这些物质追求从来都是可有可无。如今……

秦琛开车抵达苏沫家小区的时候，顺手在楼下的早餐店买了两份早餐。他上楼敲门，苏沫穿着一件酒红色的吊带睡裙，整个人湿漉漉地开了门。这个"湿漉漉"，是真的湿漉漉，从头发丝到身上的睡裙都在滴水。

秦琛瞧了她一眼，目光从她头顶往里面瞧："怎么了？"

苏沫撇嘴，双手环胸，明明狼狈到不行，气势却依然很足，她轻抬着下颌说："厨房水管坏了。"

她只是想去洗点草莓，结果拧水龙头的时候直接上演了一场"林黛玉倒拔垂杨柳"，水压太高，直接把她浇成了落汤鸡，她真的是瞬间被气笑了。

听到她的话，秦琛迈步往里走，把早餐放在餐桌上，双手扯住衣服下摆，脱下身上的半袖，露出肌肉感结实的后背，光着膀子进了厨房。

苏沫站在厨房外，见他三下五除二用毛巾堵好了喷水的地方，嘴角轻轻扯了扯。这男人倒也不是一无是处。

处理好厨房的问题，秦琛转身看向站在门口娇滴滴的苏沫："去洗澡。"

苏沫挑眉："嗯？"

秦琛："洗完给你上药。"

秦琛如果不说，苏沫都忘了这事儿了。

秦琛身上休闲裤被打湿了，他错开苏沫的身子，走到餐桌前，背对着她把衣服穿上，淡漠地说："现在水管只是暂时不漏水，附近有五金店吗？"

苏沫抿唇："你会修？"

比起其他的，此刻自然是先解决厨房快要成水灾重地这一问题比较重要。

秦琛嗓音低沉："会。"

苏沫说："出小区左拐就有一家五金店。"说着，苏沫往沙发前走，弯腰拿起手机说，"我给你转钱。"

她身上的睡裙湿得厉害，衣料都贴在了身上。秦琛视线落在她的背影上，一秒错开，迈步走向门口："不用，我有钱。"

苏沫还是给他转了二百。一码归一码，她不想两人之间的关系变得复杂。转完钱，苏沫受不了身上湿答答的，趿着拖鞋进了浴室洗澡。待她从浴室出来，秦琛已经去而复返，不仅修好了水管，还顺便收拾好了厨房。

苏沫的头发被毛巾裹着，整个人靠在浴室门边，水汪汪的眸子眯了眯。她发现这个男人正在不动声色地渗入她的生活。

温水煮青蛙啊，手腕挺高。

秦琛刚收拾完厨房放下拖把，转身就对上了苏沫充满揶揄的眸子。苏沫长得娇媚，哪怕眼神满是讥讽，此刻瞧着也跟撒娇差不多。但秦琛懂她，一个眼神就能明白她到底在想什么。

秦琛冷声问："有事？"

苏沫轻笑："秦琛，不累吗？"

秦琛面无表情："我不知道你在说什么。"

苏沫："行，我就当你不知道，那我就好心提醒你一句，你如果是想找个女人结婚生子，我劝你别把心思放我这里。"

秦琛淡薄："我知道。"

苏沫笑笑："你知道就行。"

该说的都说清了，苏沫走到餐桌前去扒拉秦琛拎过来的早餐。一份油条豆浆、一份包子豆腐脑，是她楼下那家的。她最近经常去这家吃早餐。这家的油条炸得可圈可点，酥酥脆脆，但豆浆很难喝，豆渣太多；包子皮厚馅少，面跟不要钱似的，不太行，但豆腐脑尚可。

苏沫看着两份早餐，正思忖着是该以自我为中心还是该道德高尚一点，秦琛已经走过来从早餐袋里拎走了那份包子豆腐脑。

苏沫见状，脱口而出："我想吃豆腐脑。"

秦琛看了她一眼，把豆腐脑拿出来放在她跟前，没说话，坐在餐桌前，伸手拆开那份油条豆浆，把豆浆取出来拿到自己面前，顺手把油条推给她。苏沫这顿早餐吃得还算舒坦，她中途看了秦琛几次，发现他吃得面不改色，有点怀疑他是不是口味独特。

饭后，秦琛收拾餐桌，苏沫窝在那儿打游戏。她正玩得投入，头顶忽然投下一片阴影，不等她反应过来，人已经被打横抱起放到了沙发上。

秦琛刚用凉水洗过手，小腿上传来的冰凉触感，让苏沫顿时一激灵，下意识就往后退。

秦琛抬眼看向她，大手扣住她的脚踝将人往前扯，等到她整个人被他拽到跟前，低头吻住她的唇，声音又哑又沉："处处提防我，怕跟我纠缠，又想在我这儿占尽便利，苏沫……"

秦琛后面的话，苏沫没听清。等她回过神来时，药已经上完。苏沫手撑在沙发扶手上调整呼吸，秦琛则迈步进了卫生间。

苏沫跳下沙发，光脚踩着地面走到冰箱前取了瓶矿泉水。冰凉的矿泉水入口，苏沫心底的那点燥意也少了些。

半小时后，两人面对面坐在沙发上，已经各自恢复了状态，偶尔搭话，也仿若陌生人。两人就这么坐了会儿，苏沫主动开口："你店里不忙？"

秦琛会意，站起身："记得上药，一天两次。"

苏沫点点头，表面装得再淡定，脸颊还是不由得泛了红："嗯。"

秦琛："中午想吃什么？"

苏沫说："我自己点外卖。"送秦琛出门时，苏沫想了想，又对他说，"谢谢你今天帮我修水管。"

秦琛站在门外垂眸看着她："嗯。"

苏沫又说："最近一周你就别来了。"

秦琛："嗯。"

道谢是人情，疏离是本意。苏沫把这个尺度掌握得非常好，秦琛看破不说破，也没过多纠缠。

目送秦琛下楼，苏沫才转身往回走。

苏沫再次出现在店里，已经是三天后。她本来还想再休几天，却被双琪一通电话喊到了店里，原因是有人查营业手续。双琪不懂，把苏沫喊了过去。苏沫也不懂这些，反正她开业前该办的都办了，便一股脑把那些手续全拿给了检查的人。对方翻看了两页，板着脸问苏沫："没有环境保护证？"

苏沫蒙了："没有。"

对方："暂停营业吧，等什么时候环境保护证办下来了，什么时候再营业。”

苏沫：“行吧……”

送走检查的人，苏沫走到马路对面的打印店打了张“暂停营业”的通知贴在门口，又把卷帘门放下一半，最后拍了拍手回到了店里。

双琪看着她，有点不知道该说什么：“我长这么大都没听过环境保护证。”

苏沫没接双琪的话，靠在收银台前掏出手机查环境保护证该去哪儿办。在看到是环保局后，她抬起头问双琪：“知道长乐县的环保局在哪儿吗？”

双琪说：“知道，在北城区那边。”

苏沫：“你陪我去？”

双琪不太愿意，但又不好反驳，心不甘情不愿地说：“好吧。”

长乐县不大，说是北城区，其实并不算远。抵达环保局后，苏沫和双琪一前一后下车。

苏沫按照从网上查到的相关资料，走进大厅找到相关办理窗口。她刚打算把准备好的东西递给工作人员，身后忽然走过来一个高大身影，拿过她手里的东西简单翻看了几下，把东西递进窗口，嗓音低低不知道跟对方说了什么，对方眼眸含笑，没多久就给了回复：“可以了，证件需要一到三个月，具体还有一些流程到时候会有工作人员跟你联系。”

拿走苏沫手里东西的人是秦琛。见秦琛出手比她办事痛快，苏沫轻挑了下眼尾。

秦琛话不多，沉声问她：“好了？”

苏沫一心都在办环保证上，没反应过来：“什么？”

秦琛眸色沉沉：“伤。”

秦琛嗓音肃冷，一本正经。苏沫反应过来什么，耳根一红。两人对视间，看似剑拔弩张，实则暗流涌动，暧昧横生。

双琪在一旁看着，当即傻了眼。他们俩在说什么？他弄伤她了？苏沫不来店里的三天，他们俩做什么了？

双琪的视线在两人之间打转，见她眼珠子都快粘在秦琛身上了，苏沫忽地一笑："早好了，不就是被秦师傅不小心推了一把崴了脚嘛，恢复得很快。"

秦琛一瞬不瞬地盯着她看，半晌，沉声开口："我还有事，先走了。"

从环保局出来，上了出租车，双琪耐不住性子板着脸问苏沫："他什么时候把你脚弄伤的？"

苏沫早料到她会问，答案是准备好的："就那天。"

双琪追问："哪天？"

苏沫笑眯眯地说："我休假的前一天，如果不是被他推了一把崴了脚，你以为我为什么会在家休三天？"

双琪盯着她看了会儿，头一偏："你到底喜不喜欢秦琛？"

苏沫："不喜欢。"

双琪："那你怎么不拒绝他？"

听到双琪的话，苏沫绵软的身子往她身上靠，眉眼含笑："你怎么知道我没拒绝他？"看着双琪因为她靠近而涨红的脸，苏沫吐气如兰，"我拒绝了，还拒绝了很多次，可他……缠着我不放……"

双琪面红耳赤。

店暂时关停，两人自然也就不用上班了。苏沫让司机先送双琪回家，然后自己去了之前去过的小酒馆。推门而入，小酒馆里依旧只有老板一个人。

苏沫长相出众，老板一眼就认出了她："老规矩？"

苏沫轻笑，俏丽身姿坐在高脚凳上："可以。"

一杯鸡尾酒递过来，苏沫抿了一口，微微眯起眼："跟上次的味道不一样。"

老板道："提高了酒精浓度。"

苏沫挑眉："嗯？"

老板说："老品创新。"

苏沫盈盈一笑："哦。"

这次聊天，苏沫得知了酒馆老板叫李奥，今年三十三岁，等的女人，是和他一起长大的一个妹妹。苏沫纤细好看的手指在吧台上轻点，一脸揶揄："还得是你们这种看起来一本正经的人会啊！"

李奥嗓音沉沉，眼底带笑："我们没有血缘关系。"

老实说，苏沫对于别人的爱情并不感兴趣。只是这个氛围下，喝点小酒，听点八卦，权当是下酒解闷。

苏沫酒量有限，但酒品不错，每次都是微醺即停，从不会置自己于失态的境地。临走时，苏沫倚在吧台前问李奥："她还会回来吗？"

李奥往前推收款码，毫不避讳地答话："大概率不会。"

苏沫："那你还等？"

李奥："怕她回来没有家。"

"嘀"的一声，苏沫扫码付账，伴随着的，还有她的一声轻嗤："你可真是够……"

李奥是个聪明人，听出她的话外音，顺着她的话说："是够贱的。"

苏沫闻言看向他。

李奥嘴角噙笑："不过有人似乎比我更贱。"

苏沫诧异，没听懂："嗯？"

李奥没解释，意味深长地笑了笑，冲她抬下颌："门口那个男人是在等你？"

苏沫顺着他的视线看过去，只见秦琛站在阴影里，些微光亮照在他锋利的轮廓上，荷尔蒙十足。

从小酒馆出来，苏沫自然地把手里的包递给秦琛。秦琛接过，低头看了她一眼，嗓音清冷地问："喝了多少？"

苏沫撩起耳边的发丝："你管我。"说完，她伸手挽住他的手臂，笑吟吟地靠过来，看似亲昵，说出的话却如三尺寒冰，"秦琛，你是我什么人？有什么资格管我？”

面对她的质问，秦琛喉结滚动了下：“是没资格。”

苏沫轻哼：“你知道就好。”

秦琛开的还是那辆老款大众，车龄猛地一瞧比苏沫年纪都大。仔细一瞧，还不如猛地一瞧。

苏沫坐上副驾驶座，身子软软地靠着座椅。似乎是觉得不舒服，她调整了好几次坐姿，最后倏地转头看向秦琛。

察觉到她的目光，正在系安全带的秦琛侧头朝她看过来。数秒后，秦琛大手一伸，从车后排拎过来一件外套扔给她：“垫着。”

苏沫这会儿微醺，虽然能理解他的意思，但又不那么确定：“嗯？”

秦琛：“不是嫌座椅不舒服吗？把我衣服垫着坐。”

苏沫：“哦。”

确定了他的意思，苏沫也没矫情，把秦琛的外套叠了叠，坐在了身下，举手投足皆是风情。秦琛看在眼里，眸色不由得暗了暗。

回小区的路上，苏沫低着头摆弄手机时，想到了什么，抬头看向秦琛：“今天那个环保局的工作人员你认识？”

秦琛表情冷淡：“不认识。”

苏沫轻嗤：“不认识对你那么热情？”

猜到她在想什么，秦琛语气并无起伏：“对方有一个十七岁正在念高中的儿子，去年暑假的时候，男孩找我文身，我没答应，通知了她。”

听到秦琛的话，苏沫戏谑出声：“没想到秦师傅还会在背后打小报告。”

秦琛淡声道：“我是为了他好。”

苏沫：“做好人好事？”

秦琛：“嗯。”

苏沫轻嘲：“自以为是。”

听出她话里的讥讽，秦琛专注开车，没作声。

车抵达苏沫住的小区后，她拎起手包推门下车，看都没看坐在驾驶位的秦琛一眼。秦琛坐在车里隔着车窗看着她，一根烟过半，秦琛把烟掐灭，推门下了车。

他追上苏沫时，她正在等电梯，手机不离手，像是在回什么人的信息，唇角含着笑。觉察到有人靠近，苏沫抬头看了一眼，见来人是秦琛，收起手机，轻抬着下颌看着他。两人对视，一秒，两秒，三秒……电梯门打开，秦琛推着她进电梯，紧接着，灼热的吻落下来。

秦琛的吻从来不似他这般冷漠，苏沫连连后退，在脊背快要贴在电梯壁上时，被他大手一伸抱进怀里。下一秒，秦琛一个转身自己靠在了电梯壁上，落在她腰间的手一寸寸收紧。

秦琛抵着苏沫的额头看着她。

过了一会儿，电梯门打开，苏沫从他怀里挣脱下电梯，走了几步，回头看着跟上来的秦琛："你跟着我做什么？"

秦琛垂眸看着她不说话。秦琛人高，就这样低头看着她，约莫过了半分钟，迈步上前，贴上她后背，大手包裹住她的手，带动着她的手开了门。房门打开的刹那，苏沫一颗心不由得颤了颤。不等她思绪归位，秦琛就已经将她抵在了紧闭的门板上。

苏沫像一只被惹怒的小兽，咬上他的肩膀。秦琛低俯着身子不动，任由她为所欲为。等她发泄够了，他垂眸看着她问："跟你那个前任接过吻吗？"

提到蒋商，两人之间原有的那么一点旖旎气氛瞬间没了，苏沫整个人像是被从头浇了一盆凉水，彻底冷静下来。

她身子往后倚了倚，纤薄的背靠着门，抬眼看着秦琛，话里带着刺儿："你想说什么？"

见她这样，秦琛神情淡淡的："只是好奇问问。"

苏沫："好奇心这么重？"

秦琛："确实有点。"

苏沫讥笑："秦琛，你是单纯的好奇心重，还是对我贼心不死？"

面对苏沫的讥讽，秦琛坦然迎上她轻蔑的目光，不躲不避："你心里有数，不是吗？何必问？"

苏沫咬咬牙："我就是利用你。"

秦琛："我知道。"说罢，秦琛将人抱起来，沉声道了句，"利用我，你也是我的了。"

直到秦琛离开，苏沫没再跟他说过一句话。直到听见房门响动，她才从床上坐起身。狗东西，藏得挺深。她以为他只是冷，没想到原来是个腹黑的。

苏沫恶狠狠地咬着牙根，正想着要不要把秦琛甩了，手机忽然一阵振动，她抬眼看过去，屏幕上跳出一条信息。

李助理：苏老板，有时间吗？我们蓝总想跟你见一面，谈谈定制家具的事。

苏沫：什么时候？

李助理：明天中午方便吗？

苏沫：她来找我，还是我去找她？

李助理：劳烦苏老板跑一趟，蓝总在长乐县医院。

看到这条信息，苏沫眯了眯眼。哦，她忘了，蒋商那家伙出车祸了。

想到蒋商，苏沫唇角勾起一抹讥笑。

她不是爱不起的人，相对应地，她也不喜欢爱不起的人，甚至还有点讨厌，比如没办法反对家里的联姻，却还试图跟她拉拉扯扯的蒋商。

他要是在选择联姻之后跟她当断则断，她或许还能敬他是条汉子。可他这么三番五次地折腾，把自己折腾进了医院，她也没觉得他情圣，只觉得他有病。

她又想到秦琛。那个狗男人，她以后得防着点他。

次日，店虽然被关了，但苏沫有自己的生物钟，每天早上七点，到点就睁眼，而且只要睁眼就别想再睡着。

如常起床，苏沫先刷牙洗漱解决生理问题，然后再次躺在床上点了份外卖。等外卖的过程中，她看到了一个短视频。

一个女孩跟一个男孩谈了四五年的恋爱，转头男孩跟家里安排的相亲对象结了婚，女孩一气之下嫁给了他的堂哥，美其名曰报复。

点开评论区，竟然有不少人觉得这种剧情无比浪漫刺激。

苏沫挑眉。这剧情，哪里浪漫？哪里刺激？因为一个不爱自己的男人搭上自己的下半生，这跟浪漫有什么关系吗？除了恶心，苏沫实在想不出解气和浪漫的地方在哪里。一个男人不爱你了就是不爱你了，别说你嫁给他堂哥，你就是嫁给他爸，他不爱你还是不爱。人活一辈子，何必因为一点情情爱爱就作践自己？

苏沫正感慨着，外卖送到，她简单吃了两口，在客厅里溜达了一圈，最后又回卧室躺下，主打一个能躺着绝不坐着。

中午一点，苏沫在楼下面馆吃了小半碗面，然后拿着自己这几天画的稿子打车前往长乐县医院。车抵达医院后，蓝茜的助理下来接她。

对方朝苏沫主动伸手打招呼，苏沫回握对方，顺带虚伪地笑："你好，又见面了。"

对方客气有礼，但态度十分疏离："苏老板，这边请。"

在对方的带领下，苏沫乘电梯到了住院部。在推门进病房的刹那，苏沫轻轻挑了下眉。也是难为他们了，居然在长乐县这种小县城的医院硬生生开辟出了一间VIP病房。看到苏沫的一瞬，正靠坐在病床上办公的蒋商神情骤变。

苏沫看了他一眼，又很快挪开视线，看向一旁同样拿着笔记本办公的女人，嫣然浅笑："蓝总。"

女人听到她的声音抬头，微微蹙眉，又很快恢复正常："苏老板。"

在见到蓝茜之前，苏沫以为她跟蒋商只是简单的家族联姻，可就在刚刚，两人视线相撞的一瞬，她陡然明白，或许并不是，这位蓝总十有八九是喜欢蒋商的。

喜欢是藏不住的，因此产生的敌意也是。哪怕伪装得再好，还是会从细枝末节中透露出来。不过无所谓，她压根儿也没想要插足他们之间的感情。

讨论图纸的过程很顺利，蓝茜没故意找麻烦，苏沫也表现出了她该有的专业水准。

讨论完，蓝茜问苏沫："大概需要多久完工？"

苏沫说："一年。"

蓝茜没说话，一旁的李助理先开口了："这么久？"

苏沫浅笑："如果交到别人手里，最少一年半。"

蓝茜表情淡淡地说："我相信苏老板，那就麻烦你了。"

苏沫："感谢信任。"

几分钟后，苏沫从病房出来，依旧是李助理送她。两人刚走到病房外，就听到病房内响起一阵刻意压低过音量的争吵声。

"你把她叫过来是什么意思？我早说过了，是我自己去找她的，跟她无关。"

"怎么？心疼了？"

"蓝茜，你别无理取闹。"

听着里面的对话，站在苏沫身旁的李助理下意识看向身边的人。她以为苏沫会得意，抑或有点别的情绪，可在察觉到她的视线后，苏沫坦坦荡荡转头迎上她的目光，倏然一笑："看我做什么？城门失火，想殃及池鱼？"

对方："抱歉，苏老板。"

苏沫轻笑："放心，我对当第三者不感兴趣。"说完，苏沫又道，"好了，你就送到这儿吧，我自己乘电梯下去。"

第3章
身份

跟对方道别后，苏沫自己去乘电梯，刚走到电梯门口，就看到黑压压的人群里有两道熟悉的身影，一个是秦琛，一个是那天去她店里的小姑娘。两人瞧着挺亲密的，小姑娘在跟秦琛说着什么，他那张脸虽然一如既往地没什么表情，但眉眼间明显带着温柔。

过了一会儿，电梯门打开，一群人拥挤着上电梯。苏沫最后一个上的电梯，因此站在最前面，她有意避着秦琛，所以一直低垂着眸子看手机，尽量把自己隐匿在人群里。

随着电梯下行，她身后响起细微的对话声。

“哥，我这个手术是不是需要很多钱啊？要不别做了。”

秦琛沉声道：“你好好养你的病，这不是你该操心的事。”

从电梯下来的时候，苏沫快走了两步，到医院门口打了车就离开了，自以为神不知鬼不觉。秦琛看着她的背影，目送她上了车，一直没吭声。

秦绿也注意到了，最开始没敢说话，直到兄妹俩坐上车，她才边系安全带边嘟囔着说：“哥，你刚才为什么不跟老板娘说话？”

秦琛冷着一张脸：“说什么？”

秦绿：“最起码你送送人家啊。”

秦琛：“她自己会打车。”

秦绿瞪他，恨铁不成钢：“她自己打车跟你送她能一样吗？”

秦琛面无表情地转移话题：“待会儿想吃什么？”

秦绿不满意秦琛这个态度，又不敢明目张胆地反抗，小声嘀咕：“又用这招。”

苏沫上车后，看着车窗外的风景出了会儿神，不知怎么，脑子里忽然闪过刚刚在电梯里听到的对话。听那话的意思，那姑娘是秦琛的妹妹，生病了，要做手术，需要很多钱。

她突然记起来当初相亲的时候中间人曾经说过，秦琛无父无母，只有一个从小相依为命的妹妹。她从来没想过探听他的隐私，也有意识地想要回避，没想到却在这种情况下窥探到了冰山一角。

苏沫任由思绪蔓延，最后对秦琛有了个中肯评价：撇开感情方面的事不说，这男人还挺有责任感。

车抵达小区后，苏沫拿出手机扫码付完款下车。她刚走两步，还没进小区门，拿在手里的手机忽然振动了两下。她低头看手机，屏幕上跳出一条信息。

秦琛：又伤到了？

苏沫思忖数秒，反应过来什么。

苏沫：你刚刚看到我了？

秦琛：嗯。

苏沫：我去医院是为了见客户。

秦琛：知道了。

看着秦琛回过来的信息，苏沫没再回复。她站在小区门口，把两人的信息从头到尾瞧了一遍，嘴角轻嘲地扯了扯。单看这对话，不知情的，还以为是她上赶着联系他。轻笑过后，苏沫再次踩着高跟鞋迈步。

回到家，苏沫把图纸放在茶几上，走进洗手间洗手。出来后，她窝在沙发里看图纸。两个首饰盒，一个梳妆台，看似简单，但一年工时已经是极限。

平遥推光漆髹饰工艺，制作工序复杂，不仅对绘画技艺要求极高，对工艺师的手更是要求严苛。因为除了用笔在漆器上绘图外，它还有一个核心工艺，那就是徒手推光，手的力道和温度会直接影响推光的成色。

苏沫正认真研究着，放在脚踝边的手机忽然铃声大作。因为被打扰，苏沫不由得拧眉，在看清来电提醒是谁后，她缓了缓神色，拿过手机按下接听键，温言软语开口："师母。"

电话那头响起中年女人满是欣喜的声音："沫沫，你现在忙不忙？"

苏沫把手里的图纸放下，纤细的手指卷着发丝："不忙，有什么事您说。"

女人高兴地说："师母是想告诉你，你被污蔑的事很快就能解决了。你三师兄说联系到你大师兄了，只要他肯站出来为你撑腰，你肯定会没事的。"

听到师母的话，苏沫的唇角扯了扯。

她入行十年，对这位大师兄是只闻其声不见其人。除了知道行内的人喊他"五哥"，其他一无所知。让一个跟自己虽师出同门却毫无交情的人站出来为自己平反昭雪，老实说，她并不抱什么希望。倒不是她没有同门之间的团结精神，主要是她比较务实。不过，她虽然有这种想法，但面对师母纪玲时却又是另一番话术："那到时候就麻烦大师兄了。"

纪玲："都是一家人，说什么麻烦不麻烦的。"

苏沫乖巧地笑："嗯。"

挂断电话，苏沫靠在沙发里捏了捏眉心。

接下来的几天，苏沫都在忙工作。店门还关着，也不知道什么时候才能重新营业。其间，双琪给她打过一通电话。这丫头是个好姑娘，单纯美好，虽说把她当情敌，却还是热心肠地帮她问了有关环保证的事。

"苏沫姐，你在长乐县有没有比较有人脉的熟人，听说有熟人就能办得快点。"

苏沫："还有这个说法？"

苏沫已经十多年没回来了，更别提跟这些部门单位打交道，对于其中的门道丝毫不了解。

双琪说："你不懂，小地方就是这样的，讲究人情世故。"

苏沫承应："懂了。"

双琪："那你有认识的人吗？"

苏沫轻笑说："没有。"

双琪脱口而出："秦琛呢？他不是认识那个工作人员吗？你说……"说着说着，双琪没了声，过了一阵子才又扭扭捏捏地说，"你要是想找他帮忙，我可以代你问问他。"

这丫头哪里是想代她问问，分明就是想找个由头跟秦琛联系。

苏沫含笑，想逗逗她，可转念想到自己跟秦琛的关系，这点逗弄的心思瞬间就没了。

见她不说话，双琪急匆匆地说："你不说话我就当你默认了啊。"说完，也不管苏沫到底答应不答应，直接挂了电话。

苏沫把手机从耳边挪到眼前，瞧见黑掉的手机屏幕，忽地一笑。算了，让这丫头自己去碰壁吧，感情这种东西，劝是劝不回头的。

双琪具体是跟秦琛怎么说的，苏沫不知道，总之一周之后秦琛联系她，说事情已经办妥了。彼时苏沫正趴在美容店的按摩床上，浑身涂满了精油，享受着按摩服务。伴随着按摩师熟练的手法，她娇气地闷哼了一声："疼。"

秦琛闻声蹙眉："你在做什么？"

苏沫声音娇滴滴的："做按摩。"

秦琛沉默了一会儿，开口问："晚上想吃什么？"

苏沫戏谑："不饿。"

虽然苏沫只跟秦琛说了短短几句就挂了电话，但是给她做按摩的技师还是听出了猫腻，笑眯眯地问："苏小姐，男朋友呀？"

苏沫把手机放下，弯着眉眼说：“普通朋友。”

对方笑意更深：“哦。”

苏沫从美容店出来打车回到家时，秦琛正拎着两袋子菜站在她家门口。她一下电梯就瞧见了他，顿了顿，随即轻挑眼尾，款款走近。她从包里掏出钥匙开门，前脚进门弯腰换鞋，后脚腰间就落下一只手将她往后带。

秦琛将手里的便利袋放在门厅柜上，苏沫被他从后面抱着，两人就这么黏黏糊糊地站了会儿，而后秦琛抱着她腰的手一松，沉声说：“你的店明天就可以开业。”

苏沫回头，微微诧异：“这么快？”

秦琛承应：“嗯。”

苏沫眉眼含笑：“没瞧出来，秦师傅在长乐县还挺有人脉。”

秦琛拎着菜进厨房，面不改色地说：“我对门邻居恰好负责这块。”

苏沫将信将疑：“这么巧？”

秦琛穿着黑色短袜的脚踩实地面：“长乐县本来也不大。”

苏沫挑挑眉，不置可否。这点倒是确实。

苏沫忽然发现人与人之间的缘分真是妙不可言。就好比他俩，明明一个月前还只是彼此的相亲对象，现在，她窝在沙发里打游戏，秦琛在厨房忙着做饭……苏沫嗤笑了一声，垂眸继续打游戏。

她正玩得投入，秦琛从厨房探头：“排骨吃甜口的还是咸口的？”

苏沫抬头，状似陷入思忖。

秦琛淡着声音说：“不用客气。”

苏沫轻挑眼尾，试探着问：“一半一半？”

秦琛：“可以。”话落，继续忙碌。

苏沫看着他的身影，有那么几秒呆愣。这算是有求必应？

饭菜上桌是半小时后，三菜一汤，色香味俱全。

苏沫最近在赶工，有时候太投入，饭都顾不上吃，一周当中能吃上一日三餐的日子超不过两天。闻到饭香，苏沫本能抬头。

秦琛恰好朝她这边看过来："吃饭。"

苏沫："哦。"

秦琛的手艺不错，哪怕是味蕾挑剔的苏沫也就着菜肴吃了一碗半米饭。饭后，秦琛收拾碗筷，苏沫走到饮水机前接水喝。喝完水，她迈步回到沙发前，正想着要不要再打一局游戏，扔在沙发上的手机忽然响了起来。苏沫垂眸，在瞧见屏幕上"阮卉"两个字后，弯腰拿起手机按下接听键："说。"

听出苏沫语气里有些不耐烦，阮卉"啧"了一声："怎么，耽误你事儿了？"

苏沫刚吃完饭，血液主攻胃动力呢，脑供血不足："嗯？"

阮卉："那个男人也在？"

苏沫没回答，阮卉只当她是默认，声音压低些说："沫沫，你是不是对那个男人动心了？"

苏沫轻笑："没有。"

阮卉咂巴着嘴，明显不信："没有还维持了这么久？"

苏沫长腿抵在面前的茶几上，脚尖晃动，脚踝上的铃铛发出若有似无的脆响："他还没发挥他的作用。"

阮卉知道她指的是什么，揶揄道："你别赔了夫人又折兵。"

苏沫红唇轻挑："乌鸦嘴。"

两人闲聊了几句，阮卉忽然想到自己这次打电话的目的，声音染笑，还带了几分兴奋："对了，沫沫，你跟蒋商恋爱这么久，知不知道蒋家的八卦？"

苏沫哼笑："没兴趣。"

阮卉宛若未闻，继续兴冲冲地说："我听说，原来蒋商还有一个堂哥，据说蒋老爷子给蒋商下了最后通牒，如果他不乖乖结婚，蒋家就会换继承人。"

苏沫漫不经心地笑："是吗？"

活该！苏沫向来爱憎分明，爱的时候是真的爱，不爱的时候也是真的不爱。如果她跟蒋商是爱到陌路才分手，那她认了，缘聚缘散的事，强求不得。可她跟蒋商偏偏是因为对方的无能懦弱才分的手，让她大大方方地祝他幸福，愿他前程似锦，那不能够！

听出苏沫语气里的嘲讽，阮卉调侃："你说这算不算报应？"

苏沫轻嘲，笃定地开口："他一定会结婚。"

阮卉："骨头这么软？"

苏沫轻蔑地笑，没接话。如果他骨头够硬，两人也不会走到分手这一步。

秦琛从厨房出来的时候，苏沫刚跟阮卉结束通话。

彼此看了一眼，那股子暧昧黏糊的劲儿瞬间就上来了。一周没见，此刻，苏沫懒懒地靠在沙发里，红唇勾笑。秦琛没说话，大步走过去抱起了她……

等再回到卧室，秦琛已经给她吹干了头发，他低沉着嗓音说："我想买点东西放你这儿。"

苏沫抬眼看他，嗓音慵懒："什么？"

秦琛道："男士拖鞋，还有一些简单的生活用品。"

听到秦琛的话，苏沫水眸里顿时泛起了警惕。

看着她的变化，秦琛开口："你家里买的拖鞋不合脚，穿着不舒服，而且我都没有可以换洗的衣服。"

理由很充分，但苏沫还是提防他，总觉得他想鸠占鹊巢。

两人就这么看着对方，秦琛把手里发烫的吹风机放下，捏起她下颌："你怕什么？"

苏沫嗤笑："我怕？"

秦琛："放心，我不会缠着你，只要你有了喜欢的人，我立马走人。"

苏沫轻哼，推开他的手："你最好说话算话。"

秦琛晚上依旧没留宿。苏沫在他走后伏在椅子上，盘算着蒋商那孙子到底什么时候结婚。他要是再不结婚，她这边怕是要先把自己折进去了。

另一边，秦琛下楼后，先去小区门口的便利店给自己买了一堆日用品，随后才开车离去。车开出一段路后，放在中控上的手机响起。他低头瞧了一眼，漆黑的眸子泛起一抹寒意，过了片刻，指腹滑过屏幕按下接听键："喂。"

秦琛语气冷硬，让电话那头的人为之一愣。半晌，对方赔笑说："阿琛，小商结婚，你方便当伴郎吗？"

秦琛冷声回："不方便。"

听到秦琛的回复，对方尴尬地笑笑："那你会回来吗？"

秦琛依旧冷漠："看情况。"

对方："阿琛，爷爷和我们这些年一直都惦记着你和小绿，你……"

秦琛态度疏离："我在开车，没什么事我先挂了。"说罢，不等对方接话，秦琛直接挂了电话。

电话刚切断，屏幕上就跳出一条信息——

期待我们一家团圆。

秦琛扫了一眼，收回目光，骨子里透着冷意。

二十多分钟后，车抵达小区。秦琛推门下车，大长腿刚迈下来，就听到身后响起一道口哨声。他闻声回头，一把车钥匙朝他扔来。他伸手去接，对方则趁机对他大打出手。见状，秦琛眼睛眯了眯，接住钥匙，跟对方过了两招，最后掐着对方的脖子将人抵在了车身上。对方扬扬得意的模样瞬间变成了苦瓜脸："琛哥，我错了，我错了……"

秦琛看向对方，一副要笑不笑的表情："还打吗？"

对方："不打了，不打了。"说完，嬉皮笑脸道，"琛哥，听说你这千年铁树开花了？嘿，没想到你喜欢这种姑娘。"

男人脸上堆着笑，抬头，对上的却是秦琛一脸阴鸷的表情。四目相对，男人一秒收笑。

过了一会儿，秦琛才收回掐着他脖子的手："老三什么情况？"

男人摸着脖子回话："穆哥挺好的。"

秦琛："嗯。"

说着，秦琛拿着车钥匙往停靠在不远处的车跟前走去。夜幕深深，站在远处的时候没看清，走进瞧清后，秦琛的眸色瞬间冷了几度。

这车跟蒋商那辆是同款，唯一区别是，他这辆是今年的新款，蒋商那辆是去年的老款。见秦琛站在车前没动静，男人又觍着脸靠近："琛哥，怎么了？"

秦琛手一抬，把车钥匙扔给对方："给我换一辆。"

男人目瞪口呆："啊？"

秦琛给出解释："不喜欢。"

男人："不是，琛哥，这……"

不等男人把话说完，秦琛已经转身离开。

看着秦琛离开的背影，男人挠挠头，最后一脸无奈地掏出手机拨了一通电话出去。电话接通后，男人惆怅说："穆哥，琛哥说他不喜欢这辆，让你给他换一辆。"

苏沫在秦琛走后跟韩金梅煲了会儿电话粥。韩金梅三句不离其宗，话里话外都在催婚。苏沫不甚走心地应着，给手机开了免提，边听老太太说教，边点开购物软件，挑挑拣拣选了三件睡裙，韩金梅那边才将将说完。

"听到没？"

苏沫语气诚恳，似是受教："听到了。"

韩金梅："我其实觉得小秦那孩子就挺好。"

提到秦琛，苏沫扯了扯唇角："外婆，知人知面不知心。"

韩金梅："你现在不把握，以后有你后悔的时候。"

苏沫揶揄："那您就拭目以待，等着我哭着求他的那天。"

两天后，苏沫的店里来了一位挑剔的顾客。顾客是个二十出头的年轻姑娘，全程交流百分之百障碍，十句话里总要夹杂一两句英语。起初负责接待的是双琪，后来眼看着双琪要被折磨疯了，苏沫走过去拍了拍她的肩膀，示意她去喝口水消消火。

双琪气得翻白眼，转身的时候用口型跟苏沫说："她有病！"

苏沫莞尔，用同样的方式回应："没事，我有药。"

双琪一走，女孩便将"枪口"对准了苏沫："你们这店里就这点东西？"

苏沫红唇扬笑："可以定制。"

女孩："定制要多少钱？"

苏沫笑吟吟地说："三百万是起步价，具体看你要什么款式，做工越复杂的，价位越高。"

听到苏沫的话，女孩脸色微变，转头往前走了两步，随后指着一款首饰盒说："这个多少钱？"

苏沫："四千八。"

女孩回身讥笑，话里话外都是浓浓的优越感："四千八？在国外，这种东西最多一二百。"苏沫唇角弯弯，对她的话并不觉得生气："质量不一样。"

女孩嘲弄："有什么不一样？"

苏沫："我们这是老祖宗流传下来的，匠心打磨，纯手工。你在国外见到的那些，是我们老祖宗玩剩下的，批量生产，说高仿都是给他们面子。"

女孩不以为然："我看是你土包子，鼠目寸光、见识短，所以才说得出这种话。国外的首饰盒可比你这些精致多了。"

瞧着女孩自信过甚的样子，苏沫唇角含笑："我们店门口之前其实有贴过一张纸，不知道你见过没有。"

女孩发问："什么纸？"

苏沫白皙纤细的手指撩拨着发丝，红唇轻挑，一字一句说："崇洋媚外者与狗不准入内。"

女孩愠怒："你！"

苏沫倏然一笑："琪琪，送客。"

双琪"哎"了一声，似乎就在等这一刻，三步并作两步走到女孩面前，做了个"请"的手势："慢走，不送。"

苏沫低头看手机，指尖滑过屏幕，阮卉的微信适时跳了出来。

阮卉：**要不说还得是你这前女友了解他，蒋商那孙子果然妥协了，婚礼定在四天后。**

看到这条信息，苏沫知道蒋商骨头软，只是没想到他的骨头会这么软，不过也在意料之中。她勾起一抹讥笑，没给阮卉回信息，随手把手机放在了收银台上。

双琪送走女孩回来时还一脸愤怒，她瞧了眼神态淡定的苏沫，撇嘴说："那女的真让人讨厌。"

苏沫抬眼，明知故问："怎么了？"

双琪愤愤然说："外国的东西怎么就比我们老祖宗留下来的东西好了？还说什么国外空气都是自由的……"

苏沫双手环胸，笑着说："我们拥有的是五千年的历史文明，我们的国家是真正的礼仪之邦，素养是一代代传承下来的。所谓'无规矩不成方圆'，那些条条框框不是束缚，而是文明的象征。别的国家才有多少年的历史？相对而言，可不就'自由'多了？"

双琪闻言，眼眸蓦地发亮："苏沫姐，你说得好好。"

苏沫莞尔："没办法，人美、心善、三观正。"

女孩子的友情搭建往往只需要一个契机，这件事情之后，双琪对苏沫的印象大大改观，当天下午还给她点了杯奶茶。

午后斜阳暖暖，两人并排坐在落地窗前喝奶茶，双琪问苏沫："你当初怎么会选择做漆器啊？”

苏沫贝齿咬吸管：“喜欢。”

双琪：“只是单纯喜欢？”

苏沫迎着阳光眯了眯眼：“我喜欢任何有美感的东西，更舍不得这些东西消失在历史的长河中。我觉得它足够美足够优秀，应该被传承下去。”

双琪被苏沫这番言论惊得说不出话，半晌才道：“你跟我想象中的不一样，我以为……”

苏沫偏过头看着她，媚眼如丝：“以为我很轻浮，很世俗？”

双琪不好意思承认，倏地一笑。

苏沫：“皮囊是皮囊，内在是内在。外表冷漠如霜的人，或许骨子里热情如火；表面瞧着热络滚烫的人，骨子里或许都是见不得光的蝇营狗苟。”

晚上下班的时候，苏沫和双琪一起离开。两人走到门外，恰好跟站在店门口的秦琛碰了个正着。苏沫表情淡淡地朝他微微点头，算是打过招呼。秦琛同样淡漠，任何人瞧着，都不能把他们俩联系到一起。

反观双琪，从看见秦琛开始，就一直局促不安，不过不是怯，是娇羞。暗搓搓地瞧上秦琛一眼，自己立刻面红耳赤的。

苏沫在一旁看着，心里还算平静，但多多少少有些不忍，觉得秦琛在忽悠小姑娘的感情。她正想说点什么，就见双琪挪动小碎步往秦琛那边靠了靠，小声问：“你为什么不回我微信？”

秦琛表情冷漠疏离：“我们不熟。”

双琪又问：“你是不是还在生气我那天打了你一巴掌？”

秦琛眉峰紧蹙：“没有。”

双琪：“秦琛，我……”

苏沫实在是看不了这种卑微求爱的场面，出声打断：“车到了。”说罢，不等双琪说什么，直接拉过小姑娘塞进出租车里，随后自己也上了车。等到车开出一段路，苏沫掏出手机给秦琛发信息。

苏沫：**不喜欢就果断拒绝，不懂？**

秦琛：**拒绝有用？**

苏沫：**你起码得态度明确。**

秦琛没再回复。倒是坐在一侧的双琪双手托腮，一副相思成疾的模样，慢悠悠地开了口："不知道秦琛到底喜欢什么样的女人。"

苏沫没说话。

双琪又说："我是真喜欢他。"她顿了顿，过了一会儿，忽然精神抖擞地说，"就算做不成他的女朋友，给他当备胎我也愿意。"

得，好言难劝该死的鬼！

送双琪回家后，苏沫让司机掉头送自己回小区。眼看车就要抵达住的地方，苏沫想到什么，拿起手机又给秦琛发信息。

苏沫：**四天后陪我去蓉城参加婚礼。**

信息发出后，苏沫想了想，又补了一句。

苏沫：**有拿得出手的衣服吗？**

秦琛依然没有回复，消息如同石沉大海。直到第二天一早，苏沫才看到他的回复。时间是凌晨两点，内容只有简简单单两个字。

秦琛：**没有。**

对于这样的回复，苏沫其实早有预料。但是在真的得到肯定答案后，她还是不由得被结结实实地震惊了一把。一个三十出头的男人，居然连一件拿得出手的像样衣服都没有，这得过得多拮据？

苏沫想到他的家庭情况——无父无母，跟妹妹相依为命。随后她又想起在医院的那次偶遇——他妹妹似乎有病，急需一大笔钱做手术。

苏沫抿了抿唇，纤细的指尖在屏幕上打字。

苏沫：**你今天有时间吗？**

这次秦琛几乎秒回。

秦琛：**有，怎么了？**

苏沫：**带你去买衣服。**

总不能让他穿得普普通通的，给她丢人现眼。

到了两人商量好的时间，秦琛开车来接她。苏沫坐进车里，打开手机导航，搜索了几个熟知的品牌，几次输入，又几次失望地退出。最后苏沫把手机一收，转头看向秦琛："这里有没有男士品牌商场？"

秦琛回应："没有。"

苏沫："品质差不多的呢？"

秦琛面不改色："大概也没有。"

苏沫不再吭声，人窝在座椅里，像是霜打了的茄子。巧妇难为无米之炊。她就算是有钱，也没办法买到这个小县城里压根儿就没有的东西。

秦琛见苏沫不说话，侧头看向她："要不要去市区看看？那里应该有。"

从长乐县到市区，走高速的话不过一个半小时。苏沫闻言，没多想，直接点了头。不点头也不行啊，她又不会变戏法。

去市区的路上，两人谁都没说话。秦琛是本身话就不多，苏沫是单纯不想说。等到下高速时，苏沫扫了眼收费屏，又懒懒地收回视线。

秦琛说得没错，市区确实有几家男士服装专卖店，虽然比起蓉城的差很多，但起码还算看得过去。两人选中了一家店，刚进门，就有两个店员上来热情相迎。

秦琛显然是不习惯这种氛围，眉峰轻蹙，周身都散发着寒意。

比起他，苏沫倒是很习惯这种热络。购物是女人的天性，花钱是血脉觉醒。

店员看出购物的主动权在苏沫手里，也不再在秦琛身边打转，而是把所有的热情一股脑用在了苏沫身上。

苏沫喜欢热情，却不是个耳根子软的，她们说她们的，她逛她的。最后，苏沫抬手指了三套西服："那三套，让他试试。"

店员顺着她手指的方向看过去，眼睛瞬间笑得眯成了一条缝："您眼光真好，那几件都是我们的新品。"

苏沫轻挑眼尾："第三件不是吧，那应该是去年的老款。"

店员闻声面色一僵。

苏沫没理会她，而是朝站在不远处的秦琛轻抬下颌："去试试。"

秦琛闻声上前，从店员手里接过衣服进了试衣间，苏沫则找了个软椅坐下跷着腿看手机。片刻后，秦琛换好衣服出来。

不得不说，有的男人就是天生的衣服架子。

看到秦琛一身西装革履出现在眼前，苏沫轻挑了下眼尾，眼底闪过一抹惊艳。此刻的秦琛透出的气质气场，与平日里的他截然相反。

店员在一旁不由得夸赞："先生穿这套真帅，您女朋友眼光真好。"

苏沫对"女朋友"这三个字不感冒，对其他的话却是不置可否，她唇角含笑说："再换另外两套试试。"

接下来的两套试完，秦琛木着脸等苏沫做选择。

苏沫轻笑起身，玉手豪气一挥，刷卡付钱，三套一起拿下，办了会员，打完折下来一共一万三。

拎着衣服出店门时，苏沫发现秦琛脸色沉沉的。她知道他在想什么，无非是男人的自尊心作祟。

苏沫止步看向他，红唇勾了勾，直言："觉得心里不舒服？"

秦琛垂眸，绷着脸，并不说话。

苏沫跟他讲大道理："这次是你帮我，所以消费理应由我买单。如果哪天是你用得着我，消费肯定就由你买单，这叫人情世故，懂吗？难道你求人办事的时候，还会让人倒贴钱？"听到苏沫的话，秦琛的神情稍有缓和。

身后，一道热切又熟悉的声音忽然响起："阿琛，你怎么在这儿？"

有那么一瞬间，苏沫怀疑自己出现了幻听。但是当她听到第二声时，她就知道，她年轻身体好，耳聪目明。只是这声音，苏沫印象深刻得很——她的前任准婆婆。

在过去的七年里，苏沫没少听她的刻薄言论，她一方面在几个搞艺术的大佬那里借着自己的名头贴金，一方面又在私下里极为鄙夷自己的家庭。如果不是蒋商每次都站出来当和事佬，自己那会儿也是真心实意喜欢蒋商，不想他为难，大概早就和她撕破脸了。

等等……她刚刚叫谁？阿琛？秦琛？

苏沫拧眉抬眼看向秦琛，发现他面色无异后，想着会不会是同名。待她转头朝声源看去，跟一身贵妇派头的程岚恰好对视，两人都是一副活见鬼的表情。

相比于苏沫，程岚的脸色显然更为难看。只见她的目光在苏沫和秦琛之间打转，最后脸上挤出一抹笑，强装镇定，看着秦琛说："阿琛，这位是你女朋友啊？"

秦琛神情淡漠，看不出多余的情绪："嗯。"

程岚闻言，捏着手包的手紧了紧："呵呵……"

这样的场面不可谓不尴尬。

苏沫站在秦琛身侧，玩味地看着眼前这一幕，同时猜测着秦琛的身份。她发现程岚似乎挺怕秦琛的，是那种从骨子里透出来的怕。

这倒是稀罕事。她认识程岚这么久，除了面对蒋老爷子，还没见对方这样怕过谁，哪怕是面对蒋家老太太，程岚也会时不时会话里话外阴阳两句。想到蒋家老太太，苏沫忽然心里一软，那老太太是真心喜欢她，对她捧着宠着。可惜，以后没机会再见了。

这边苏沫思绪乱飞，那边程岚在跟秦琛简单聊了几句后就带着身侧的助理离开了。

临离开时，程岚一团和气地看着秦琛说："有时间回家看看，爷爷和奶奶都很想你。"秦琛嗓音凉薄："嗯。"

程岚从苏沫身边经过时，恶狠狠地瞪了她一眼，用仅两人听到的声音警告她："收起你那点小心思。"

苏沫轻挑眼尾，没吱声。

等到程岚走远，苏沫和秦琛也乘电梯下楼，走出商场。

上了车，秦琛反手把手里的衣服放到车后排，苏沫坐在副驾驶座上似笑非笑地看着他：“你认识蒋商？”

秦琛回看她，面不改色：“谁？”

苏沫：“我前男友。”

秦琛眉峰蹙了下，回答：“不认识。”

苏沫看着他眯起眼，显然是不信。不过想起前两次秦琛和蒋商碰面的场景，苏沫忽然又觉得两人似乎确实是不认识。可秦琛不认识蒋商，怎么会认识程岚？而且瞧着两人的样子，明显应该是……亲戚……

苏沫琢磨不出来，索性不琢磨了，直接一瞬不瞬地盯着秦琛。

秦琛单手撑着方向盘，也同样回看她。一分钟后，秦琛忽然倾身靠过来，大手捏住她后颈往前拉，垂眸看着她的眼睛说：“有什么想问的直接问，别让我猜。”

秦琛让问，苏沫也没扭扭捏捏，直接说：“刚刚跟你说话的那个女人跟你什么关系？”

秦琛道：“二婶。”

苏沫拧眉：“亲的？”

秦琛嗓音沉沉：“嗯。”

苏沫心底蓦地一紧，一口老血差点喷出来，咬着牙说：“那你不知道她儿子就是蒋商？”

秦琛瞧了她半晌，而后面色平静如水地说：“这么说，你是我的前弟妹？机缘巧合？还是你蓄意报复？”

这一口锅甩过来，把苏沫砸得有些晕。饶是她平日里那样巧舌如簧的一个人，这会儿也不自觉哑言，眉眼间没了风情，只剩下百口莫辩的薄怒。

两人四目相对，苏沫咬碎了牙根，说：“是意外。”

秦琛直直地看着她，瞧不出其他情绪。

苏沫觉得他是不信，又恶狠狠地说：“我没那么愚蠢，为了报复一个背叛我的男人赔上我自己。”

秦琛沉声问：“是吗？”

苏沫：“不然呢？”

这个话题随着苏沫的这句反问终止，秦琛也适时松开了捏着她后颈的手。

苏沫莫名松了一口气。过了一会儿，苏沫向秦琛再次确认：“你跟蒋商真是亲堂兄弟？”

秦琛：“嗯。”

苏沫盯着他看，脑海中某些信息一闪而过。前两天阮卉好像发信息跟她提过这个事，说如果蒋商不结婚的话，蒋家继承人就要易主。她那会儿权当笑话看，所以也就没放在心上……这么说，蒋家扬言要易的主，是秦琛？难怪刚才程岚看到他会是那副表情，又忌惮，又排斥。

苏沫看向秦琛的目光变得复杂起来。

秦琛像是看透了她的小心思，斜眼看向她，哑声问：“还想知道什么？”

苏沫说：“我跟蒋商交往七年，怎么不知道蒋家有你这么一号人物？”

秦琛骨节分明的手指搭在车窗外：“一直都有。”

苏沫要笑不笑：“是吗？”

秦琛侧头垂眸看向窗外，悠悠地说：“你不知道，只能说明蒋家从来没想过要接受你。”

苏沫瞬间噎住，被戳到了软肋，胸口又闷又疼。

秦琛转回头看她：“跟我在一起，你不亏。”

苏沫被气笑了，不知道这个男人到底是哪里来的自信：“是吗？”

秦琛：“最起码蒋商结婚，你能以嫂子的身份坐主桌。”

去他的坐主桌！

因为这个插曲，两人在回长乐县的路上一句话也没说。抵达苏沫住的小区后，她推门下车，秦琛坐在车里没动。两人就像是有某种默契，彼此都需要冷静。

苏沫踩着高跟鞋离开，头都没回。秦琛坐在车里看着她的背影，直到她消失不见，才掏出手机发了条信息出去。

秦琛：程岚今天去市区做什么？

穆川：似乎是在谈一个商场收购，怎么，遇到了？

秦琛：嗯。

穆川：你还怕她？她看到你就跟老鼠见到猫似的。

秦琛：她跟我说话的时候苏沫也在。

穆川：那……

秦琛：没什么，她总有一天会知道。

穆川：我特别想知道苏沫什么反应？

秦琛：跟我解释，她不是蓄意接近我，纯属意外。

穆川：啧，这姑娘是真可怜，单纯如她，怎么能斗得过你这个老奸巨猾？

苏沫回家后，先是走到冰箱前取出一罐啤酒打开喝了两口，随后拿起手机拨通了阮卉的电话。待她把今天戏剧一般的场面跟阮卉描述完，阮卉那边传来一声清晰的勺子掉落的声音。

“什么？你的意思是，现在跟你厮混的野男人，就是蒋商的堂哥？”

阮卉声音之大，把苏沫耳朵震得不轻。她拧着眉把手机拿远些，声音毫无波澜：“事情就是这么个事情。”

阮卉：“这剧情也太……”

苏沫指尖捏着啤酒罐回到沙发上，盘腿而坐，接着她的话说：“Drama.”

阮卉隔着手机拍桌子：“这怎么能叫‘Drama’？这明明叫‘刺激’。”

苏沫：“你口味真重。”

阮卉贼兮兮地笑了一通，又问：“那个男人知道你们的关系后什么反应？”

想到秦琛的反应，苏沫忍不住翻了个白眼：“怀疑我是为了报复蒋商蓄意接近他。”

阮卉闻言，直拍桌子：“别说他了，连我都是这么怀疑的！”

苏沫哼笑：“我是那种人？”

阮卉的声音忽然变得暧昧又猥琐：“沫沫，你说你们俩以后在一起的时候，想到他差点成为你堂哥，心理上……”

不等阮卉这大逆不道的发言结束，苏沫倏地挂了电话。

阮卉：**害羞了？**

苏沫：**色字头上一把刀！**

苏沫的思想被阮卉带偏，当天晚上，她做了一个梦，梦到秦琛把她抵在落地窗前，在她耳边喊她“弟妹”。苏沫瞬间被惊醒，冷汗涔涔。她看着天花板发了会儿呆，起床冲了个热水澡，又喝了杯水压惊，随后拢着浴巾站在窗前看起了夜景。

她住的这个小区年龄比她都大，电梯是后期各户出资自己改建的。参差不齐的老楼既瞧不出美感，也瞧不出气势，但是有种别样的温馨，是那种飘零久了可以让人叶落归根的归属感。

从凌晨三点半一直看到五点，直到旭日东升，她才拢着浴巾转身回了卧室睡回笼觉。熬了小半宿，再次躺到床上时，苏沫感觉整个人有种说不出的失重感，像是悬在半空，身体和灵魂分离。

上午，苏沫睡得正熟时，放在床头的手机忽然响了起来，把她从沉睡中唤醒。她迷迷糊糊地睁开眼，藕节似的胳膊从被子里伸出摸到手机按下接听键。

“喂。”苏沫声音慵懒，还夹杂了些睡饱后的小意温柔。

双琪听到她的声音，先是愣了愣，而后小心翼翼地问：“苏沫姐，你今天不来店里吗？”

苏沫用手捏了捏眉心，想到什么，翻了个身说：“不去。最近几天都不去，你好好看店。”

双琪好奇心重：“为什么？”

苏沫："前男友结婚。"

双琪惊愕："你要去抢婚？"

苏沫冷笑："我去坐主桌。"

双琪没听懂："啊？"

有些事，苏沫没法跟双琪细说，索性就不说了："你只管听话，好好看店，等姐姐回来给你包个大红包。"

双琪虽然单纯，但不傻，听出苏沫不想说，也没追问，闷闷地"嗯"了一声。过了一会儿，两人挂断电话，苏沫正想起身，手机振动，双琪不放心她，又给她发了条微信。

双琪：你注意安全啊，别挨打。

苏沫：乖。

双琪：我可不是关心你，我是担心你受伤以后店里只有我一个人累死累活。

苏沫：我知道，你就是担心我。

跟双琪发完信息，苏沫唇角含笑，起床去洗漱。

蒋商三天后结婚，她今天就得去。今天去蓉城，明天去看纪玲，后天养精蓄锐，大后天美艳不可方物地去参加婚礼。

俗话说得好，不蒸馒头争口气。参加前任婚礼，必须比参加自己婚礼都光彩照人。洗漱完，苏沫走回卧室，拿起手机拨通了秦琛的电话。昨天两人最后谁都没说话，如今尴尬劲儿还在，但事情到了这个地步，苏沫也没有别的人选。

电话接通后，苏沫率先出声："蒋商大后天婚礼，你是准备后天去，还是当天去？"

秦琛嗓音低沉冷淡："你呢？"

苏沫说："我今天去。"

碍于昨天他的怀疑，她不得不给出一个合理的解释："我去蓉城还有别的事，需要提前去。"

秦琛那边没立即回答。过了一会儿，她才听到秦琛说：“邱正，你来接手。”

一道嬉皮笑脸的声音随即响起：“是，琛哥。”

秦琛像是离开了原地，几分钟后，手机那边安静下来，他忽然沉声问：“苏沫，你是不是想跟我终止这段关系？”

苏沫觉得秦琛不去天桥算卦实在是可惜了。他说得没错，苏沫确实是这么想的。她想着等蒋商那边婚礼一结束，她就出巨资诚聘一位“假男友”，然后终止跟他的关系。

秦琛没听到苏沫的回应，知道自己猜对了，冷笑了一声：“苏沫，你当我是什么人？你说不要就不要？”

苏沫认识秦琛这么久，还没见过他笑。这会儿听着声，倒是被吓得抖了抖。半晌，苏沫从牙缝里挤出一句话：“什么叫我说不要就不要，我们俩当初可是商量好的，只要我有了喜欢的人，你就滚蛋。”

秦琛嗓音沉沉，犹如老僧入定：“你现在有了吗？”

苏沫噎住。她其实想说“有”，打肿脸充一回胖子，可她不敢。是在秦琛面前要面子，还是在蒋商面前要面子，二选一，她选择后者。

通话有那么一瞬间的冷场，苏沫接不住话，秦琛淡声说：“想好，是要我大后天去，还是你现在变个男友出来。”

苏沫咬牙切齿：“你去。”

秦琛问：“想好了？”

用人腰杆软，苏沫只得应了：“想好了。”

秦琛声音清冷：“你现在就收拾，我两个小时后去接你，陪你去蓉城。”

苏沫：“哦。”

无奈、气愤、窝囊……苏沫没想到，原来一个“哦”能概括这么多种情绪。

第 4 章

蒋家

两个小时后，秦琛来接人。苏沫一身绿色雪纺纱裙，在阳光下熠熠生辉，长发被发夹随意扎起，几许碎发自然散落。秦琛只远远瞧了一眼，就没再挪开视线。等到车驶近，他收敛了眼底的惊艳，只剩淡漠。

苏沫开门上车，嘴噘着，没吱声。秦琛知道她心里有气，也没开口说话，而是拿了一瓶矿泉水递给她。苏沫没接，双手环胸端着架子。

秦琛举了会儿手里的水，没再坚持，放下水，倾身过来给她系安全带。

苏沫一双水眸直勾勾地看他，眼底的不高兴就要溢出来。秦琛一声没吭，低头给她系好安全带，而后收回身子坐直。

去蓉城的路上，苏沫一直偏着头看着窗外。她心里堵着一口气，想着自己就算不能明目张胆地反抗，也得多多少少作一作。

只不过，最初，她确实是在看车窗外风景，然而视线回缩时，便落在了车窗上秦琛的影子上。

之前不知道他跟蒋商的关系时，她从没把两人的长相往一处想过。现在仔细一瞧，两人确实在某些方面有些相似，比如鼻子，比如嘴。不过眼睛不一样，蒋商的眼睛看着要更温和点，秦琛的则更凌厉。

只是想到蒋商和秦琛的那层关系，苏沫微微拧了拧眉，感觉很糟心，不知道的还以为她是故意为之。

抵达蓉城已经是三个多小时后，一路高速，再好的身子都撑不住。车子驶入市区后，苏沫就报了一家之前常住的酒店的地址，那里的价位虽然有点贵，但环境没得说。

抵达酒店后，苏沫解开安全带率先下车。往酒店门口走时，苏沫想到了两件事：一、她跟秦琛开一间房还是两间？二、秦琛既然是蒋家人，他到底是有钱还是没钱？

不过，这些想法在她走进酒店的那一刻全部烟消云散——冤家路窄，她看到了两个人，蒋商，还有曾经跟她好得穿一条裤子最后却出手陷害她的叶冉。

这两人在这儿一起出现，老实说，挺微妙的，尤其是她那位“好闺密”还明显洗过澡，头发都没吹干，湿漉漉的。

三人六目相对，蒋商的脸色最先有了变化。只见他往前一步，似乎是想跟她说话，只是不等他开口，一道磁性肃冷的声音就适时地打断了他。

“身份证都在我这儿，你怎么开房？”

秦琛让苏沫想到一个人——及时雨宋江。他出现得是真及时，而且每一次的时机都拿捏得刚刚好。

瞧着蒋商和叶冉此刻犹如被泼了颜料般五颜六色的脸，苏沫的唇角不由得勾起一抹讥笑。两人这是什么神情？怎么看着像是在捉奸？他们两个，一个有未婚妻，一个有相爱多年的男友，一起出现在酒店都没觉得有问题，她跟秦琛男未婚女未嫁的，倒像是被架到道德制高点了。

不等苏沫欣赏完两人脸上的神情，叶冉快速调整好情绪，从蒋商身后上前，脸上的惊愕散去，只剩下虚伪的笑：“沫沫，你什么时候回来的？怎么没说一声？”

苏沫也不是吃素的，红唇微笑，加了一点娇柔：“跟你说一声，你去接我吗？”

叶冉神情骤然尴尬，强撑着笑脸：“肯定的。”

苏沫眉眼弯弯：“那我下次回来的时候一定告诉你。”

叶冉听到这话嘴角轻扯，直觉自己给自己挖了一个坑，脸上的笑都要兜不住了，不想接话，又不得不硬着头皮说：“好。”

苏沫：“叶冉。”

闻声，叶冉心头一震，一股不好的感觉油然而生。

果不其然，下一秒苏沫红唇轻启：“几个月没见，你的演技又提升了。”

叶冉的脸色顿时青一阵白一阵，她嘴角抽了抽，想说点什么，但苏沫没给她这个机会，转身挽着秦琛的手臂迈步离开了。

现在这种情况，完全不用多考虑房间数量的问题，就一间。房间开好，接过前台递过来的房卡，苏沫挽着秦琛进了电梯。前一秒进门，后一秒两人瞬时分开，各自占据一方。当然，主要做出这个行为的人是苏沫。只见她后退一步，靠在电梯壁上板着脸，显然很不高兴。

看着她的表情，秦琛沉声开口：“那个女人是蒋商的未婚妻？”

闻言，苏沫挑眉，讥讽味儿明显：“你连自己的弟妹都不认识？”

秦琛面不改色：“弟弟我也不熟。”

他嘴巴可真毒，可苏沫没办法反驳，因为事实确实如此。

下了电梯，两人进了房间，秦琛脱下外套去挂衣服，苏沫则坐在沙发上打量他的背影。待秦琛转回身，她轻挑着眼尾问：“你跟蒋商之前没见过？”

亲堂兄弟，彼此却不认识，这不合理。

秦琛阔步朝她走来：“没见过。”

苏沫：“亲堂兄弟，没见过？”

秦琛走到她跟前，俯身将人一把捞过来，让她坐在他的腿上，两人面对面而坐。秦琛双手掐着她的软腰，一寸寸攥紧，然后又一点点松开，压迫感和存在感十足，让她很不好过。两人就这么对视，就在苏沫耐心告罄，准备发怒时，他薄唇轻动：“确实从来没见过，我是蒋家人，却没在蒋家生活过一天。”

听到秦琛的话，苏沫的薄怒被好奇取代：“嗯？”

秦琛：“想知道？”

苏沫不说话，神情不言而喻。

秦琛：“这是我的隐私。”

这点倒确实是。隐私这种东西，确实不好窥探。

苏沫浅浅吸气，就在她准备放弃时，秦琛喉结滚动了下，说：“苏沫，求知得有求知的态度……”

乍一听，还以为是谁在虚心求学，不耻下问呢。苏沫脸上的表情几经变化，最后成了浓浓的嘲弄：“秦琛。”

秦琛嗓音低沉：“嗯。”

苏沫轻笑，身子往前靠。眼看秦琛的眸色越来越暗，苏沫忽然后撤，光脚下地，冷笑开口：“你以为我对你那点隐私有多感兴趣？”

苏沫说完，转身往卧室走。

豪门故事多，老实说，她没多少兴趣知道。只不过是事情刚好发展到了这一步，他如果说，她就听听，他如果不说，那她也不是非听不可。

看着她的背影，秦琛低低沉沉地开口：“我爸是蒋商的大伯，早年为了跟我妈在一起，跟蒋家断绝了关系。”

闻言，苏沫的步子一顿，转回头，两人四目相对。

秦琛继续说：“我是两年前才回到蒋家的，所以不管是对蒋商，还是对蒋家的其他人，我都不熟，甚至没见过。”

苏沫想过千万种秦琛跟蒋家的可能，但是独独没想过这一种。有那么一刹那，苏沫感觉自己心尖好像被什么东西刺了下。

秦琛问：“你还想知道什么？”

苏沫：“没了。”再问下去，就越界了。

苏沫心里有一杆衡量人际关系的秤，什么样的关系就说什么样的话，讨论什么样的秘密。很显然，以她跟秦琛的关系，不适合聊涉及隐私的话题。大概是同为“弃子”，在感情上多多少少会有点共鸣，苏沫身上的气焰也消散不少。

晚上，苏沫和秦琛在酒店大厅吃的中餐。饭后结完账，乘电梯上楼时，苏沫状似无意地问了秦琛一句：“蒋家家大业大，就没给你点钱？”

秦琛垂眸看着她，不卑不亢：“没有。”

苏沫喉头一哽：“小气。”

秦琛：“他们不喜欢我。”

苏沫抿了抿红唇，没接话。

那指定是不喜欢的，不然也不能过了这么多年才来认他，只是这话她没法接。她早打算在参加完蒋商的婚礼后就跟他划清关系，不想在这种时候再横生枝节。

同情心她有，但是男女之间，同情心这种东西要不得。多少男女都是始于同情，后面发展成爱情，最后腻了、烦了、清醒了，后悔莫及。

从电梯下来，两人一前一后走着。苏沫低着头给纪玲发微信，问她明天在不在家。

纪玲：回来了？

苏沫：嗯，回来了。如果您明天在家，我就去蹭饭。

纪玲是大学教授，虽然已经退居二线，但还是时不时会去各大名校讲课，就时间上来说，不比年轻人宽裕。

纪玲：在，想吃什么？告诉师母，师母给你做。

苏沫：馋您做的糖饼。

纪玲：好，明天做给你吃，再给你做点你爱吃的卤味。

苏沫笑着收起手机。到了房门口，临进门时，她转头看向秦琛说：“今晚你睡沙发。”

秦琛眼眸漆黑，嗓音肃冷：“嗯。”

苏沫意外他答应得这么痛快，轻挑了下眉梢。

进门后，苏沫坐在沙发上打游戏，秦琛则进了浴室。过了半小时，苏沫一局游戏打完，正想起身回卧室，就跟刚洗完澡出来的秦琛撞了个正着。他没穿酒店的浴袍，而是光着上半身，荷尔蒙气息格外张扬。下半身则穿着他原本的西服裤，还是苏沫昨天给他买的那条。别说，还挺合身的。

看着眼前的一幕，苏沫不自觉地眯了眯眼。

眼看气氛渐渐暧昧上头，秦琛开口打破了这场旖旎："还不休息？"

苏沫眉心一跳，噌地起身，光脚踩在地上回了卧室，房门"砰"的一声被关上。秦琛低垂的眸子微动。

次日，苏沫起了个大早，招呼都没打，一个人离开了酒店。她先是去金店给纪玲选了两样首饰，随后又去商场给她选了两件裙子，都是大方得体的款式，符合纪玲的身份地位。到纪玲家时，已经临近中午。

苏沫按响门铃，纪玲亲自来开的门。看到她的那一刻，纪玲眼眶瞬时通红。苏沫不是那种黏黏糊糊的人，她最受不了温情。眼看纪玲的眼泪说掉就掉，她忙放下手里的东西给了她一个大大的拥抱："师母，我回来了。"

纪玲用手拍着她的后背，像是在打她，又舍不得真的把人打疼："你啊，我还以为……"

苏沫心里有数，纪玲是以为她再也不会回来了。当初她一气之下离开，从离职到处理感情问题，前后不过一天时间，令所有熟知她的人都惊愕不已。她是真的雷厉风行，也是真的绝情。

两人拥抱过后，纪玲拉着她的手往家里走。保姆也是认识苏沫的，热热络络地打过招呼，帮忙拎放在门口的东西，笑着说纪玲得知她回来，今天起了个大早。苏沫娇笑着，把小辈的撒娇姿态表现得淋漓尽致。

这顿饭吃得不错。在餐桌上，纪玲问起苏沫对未来有什么打算。

苏沫夹了一筷子卤味放碗里："我在长乐开了家小店。"

纪玲闻言皱眉："你以后要待在长乐？"

苏沫专心给碗里的鸭货“剔骨抽筋”，没抬头：“嗯，目前是这个计划。”

纪玲：“那你的手艺岂不是荒废了？”

苏沫说：“不会，功课没一日落下。”

纪玲：“我说的是……”

苏沫知道她想说什么，抬眸笑吟吟地说：“师母，其他的再说。”

一句“再说”，噎得纪玲无话可说。纪玲不想破坏这好不容易才见面的气氛，话锋一转说：“你还没见过你大师兄对不对？”

苏沫承应：“是没见过。”

她这位大师兄神龙见首不见尾，如果不是她入师门多年，听过不少他的事，她甚至怀疑她这位大师兄是师门为了撑门面杜撰出来的。

纪玲：“有时间安排你们见一面。”

苏沫：“好呀。”

饭后，苏沫陪纪玲坐了会儿，借口还有别的事，道别离开。纪玲亲自送她出门，旁敲侧击地问她感情的事：“你跟蒋商现在还有联系吗？”

苏沫说：“没了。”

纪玲道：“不联系也好，免得别人在背后说闲话。”

苏沫浅笑嫣然：“嗯。”

纪玲又说：“师母这里多的是青年才俊，等你什么时候调整好自己的状态了，师母介绍你认识。”

苏沫莞尔：“好。”

跟纪玲分别后，直到上了出租车，车子启动的那一刹那，苏沫才松了一口气。怎么办？有点累。不是身累，是心累，是那种重归故地需要应付人情世故的累。

回到酒店已经是一个多小时后。她一下车就看到酒店门口站着两个高大的身影，一个是秦琛，一个是蒋商。两人不知道说了什么，蒋商的脸色极为难看。

苏沫走近，恰好听到秦琛正气死人不偿命地说：“其实你也不用难受，虽然她没成为你老婆，但成了你嫂子，说到底，我们还是一家人。”

苏沫觉得秦琛这个人是有点“幽默细胞”在身上的，不过是冷幽默，搭配上他那张面无表情的脸，真的绝了。

蒋商半天没吭声。许久，他沉声说了句：“你觉得沫沫为什么会选择你？”

秦琛神色正经：“一见钟情。”

蒋商轻蔑一笑，向来沉得住气的人难得有了多余情绪：“你觉得可能吗？”

秦琛：“你觉得她跟你恋爱七年仅限于拉手是为什么？”

蒋商面色骤僵。

秦琛挑眉：“是你不愿意？”

蒋商攥紧了垂在身侧的手：“你不懂。”

秦琛冷着脸点头：“我是不太懂，毕竟我们俩刚认识没多久，她就跟我确定了关系，约我去了她家。”

蒋商终于闭嘴了。

这场博弈，明显秦琛技高一筹。接下来的话，苏沫懒得再听，她拎着手包上了台阶，从两人身侧走过，仿若不认识两人。

蒋商瞧见了她，开口喊道：“沫沫。”

沫你个大头鬼！苏沫脚下步子未停，头都没回。

十多分钟后，秦琛也回了酒店。他刷卡进门时，苏沫正盘腿坐在沙发上打电话，人娇笑着，活色生香。瞧见他回来，苏沫调整了下坐姿，裙摆下两条笔直的腿随意交叠搭在茶几上。秦琛垂眸扫了一眼，转身走到一旁开了罐啤酒。

电话那头的阮卉正跟苏沫说着八卦，说是叶冉跟男友分手了。

“你说他们俩为什么分手？”

苏沫冷笑：“这谁知道？”

阮卉说："听说是她男朋友出轨了。"

苏沫不信。

阮卉："我也不太信。"

她认识叶冉那个男友，老实巴交的一个男人，他的思想还停留在"从前车马很慢，一人一世一双人"的阶段。他出轨的概率，还没有她学坏的概率大。

阮卉顿了顿，忽然福至心灵一般，说："不会是叶冉出轨，然后甩锅给了她男朋友吧？"

苏沫揶揄："你问问？"

阮卉："你以为我不敢问？"

苏沫轻笑："你敢问，她就敢碰瓷，扬言要给自己立贞节牌坊，然后一头撞死在你面前以证清白。"

阮卉隔着手机眼露鄙夷："这倒是。"

叶冉那个人，别的能耐没有，在装白莲花这方面，真的炉火纯青。把孙悟空扔进太上老君的炉里再炼个八百回，都不好识别她的真身。不然苏沫也不会被她骗了这么多年。两人又闲聊了几句，都觉得这个话题晦气，心有灵犀地转移了话题。

阮卉说："我现在对蒋商的婚礼真的充满了期待。"

苏沫调侃："想去当新娘？"

阮卉："不是，是一想到你们几个齐聚一堂，我就觉得刺激，尤其是站在你的立场上，前任结婚，假闺密是伴娘，你携手前任的堂哥坐在主桌出场，啧啧啧……"

苏沫："滚蛋。"

挂断电话，苏沫唇角的笑意未收。她忽然想到什么，抬眼看向秦琛："蒋商知道你的身份了？"

秦琛没回头，背对着她接话："嗯。"

苏沫讥笑："他今天是专程来挑衅你的？"

秦琛："不是，他陪别人来的，恰好遇到。"

苏沫闻言拧眉："他陪谁？"

秦琛喝了一口啤酒，低沉着嗓音说："就昨天我们碰到的那个女人。"

一个男人陪一个女人来酒店，还是三番五次地来，要说没点猫腻，除非活见鬼。对此，苏沫倒是不在乎，分都分了，她还没深情到到了现在还为他牵肠挂肚。只是毕竟爱过那么一场，如今觉得像是嗓子眼里飞进去了一只苍蝇，吐出来恶心，咽下去更恶心。

苏沫起身走向浴室，走了几步，她忽然想到点什么，脚下步子一顿，踢开脚下的拖鞋，光脚踩在地板上，背对着秦琛，将长裙一点点退至肩下。

苏沫是美的，而且美得惊心动魄。

秦琛就这么静静地看着苏沫，眸色幽深，他心里有数，苏沫这是在报复。果不其然，苏沫回头挑衅地朝他轻挑了下眼尾，而后径直进了浴室。

看着紧闭的浴室门，半晌，秦琛拿起手里的啤酒猛地喝了一口。苏沫报复成功，郁结散去，神清气爽。吃过晚饭，两人依旧一个睡卧室，一个睡客厅沙发，仿佛是暗暗较劲。

晚上，苏沫一觉醒来，听到客厅里秦琛似乎是在打电话。不过他声音压得低，她听不太清。她对他的电话内容也没多大兴趣，于是翻了个身，又继续沉沉睡去。

秦琛确实在打电话，来电的是之前帮他送车的人。

"琛哥，这次我帮你换了辆车，比欧陆档次高，保证你喜欢。"

秦琛嗓音冷淡："不用了。"

对方闻言发蒙："啊？"

秦琛："我现在很穷，买不起车。"

对方惊愕："琛哥，你破产了？"

秦琛："嗯。"说罢，不等对方接话，直接挂了电话。

秦琛把手机扔在一旁，单手置于脑后枕着，眼眸深邃，看着落地窗外的霓虹璀璨、星光点点。

另一边，跟秦琛挂断电话后，男人忙转手拨了另一通电话。待对方接起，他难掩吃惊地道："穆哥，琛哥破产了，你知道吗？"

电话那头的人似乎早知道是怎么一回事，戏谑着开口："他不是破产了，他是卖惨呢吧？"

次日，苏沫七点准时起床，走到套房客厅时，环顾一圈，没看到秦琛的身影。那么大一个人不至于走丢，她也没太放在心上，喝了杯水，迎着晨曦练起了瑜伽。她今天没什么计划，主打一个养精蓄锐，为明天做准备。

这会儿阳光正好，不刺眼，却温暖。她简单锻炼了半个小时，在练出薄薄一层汗后，觉得身上黏腻，便转身进了浴室。冲完澡，她听到客厅里似乎有了动静，手刚拿到扔在一旁的浴巾，浴室门忽然被从外猝不及防地推开。

突如其来的状况，让气氛瞬间凝固。苏沫本能转头，裹着浴巾，纤薄的背挺得笔直。她杏目圆瞪，发火的话还没说出口，站在她身后的男人忽然阔步上前，下一秒，红唇被吻住，男人的大手一寸寸搂紧她的腰。

从浴室出来时，苏沫满脸不高兴，任由他帮忙吹头发、穿裙子，一根手指头都懒得动。待他把她收拾妥帖，又把她抱进沙发里，她脸色才稍微有些好转。

过了几分钟，她窝在沙发上打游戏，抬眼间看到秦琛站在窗前喝水，阳光下，男人五官硬朗，棱角分明。他不是眉清目秀的那种帅气，而是极具压迫感、荷尔蒙的那种。

苏沫看得出神，忽然想到一个问题。她当初之所以选择秦琛，是不是因为他这张脸？啧，果然不论男女，都是容易色令智昏的生物。

苏沫回神，见秦琛迈步进了浴室，没多久又拎着她刚刚脱下的长裙走了出来，沉声问："手洗？"

苏沫挑眉："你洗？"

秦琛："嗯。"

苏沫抬抬下颌，明明是她需要人帮忙，姿态倒像是布施多大似的："手洗。"

秦琛："嗯。"

秦琛转身进了浴室，里面响起水流声。

听到这个动静，苏沫身子往沙发里靠了靠，心里某个地方像是变得毛毛躁躁的。十多分钟后，秦琛从浴室出来，手里拎着洗完的长裙。苏沫闻声抬眼，入眼的便是这样一番场景。谁没有这种虚荣心？被人捧着、宠着、惯着，尤其这男人明明一身冷漠，却独独为自己泄出来那一点温柔。苏沫眯了眯眼，随后收敛目光，专注手里的游戏。

秦琛再次接到蒋家来的电话，是临近中午的时候。这次来电话的不是蒋商，而是蒋家老爷子。

电话接通，蒋老爷子的声音隔着手机不怒自威："人都回来了，不回家住，住酒店算怎么一回事？传出去像什么话？"

秦琛嗓音淡淡："不方便。"

蒋老爷子愠怒："有什么不方便？"

秦琛说："我带了女朋友。"

听闻秦琛带了女朋友，蒋老爷子的怒意稍减："带了女朋友就一起回来，怎么，你这女朋友是从别人那里抢来的见不得光？"

怎么说呢？情况属实。

蒋老爷子没听到秦琛的回话，拿出长辈的威严下了死命令："一小时后，带女朋友回家吃午饭，听到没？"

秦琛看了坐在沙发上的人一眼，嗓音淡淡："嗯。"

挂断电话，秦琛靠站在窗前，开口："你去过蒋家吗？"

苏沫抬眼看过去，低垂的睫毛长而卷，宛如带了钩子："去过，怎么了？"

她跟蒋商当初是正经恋爱，一心奔着结婚去的，所以没藏着掖着，大大方方。那几年，她没少去蒋家。

秦琛眉峰轻蹙："老爷子打电话让我待会儿带你回去吃午饭。"

苏沫闻言挑眉，语气里带了点排斥："老爷子怎么会知道我在这里？"

秦琛面不改色地说："大概还不知道是你，只知道我带了女朋友来蓉城。"

哦，原来是想见孙媳。苏沫跷着腿思忖，如果只是单纯应付蒋老爷子，她有一百二十种方法能避开。可问题是，程岚和蒋商已经知道实情，这件事压根儿瞒不住，何况明天她还得坐主桌。

左思右想，苏沫决定以不变应万变："我去。"

秦琛道："我跟蒋家人关系一般。"

苏沫轻哼："我知道。"

关系好就见鬼了。以蒋家的财力物力，如果真把秦琛当回事，指甲缝里漏一点出来，都够他跟他妹妹一辈子丰衣足食了。可你瞧瞧他们兄妹俩，连看病做手术的钱都犯愁。还有，这个男人都三十多了，仅有的三件像样的衣服，还是她花钱买的。

苏沫一瞬不瞬地盯着秦琛，瞧他的五官、气场，不知为何，她总觉得他命不该如此。难道是潜力股？那这潜力可埋得够深的，都三十多年了，还没有发迹的迹象。想到这儿，苏沫忽然笑了。

从酒店出来，两人开车前往蒋家，苏沫坐在车上，看着两手空空的秦琛问："空手去？"

秦琛语气平静，不似假装："需要拿什么？"

苏沫轻笑："你去看望长辈，最起码不得买点礼品？"

秦琛眉头紧锁："我没跟长辈打过交道。"

听到秦琛的话，苏沫脸上的笑一僵。是了，秦琛无父无母，打小跟妹妹相依为命，她怎么把这茬给忘了？不过让她这会儿说道歉的话，她也说不出口。她顿了顿，抬手用指尖钩了下发丝："你出钱，我给你买。"

秦琛嗓音低沉，一口答应："好。"

半小时后，车停在一处商场门口。苏沫跟秦琛要了五百。等她回来时，手里大包小包，起码买了五千块的东西。秦琛隔着车窗扫过她手里拎着的礼盒牌子，一颗心在胸腔里发胀，只看着那个倔强、全身是刺，又柔软得不像话的姑娘。

苏沫拎着东西上车，把东西放在了车后排。

秦琛在她系安全带的时候开口问："这么多东西，才五百？"

苏沫觉得他在小县城长大，应当没见过什么牌子，谎话张开就来："你运气好，正好打折。"

秦琛落在方向盘上的手攥紧，面上不动声色："嗯。"

这些牌子哪有打折的时候？就算有，也不可能五百块就买下来。说到底，不过是这个柔软的姑娘怕伤到他男人的自尊编造的假话。

车抵达蒋家老宅的时候，已经是一个多小时后。

苏沫从来没想过跟蒋商分手后她有一天还会出现在这里，推开车门的那一刻，她的情绪还真有点复杂。不过不等她伤春悲秋，她就被眼前一双怨愤的眼打断了思绪。

站在苏沫面前的人是蒋商的亲妹妹。在她跟蒋商恋爱的那几年里，这姑娘跟她的关系还算可以，没想到她跟蒋商一朝决裂，跟这姑娘也成了仇敌。

小姑娘气得腮帮子发鼓，看了看她，又看了看站在她身后不远处的秦琛，怨气十足地说："原来叶冉姐说的都是真的。"

苏沫原本不想跟小姑娘计较，可是提到叶冉，她顿时就来了兴趣："嗯？叶冉跟你说什么了？"

蒋瑶气鼓鼓地说："叶冉姐说你劈腿。"

苏沫戏谑："你哥都要结婚了，我难道还不能谈恋爱？"

蒋瑶："是你劈腿在前，我哥才会跟蓝茜姐结婚。"

苏沫似笑非笑："这话是你哥跟你说的？还是叶冉？又或者，是蒋家什么人？”

面对苏沫的发问，蒋瑶抿紧唇，没吭声。

眼看询问不行，苏沫正想用点激将法，看看到底是谁颠倒黑白说出这么不要脸的话，就见程岚带着两个用人从蒋宅内走出，脸上挂着虚伪的笑。

程岚越过她，径直走向秦琛：“爷爷奶奶都等你很久了。回家怎么还买这么多东西？你这孩子。”说完转头指挥用人拎东西，回身间，脸上的笑意已收，只剩冷漠和不耐烦。

苏沫瞧在眼里，心里不由得暗生佩服。这变脸速度，堪比翻书。程岚也瞧见了苏沫，对视间，两人谁都没说话。

程岚带着秦琛和苏沫往里走，临进门，面露为难地瞧秦琛一眼，低声说：“阿琛，你这位女朋友之前和小商……”

秦琛表情淡淡：“我知道。”

程岚：“你知道就好，这事好说不好听，你……”

秦琛语气冷漠地说：“希望二婶能管好小商，以前的事就算了，现在沫沫怎么说也是他嫂子，他再纠缠，传出去，好说不好听。”

苏沫就在秦琛身侧，听到他的话，不由得轻挑了下眼尾。作为给他的奖励，在程岚和蒋瑶的注视下，她浅笑嫣然地挽住了秦琛的手臂，还朝两人眨了眨眼：“二婶、瑶瑶妹妹，以后我们还是一家人。”

程岚：“你！”

大概是秦琛和苏沫这个组合攻击力度太强，进主楼的时候，程岚脸上的笑容明显有些僵。蒋瑶就更别提了，本来就不是能沉得住气的人，这会儿脸拉得老长。

几人进门后，坐在客厅沙发上的蒋老爷子和蒋老太太朝他们看过来。

蒋老爷子半个小时前才知道秦琛和苏沫的事，此刻脸色绷着，明显还没消化二孙媳变大孙媳这个事实。相比于蒋老爷子，蒋老太太接受能力倒是非常好，在看到苏沫的第一眼就笑吟吟地招手，还跟以前一样，待她走过来后就一把攥住了她。

“奶奶。”苏沫在蒋老太太身侧坐下，小声开口。

蒋老太太拍拍她的手背：“让你受委屈了。”

苏沫笑笑，没说话。她确实受了委屈，因此不会口是心非地说没有。但她也不会借此让老太太下不来台，因为她知道，这件事归根结底错在蒋商，怨不得其他人。如果蒋商非她不娶，蒋家这一大家子也不可能用刀抵着他的脖子逼他就范。说到底，是他权衡了利弊。

蒋商和蓝茜进门的时候，蒋老爷子正询问秦琛和苏沫是怎么认识的。

秦琛脊背挺得笔直，一脸正色说：“相亲认识的，一见钟情。”

蒋老爷子对苏沫有疑，犀利的目光扫向她，示意她说。

蒋老爷子年轻时当过侦察兵，苏沫浅笑，尽量表现得自然。谁知她刚准备回答，坐在她身侧的秦琛忽然大手一伸，压住了她放在膝前的手，嗓音漠然地说：“爷爷，我带来的是我的爱人，不是你的犯人，你要是不喜欢她，我可以带她走，但你不能给她难堪。”

秦琛话落，客厅顿时安静。

苏沫的睫毛不受控制地颤了颤。她不是没被人护过，但从未被护得这么直白，这么明目张胆。哪怕是外婆韩金梅，也因为舅妈的关系，常常把对她的爱藏着掖着，生怕舅妈会找麻烦。

蒋老太太瞪了蒋老爷子一眼，打破僵局：“阿琛说得对，沫沫是他带来的爱人，又不是犯人，你这是什么语气？”

先被小辈撑了，又被老伴儿撅了，蒋老爷子脸色不好看，绷着脸坐了会儿，没吭声，起身上了楼。蒋老爷子一走，客厅里的气氛马上松弛了下来。蒋老太太有心当和事佬，拉着蒋商和蓝茜入座，询问他们婚礼的事，又给蓝茜介绍秦琛和苏沫认识。蓝茜和苏沫皆落落大方，没假装不认识。

苏沫微笑，率先开口：“蓝总。”

蓝茜同样客套有礼：“苏老板。”

见两人认识，蒋老太太稍愣了下，心里有了数，却揣着明白装糊涂，笑得一团和气："以后就都是一家人了。"

话落，在座的四个当事人谁都没吭声，倒是身为旁观者的蒋瑶翻了个大大的白眼。

午饭是在蒋家老宅吃的，一桌子菜，三分之一是蒋商喜欢的，三分之一是蓝茜喜欢的，还有三分之一是蒋瑶喜欢的。相比之下，秦琛和苏沫就像是两个局外人。苏沫把这一切看在眼里，垂眸的一瞬，眸底全是嘲讽。

饭后，蒋老爷子跟秦琛和蒋商有话要谈，把两人叫到了书房。

客厅里，蒋老太太让用人拿来几件新得的宝贝一字排开，供大家观赏。其中有一件瓷器、一个鸳鸯盒，还有一个玉瓶。

"考验下你们的眼力，看看哪件是高仿。"蒋老太太笑容慈爱，像是陪小辈娱乐。可豪门大户里，哪有什么行为是单纯的？所以蒋老太太话音一落，除苏沫外，其他几个人，包括程岚在内，都变得紧张起来。

片刻后，蒋瑶起身看了一圈，指着那件瓷器最先开口："这件是高仿，奶奶不常收藏瓷器，十有八九是被骗了。"

蒋瑶话落，程岚瞪了她一眼："不懂就别胡说八道。"

蒋瑶撇嘴，走到蓝茜面前亲昵地挽着她的手臂："嫂子，你帮我。"

蓝茜站起身笑了笑，在三件老物件前观察，最后转头看向蒋老太太："奶奶，是那件玉瓶吗？"

蒋老太太笑眯眯地摇头，看向苏沫问："沫沫，你说说？"

苏沫抬眼，眉眼弯弯道："是中间那个鸳鸯盒吧。"

苏沫话落，不等老太太说话，蒋瑶率先接话茬："你倒是会偷奸耍滑，我说第一件，我嫂子说第三件，两件都不对，然后你就选择第二件。"

苏沫眨眼："那下次我先选？"

蒋瑶顿时噎住。

蒋老太太："沫沫，说说你选择第二件的理由。"

苏沫红唇含笑，笑意绵绵地说："因为那件战国彩绘描漆鸳鸯盒的真品在博物馆里。”

听到苏沫的话，蒋老太太笑出声：“你啊。”

任谁都瞧得出，蒋老太太是真心喜欢苏沫。

站在一旁的蒋瑶心里不舒坦，噘着嘴说：“描漆本来就是她拿手的东西，正好这件是赝品，她不过就是歪打正着，不然怎么不去评价另外两件？”

坐在沙发上的程岚用眼神制止她继续说下去。

蒋老太太：“瑶瑶，那你说说，第一件是什么？”

蒋瑶回头，再次打量第一件瓷器，表情很是拧巴：“元代釉里红。”

蒋老太太笑容不改，看向苏沫。

苏沫接收到老太太的眼神，轻挑眼尾：“明洪武朝釉里红。”

蒋瑶脸色微变，当着蒋老太太的面不敢发作，但嘴里还是忍不住嘟囔：“你说什么就是什么啊……”

苏沫莞尔一笑：“元代釉里红和明洪武朝釉里红在造型和成型工艺上基本相同，浅表的鉴别方法，就是元代釉里红大多呈现灰黑色，明洪武朝釉里红是浅红面带灰色，红中偏黄。”

苏沫浅笑嫣然，继续说：“瑶瑶，还想知道那件玉器的来源吗？大嫂给你讲呀。”

蒋瑶气得脸通红：“你是谁大嫂？”

苏沫：“你呀。”

蒋瑶气郁：“你……”

眼看蒋瑶就快要被气疯，二楼台阶上响起沉稳的脚步声。苏沫抬头，恰好对上秦琛淡漠却深邃的眸子。苏沫心里直骂人：狗男人，表情这么冷漠，装什么一本正经的大尾巴狼？

从蒋家出来时，苏沫走在前面。走了几步，她忽然回头看秦琛。眼眸眯着，眸子里有着不易察觉的不悦。

秦琛低头看她，嗓音沉沉：“怎么了？”

苏沫挑眉问：“刚刚蒋老爷子把你叫去书房说什么了？”

秦琛神情如常道："聊家常。"

苏沫哼了一声。聊家常？他跟蒋老爷子有什么家常可聊？不说别的，就单单从刚才中午那桌菜来说，蒋老爷子压根儿就没把他当自家人。流落在外这么多年，如果真的当家人，最起码愧疚感该有吧？得问一句他喜欢吃什么吧？没有，完全没有，一通电话就喊他回家。这是叫狗呢？

苏沫盯着秦琛，知道他是不愿意说实话，可她也说不上来自己这会儿抽什么风，心里就是隐隐觉得不痛快。大概是蒋老爷子的所作所为，让她想到了她那个便宜爹。

两人上车回酒店，一路无言。下车时，秦琛俯身过来给她解安全带，眼眸低垂，沉声问："不高兴？"

苏沫嘴硬："没有。"

秦琛道："刚刚在书房，老爷子说要给我一笔钱，被我拒绝了。"

苏沫似笑非笑："那你挺清高啊。"都快揭不开锅了，还不吃嗟来之食。

秦琛抬眼看她，把她的笑收进眼底："还行。"

下车后，两人乘电梯回房间。电梯里，秦琛淡声说："我发现你懂得还挺多。"

苏沫抬眼看他，想着他应该是刚才在蒋家老宅时看到了客厅里那一幕，要笑不笑地扯了下嘴角："是什么根深蒂固的偏见让你觉得漂亮女人就肯定是花瓶？"

秦琛道："我没这么说。"

苏沫："可你确实就是那么想的。"电梯到了楼层，苏沫从秦琛身边走过时看了他一眼，说，"以貌取人。"

秦琛很是无辜，奈何苏沫火气十足，压根儿没给他还口的余地。

回了房间，苏沫蹬掉脚上的高跟鞋，径直走到沙发前落座。秦琛跟在她身后，没吭声，或者说，在这种氛围下，他完全不敢吭声。

苏沫刚坐下，手机就收到了一条信息。她垂眸看向手机屏上的信息，唇角勾起一抹轻蔑地笑。

沫沫，我可以见你一面吗？

我知道你恨我，但那些事都是误会，我希望你可以给我一个解释的机会。

落款，叶冉。

两人决裂后，苏沫就删除了她的一切联系方式，没拉黑，主要是想着大家都这样了，她也不可能恬不知耻地再联系自己。现在看来，倒是自己低估了她脸皮的厚度。苏沫的手指在屏幕滑过，她本想直接删除这条信息，忽然指尖一顿，转而给叶冉回了信息。

苏沫：在哪里见？

叶冉：沫沫，你真的肯见我？

苏沫：别废话，你不是想跟我解释吗？说地方。

她倒想看看叶冉能巧舌如簧到什么份上。

叶冉：就在你现在住的这家酒店 327 房间可以吗？

苏沫：可以。

叶冉：十分钟后见。

苏沫从沙发上起身，径直走进浴室补了个淡妆，为了待会儿抽人的时候方便，还顺手把散落在肩的长发扎了个马尾。等一系列事情做完，准备出门时，她跟站在门口的秦琛撞了个正着。

苏沫问："有事？"

秦琛说："刚才忘了跟你说，老爷子让我们俩明晚回老宅那边住。"

蒋商明天结婚，晚上让她跟秦琛住老宅？

如果她没记错，今天程岚可说过，蒋商跟秦琛的卧室就一墙之隔。

秦琛话落，看着苏沫那张表情多变的脸，知道她在想什么，一脸平静地道："你的意思是？"

苏沫红唇挑动："再说。"她现在还有更重要的事去做。

说完，也不管秦琛会说什么，她径直走到房门口穿鞋离开。

苏沫抵达 327 房间时，房门虚掩着，里面传出叶冉打电话的声音。

“妈，你放心，我一定会把钱按时打回去的。我爸的病怎么样了？你们放心看病，钱我有。”

叶冉背对着房门打完电话，哽咽，捂脸，痛哭，纤弱的背影看起来好不可怜。苏沫在门口瞧着，嘴角扯了扯，笑了。

演苦情戏？真是可惜了，她可不是什么善男信女，对伤害过她的人，她的心比石头都硬。苏沫站在门口看了会儿，见戏台子都搭好了，她不进去，这场戏没法继续唱下去，于是调整了下表情，推门而入。

听到房门响动，叶冉像是被吓了一跳。看到苏沫，叶冉通红着双眼开口：“沫沫。”

苏沫迈步走近，秀眉拧着看她，顺着她的剧本配合：“我刚刚听到你打电话，家里……”

苏沫欲言又止，语气、表情，把一个前闺密该有的关心和纠结表现得淋漓尽致。

瞧见苏沫的表情，叶冉眼里闪过一抹亮光，不过她还是尽量压抑着窃喜，伸手试图去拉苏沫的手：“沫沫……”

苏沫站着没动，任由她拉着自己。

紧接着，叶冉带着哭腔开口说：“沫沫，我当初真的不是有心陷害你，完全是因为我爸生病了，需要一大笔手术费。我没钱，恰好竞争公司找到了我，他们让我陷害你，说会给我一笔钱……”说着说着，豆大的眼泪往下落，“可我发誓，我真的没想到后果会这么严重，我想着以你在这个圈子里的名气，解释一下，肯定就能大事化小小事化了……”

叶冉这个演技，老实说不怎么样。苏沫有些看不下去，又担心自己会露馅，出声打断她的话：“这些话你为什么不早说？”

叶冉：“我怕你怪我，我没脸见你，我怕你不原谅我……”

小半年没脸见，现在忽然有脸见了？说到底，还不是以为她不会再回蓉城，以为这件事能就此翻篇。可如今她回来了，还摇身一变成了蒋家大少爷的女朋友。别管秦琛这个蒋家大少爷的含金量有多高，反正用来镇压叶冉绝对是够用了。

空气里陷入了片刻安静。苏沫深吸一口气，适时流露出一抹难过，开口："算了，既然事情都过去了，就让它过去吧。"

叶冉："沫沫，你原谅我了是吗？"

苏沫说："以前的事，我可以不计较，但是原谅你，你让我再考虑考虑。"

从327房间出来，苏沫做的第一件事就是从兜里掏出手机，关掉了手机录音。有什么证据能比当事人亲口承认是她做错了事更有说服力？

苏沫回房后，刚进门就听到秦琛不知道在跟谁打电话："帮我把房子挂出去吧，价格低点无所谓，现在最主要的是先把小绿的手术费凑出来。"

卖房子？苏沫弯腰换鞋的动作一顿，细眉轻蹙。片刻后，她坐到沙发上玩手机，秦琛看了她一眼，转了个身，看着窗外继续打电话。

"钱都借遍了，不借了。

"新房子还没装修好。

"嗯，我准备带秦绿搬到店里。"

"我还行，糙习惯了，只是小绿那边……"

秦琛后面还说了什么，因为声音压得太低，苏沫听不太清，她只觉一股子莫名的烦躁从心底往上涌。日子都过成这样了，蒋家给钱为什么不接受？

过了一会儿，秦琛挂断电话回到沙发前，坐在苏沫身侧，嗓音低沉地问："刚刚你去见朋友？"

苏沫红唇微动："故人。"本该就此埋在泥里，却不小心爬出来的人。

秦琛："嗯。"

秦琛话少，这一句"嗯"后就没了后话。苏沫看他一眼，低头玩手机去了。几分钟后，苏沫忽然把手机往沙发上重重一放，抬头说："秦琛，你是不是脑子不太好使？"

秦琛正在看手机，闻声朝她看过来："什么？"

苏沫气笑了："你都拮据到要卖房子了，蒋家给你钱你为什么不要？"

秦琛皱眉："你爸给你钱，你会要吗？"

苏沫红唇倏地抿紧。人都是这样，事情落在别人身上时，看得特别通透，可切切实实落在自己身上了，那就变了味。

苏沫知道秦琛是怎么想的，因为他们俩骨子里都是一样的人。

当初秦琛的父亲为了他母亲跟蒋家断绝关系，后来还车祸去世。秦琛认祖归宗是一回事，接受他们的施舍又是另一回事。他如果伸手拿蒋家的钱，那就表示他也认为自己的父母错了。

苏沫瞪着他，说不出反驳的话，只能默默给自己找面子："我压根儿就不会跟他相认。"

秦琛垂眸，眸子里闪过一抹晦暗："有些事，是迫不得已。"

苏沫回卧室躺在床上的时候直接被自己气笑了。她今天这一而再，再而三的，是在抽什么风？就因为两人同病相怜？还是因为秦琛在蒋家护了她？那不是他应该的吗？如果不是他，她也不会出现在蒋家。

想通这点，苏沫把脸往枕头里一埋，没心没肺地去睡午觉了。

此刻，蒋家。蒋老太太让用人给蓝茜沏了茶，亲自把茶杯推到她面前，说："茜茜，沫沫不是你想的那样只是个花瓶，是个好姑娘。"

蓝茜端起茶杯，想到方才的一幕，呼吸有些不顺。她不得不承认，刚才的苏沫确实光彩熠熠。明明是那样一个慵慵懒懒、看起来花瓶一样的女人，偏偏很有才识。这样的女人，别说是男人，连女人都会欣赏。

苏沫是被一通电话吵醒的。她睡得迷迷糊糊，伸手在床头柜上摸过手机按下接听键："喂。"

电话那头响起双琪期期艾艾的声音："苏沫姐。"

苏沫翻了个身："怎么了？"

双琪隔着手机吸了吸鼻子说："我怀疑秦琛在外面有女人了。"

听到双琪的话，苏沫顿时一激灵，睡意全无。

事实证明，人跟人之间真的不能相处太久，因为会日久生情，不论是爱情还是友情。有了情，你就会内疚。产生了内疚，你就会心虚。

就比如现在的苏沫，听到双琪的话，她心虚得要命，翻了个身趴着，跷着小腿，指尖卷着发丝，模模糊糊地说："是吗？不能吧。"

双琪笃定地说："真的。"

苏沫眨眨眼睛，继续睁眼说瞎话："我觉得可能性不大，你想啊，他那样一个直男，一点情趣都没有，除了你以外，还有谁能看上他啊？"

双琪真的要哭了："苏沫姐，你能不能帮我问问他？我给他发信息他都不回复，我……"双琪正说着，苏沫这边卧室门忽然被推开。听到动静，苏沫心里咯噔一下，不等进来的男人说话，忙跳下床扑进了他怀里，用手捂住了他的嘴。

双琪："苏沫姐，你听到我说话了吗？我知道你瞧不上秦琛，觉得他没情趣……"

下一秒，秦琛大手搂在她腰间，高大的身影笼下来，低头在她耳边说："觉得我没情趣？"

秦琛嗓音低低沉沉的，苏沫被他搂着，担心被双琪发现异常，清了清嗓子，搪塞着说："这样，你先别急，我给他发信息问问。"

听到苏沫会帮忙，双琪可怜兮兮地闷声回应："谢谢苏沫姐。"

苏沫："没事，我先帮你问。"

说完，苏沫赶紧挂了电话，从秦琛怀里挣开，随手把手机扔在床上，然后双手环胸看着他："秦琛，你到底想做什么？"

秦琛垂眸，不动声色："什么？"

苏沫讥笑："你当我是双琪那样不谙世事的小姑娘？"

先是带她去蒋家，现在明知道她在接双琪的电话还出声……她又不是傻子，只要脑子稍微一转，就知道他设的什么局。更何况，秦琛的动机，从来也没藏着掖着。两人都是聪明人，干脆开诚布公。

在苏沫的注视下，秦琛迈步走到她跟前。两人一个抬头，一个低头，就这么对视了会儿，秦琛喉结滚动说："是想让别人都知道。"

苏沫噎住。

秦琛："我对你有好感，从来没藏着掖着，倒是你，借着我对你有好感，利用我，又不让我见光。苏沫，你不会以为我们之间轻易就能两清了吧？"

苏沫被揭了老底，细眉挑起："你要是觉得不公平，最开始就别答应，现在装什么受害者？"

秦琛道："我没说我是受害者。"

苏沫薄怒："那你现在是在做什么？"

秦琛神色坦荡地说："是你问我想做什么，我在回答你的问题。"

苏沫郁结。她之前听过不少男女纠缠不清的故事，但大多是女人缠着男人，像秦琛这种男人纠缠不休的，属实是头一份。

苏沫气得牙痒痒，红唇翕动，刚想骂人，就被俯身低头的秦琛吻住了唇。相比于苏沫的一腔怒气，秦琛这个吻格外温柔。

晚上，苏沫实在没有外出觅食的想法，和秦琛吃的外卖。

吃饭时，苏沫咬着筷子尖说："你如果真不喜欢双琪，就好好跟她说清楚，小姑娘单纯，你这样吊着她，只会让她越陷越深。"

秦琛端起面前的汤一口气喝了半碗，然后肃冷着声音说："不如你直接告诉她我们俩在一起了，效果更能立竿见影。"

苏沫："哼！"

晚上睡觉的时候，苏沫迷迷糊糊中意识到一个问题。她跟秦琛之间，看似是她嚣张骄纵，实际上，每次她都被他精准拿捏，还拿捏得死死的……

第 5 章

婚礼

次日，苏沫六点就起床了，沐浴，化妆，就差焚香了，隆重程度堪比她自己结婚。秦琛躺在沙发上看着她，眉峰轻蹙。

不一会儿，苏沫穿了件改良后的抹胸旗袍出现在秦琛面前，轻挑着细眉问他：“好看吗？”

秦琛嗓音低低沉沉：“嗯。”

苏沫盯着他看了数秒，回到卧室，再次出来时，身上多了件白纱披肩。好看是好看，但远不如刚刚娇媚。

秦琛从沙发上坐起身，道：“只穿旗袍好看。”

苏沫睨了他一眼：“我能不知道只穿旗袍好看？”

秦琛挑眉：“那你？”

苏沫扭捏，明显是不想说实话：“你管我！”

秦琛：“怕压了新娘的风头？”

苏沫被戳中心思，瞪了他一眼，索性直说：“一个女人一生中最重要的日子，除了出生和死亡，就只有结婚这一天，没有女人想在这种时候被别人艳压。”

秦琛垂眸，眼底有笑，却是不显山不露水：“不是要去闹婚礼？”

苏沫："我去是为了恶心蒋商，是他亲自给我送的请柬。人家新娘跟我没仇没恨的，我给人家添什么堵？"何况人家还给她送了五百万呢。

秦琛："嗯。"

苏沫和秦琛是临近中午抵达婚礼现场的。她如愿以偿，坐上主桌。

阮卉沾了她的光，也被安排在了主桌，只是人比苏沫先到。在瞧见苏沫的刹那，她的眼睛差点粘到秦琛身上。

待苏沫坐下，阮卉一把抓住她的手激烈摇晃："帅，帅死了。怎么能这么帅！"

苏沫朝她翻了个白眼："你能不能别丢人现眼？"

阮卉凑到苏沫跟前说："真是蒋商他堂哥？"

不提这件事还好，一提苏沫就觉得糟心："嗯。"

阮卉朝她挤眉弄眼："堂哥好还是堂弟好？"

苏沫斜眼看她："下一个亲戚会更好。"

阮卉佯装惊愕，眼底的笑意却是怎么也掩饰不住："你这是要老蒋家男丁全军覆没？"

不等苏沫接话，一旁的秦琛给两人一人递了一杯水，沉声说："怕是要让你失望了，蒋家这辈的男丁只有我跟蒋商。"

阮卉本来以为秦琛性格高冷，不敢跟他搭话，现在听到他这么说，觉得这人还挺有趣，主动伸手打招呼："你好，阮卉，沫沫的闺密。"说完，阮卉不忘补充一句，"我是真闺密，不是假的。"

秦琛没跟阮卉握手，只是朝她轻点头，做了自我介绍："秦琛。"

秦琛这个表现，不仅没让阮卉生气，反而让她更激动了。她一把抱住苏沫的手臂说："这个堂哥可以啊，有分寸。"

苏沫："嗬。"

秦琛有分寸？分寸只是他的"保护色"。

蒋家是蓉城有头有脸的世家，请的人多，不请自来的人也多。身处这样喧闹的场合，苏沫其实并不舒服。她骨子里就透着懒劲儿，最烦应付这种场合。

做闺密多年，阮卉一眼就瞧出了她的不耐烦，加上本来就有一堆私房话想跟她说，便低声开口："去洗手间吗？"

苏沫一口答应："去。"

阮卉笑眯眯地挽着她的手离开。

等到两人走远，秦琛身侧坐下一个人。这样的场合，来人却穿得极为休闲，一身花花绿绿，宛如来度假的。下一秒，来人跟秦琛勾肩搭背，似笑非笑地问："听说你为了给小绿看病要卖房？"

秦琛斜了他一眼，面不改色："你要买？"

对方戏谑："我买，但是我买了之后你住哪儿？"

秦琛神态自若："住我女朋友那儿。"

对方揶揄："你女朋友知道吗？"

秦琛低头摆弄面前的茶杯，抬眼间，嗓音肃冷，漫不经心："穆川，是什么让你厌倦了人世间的生活？"

穆川："什么意思？"

秦琛一本正经地道："非得找死。"

苏沫和阮卉说是去洗手间，实际上只是找了个安静的地方待着。两人随意拎了两把椅子坐在角落。

苏沫今天穿着旗袍，长发盘起，只偶尔有碎发自然散落在脸颊，肤如凝脂，领如蝤蛴。她背对着阳光坐着，姿态懒懒的。阮卉跟她风格则大相径庭，低胸、短裙、大波浪。两人各有各的美，却同样让男人为之驻足倾倒。

两人本来是为了躲清闲聊八卦才出来的，却无意收获了不少名片。

终于，在第N个男人过来递名片时，阮卉因为正聊至兴头却被对方打断而翻了脸："我离异带两个孩子，她还不如我，给别人当小三呢。"

阮卉在撒谎，傻子都能听出来，只是这种不给面子的态度让人有些下不来台。对方也是有头有脸的人，脸上挂不住，收回名片，朝她尴尬一笑，低头匆匆离开了。

阮卉：“一个个都有病。”

苏沫轻笑，反正她一张名片也没接，不管对方在她面前站多久，不接就是不接，她甚至连笑脸都没给过。人有时候是这样的，容易蹬鼻子上脸。只要你敢给他笑脸，他就会觉得你随和，甚至觉得你随便。

阮卉这个态度，让其他跃跃欲试的男人望而却步。她长发一撩，继续凑到苏沫身边聊八卦。

“叶冉跟她前男友那件事，我已经知道真相了，果不其然，是她先劈的腿。”阮卉说八卦的时候眼睛亮晶晶的，比她大赛得了奖时还亮。

苏沫调侃：“你总打听她做什么？”

阮卉蹙眉：“如果不是被她陷害，你能回长乐县？”

苏沫莞尔一笑：“长乐县也没什么不好。”

最起码氛围轻松，活得自在，不需要每天睁眼就面对各种比赛和超额的工作量。

见苏沫似乎不甚在意，阮卉也平静了些，用手肘推了推她：“你猜猜叶冉劈腿了谁？”

苏沫揶揄：“熟人？”

阮卉神神秘秘地说：“应该是熟人。”

苏沫漂亮的指尖抵住脸颊，美甲上亮晶晶的碎片在阳光下流光溢彩：“应该？”

阮卉的脸色有些意味深长：“对，应该。因为至今都没能发现那个人是谁，不过最近叶冉频繁换包，个个价格不菲。”

这倒是一个很……有趣的信号。

叶冉家庭条件不好，家里又重男轻女。她这些年赚的钱，一半以上都交给了家里，上补贴哥哥，下补贴弟弟，可以说，她全家都是“吸血鬼”。

苏沫脑子里忽然闪过一个画面，她刚回蓉城那天，酒店大厅，叶冉和蒋商……不能吧？苏沫这边正出神，不远处一间休息室突然传出一阵争执声。

“谁不知道蒋商跟他那个前女友交往七年，浓情蜜意？”

“这种事，我觉得最好找蒋商问清楚。”

“蒋商那个前任呢？那女的今天不是也来了吗？”

“何止是来了？听说还是以蒋家大少爷女朋友的身份来的呢。勾搭了弟弟又勾搭哥哥，真是不要脸。”

骂声一句接着一句。阮卉听着，作势就要起身去找她们理论。

苏沫见状，伸手扣住她的手腕。

阮卉：“沫沫，她们……”边说边愤愤然用手指向一旁的休息室。

苏沫抬头看了一眼，这才瞧见那间休息室是给新娘子化妆用的化妆间。刚刚说话的那几个人，大概是新娘子的闺密。

苏沫散漫地站起身，没多说话，挽着阮卉的手迈步离开。

阮卉瞪大了眼，不可置信道：“平白无故挨顿骂，就这么算了？”

苏沫红唇扬笑，眉眼风情万种：“来日方长，别在别人最重要的日子添晦气。”说着，苏沫挽着阮卉从化妆间门口走过。

两人刚走至门口，恰好碰到一个女人正在大放厥词。对方瞧见苏沫，一脸错愕。

四目相对，苏沫微微一笑，红唇勾起：“小东西，长得可真随机。”

回到座位上后，察觉到身后一直有几道视线在追随，苏沫软如无骨地往秦琛身上靠，贴在他耳边娇气地说：“秦师傅，抱抱我吧。”

苏沫是真的娇气，举手投足、一颦一笑，都带着从骨子里渗出来的娇。秦琛没看她，却是喉结滚动“嗯”了一声，随后大手一伸搂住了她的腰。苏沫靠在他怀里往后看，瞧见那几道视线的主人慌忙闪躲，挑衅般轻笑。

阮卉就坐在苏沫身侧，瞧见她跟秦琛的互动，忍不住感叹：这两人是真般配啊！一个刚硬，瞧着定力如佛子；一个娇媚摇曳，软得似乎能掐出水来。

婚礼开始后，宾客陆陆续续入席。苏沫的身份，在圈子里也算是众所周知。再加上有秦琛这位回归的蒋家“遗珠”作陪，两人堪称这场婚礼中的一道靓丽风景线，比新郎新娘都博人眼球。不过两人都挺淡定的，两耳不闻窗外事，一心只吃盘中餐。

相比起来，阮卉可就没那么淡定了。她听着身后的闲言碎语，几次朝两人看去，欲言又止。

所有的婚礼，流程似乎都千篇一律。前半场热闹搞笑，后半场感动流泪，中间夹杂着新郎新娘或真或假的感情故事。

在看到新娘被父亲把手交到蒋商手里的那一瞬，苏沫结结实实窒息了一把。七年啊，一腔热情喂了狗。

苏沫倒吸一口气，垂在桌下的手忽然被一只大手攥住，亲昵地捏着她的指尖，挠她的手心。紧接着，男人低沉磁性的声音在她耳边响起：“难过什么？他才刚结婚，我们的进度可比他们快多了。”

苏沫：“咳！”

婚礼闹哄哄地开始，又闹哄哄地结束。

晚上还有一场，是家宴，不过出席的人也不少。各种蒋家旁支，叫得上名的，叫不上名的，可谓热闹非凡。酒店这边也摆了宴席，不过没有谁敢让蒋家人站出来亲自招待。

家宴上，有人过来跟秦琛套近乎。苏沫就坐在他身侧，没听到他跟对方说什么，反正对方走的时候，脸色难看得要命。

苏沫小酌了两杯，酒劲正上头，好奇心也跟着往上走。她凑到秦琛身边小声问：“那人跟你说了什么？”

秦琛面不改色说：“他跟我说，以后有合适的项目可以一起合作。”

苏沫挑眉：“你怎么说？”

秦琛道："我告诉他准备下海的时候告诉我，我可以给他文身，左青龙右白虎。"

苏沫忍俊不禁："然后呢？"

秦琛听着笑声垂眸，瞧见蹭在他怀里的姑娘眉眼弯弯，酒劲让她卸去了平日里的傲气，乖乖巧巧的，嘴角勾了勾，声音也不由得放温和些："然后就是你看到的那样，碍于我蒋家大少爷的身份没敢骂我，冷着脸走了。"

苏沫："他还挺现实。"

秦琛喝着酒，嗓音低沉带笑："嗯。"

家宴散场后，闹洞房的是蒋商的那几个发小。苏沫跟那些人都认识，就没去凑热闹，拐了个弯儿，回了蒋家给秦琛安排的卧室。蒋商的卧室她去过，明显比秦琛这间更大些。

她今晚喝了不少酒，这会儿听着隔壁起哄吹口哨的声音，只觉得脑袋疼。就在她准备起身冲个澡然后休息时，房门被推开，秦琛迈步走了进来。

两人四目相对，苏沫一时间有些迷糊，嘴比脑子快，脱口而出："秦琛，今晚……你要不要跟我一起睡？"

明目张胆的邀请。苏沫坐在床边，人醉着，眼睛却是亮晶晶的。

秦琛站在门口没动，就这么看着她，嗓音低低沉沉地说："苏沫，我之前跟你说过什么？"

苏沫眨眨眼。不知道，忘了。

秦琛说："我说过，我不喜欢被利用。"

苏沫："哦。"

她想起来了。在她第一次让他假装她男朋友的时候，他确实说过这话。可是这跟今晚有什么关系？她今晚就只是单纯地想要这么做。

隔壁的欢呼声还在继续，而且还有一浪高过一浪的势头。

苏沫盯着秦琛看了会儿，人醉得更厉害了，抿了抿唇，起身摇摇晃晃地进了浴室。秦琛推门而入时，女人正摇摇晃晃地站在花洒下，衣服都还没脱。苏沫醉得不轻，人不自觉地往身后的墙上靠。秦琛先她一步上前，伸手将人搂进了怀里。苏沫全身都是湿的，这会儿被秦琛抱在怀里，两个人身上都是水迹。

“秦琛，你这个人不行，又想和我在一起，又不肯惯着我。”

听到苏沫的醉话，秦琛眉峰轻蹙，嗓音清冷开口：“你醉了。”

苏沫：“我没醉，我现在比什么时候都清醒。”说着，苏沫手抵在秦琛的胸口，将身子撑起一些，歪着脑袋看了看他，忽然扯住他衣领，踮脚吻上他的唇角。

秦琛一动不动。苏沫不得章法，吻到最后，实在累了，低垂着眸子，落下脚跟。

瞧出她眼底的落寞，秦琛哑声开口：“怎么不亲了？”

苏沫白嫩的脚趾在地上动来动去，踌躇着回应：“你都不主动亲我。”

秦琛：“然后呢？”

苏沫：“我不会。”

苏沫被秦琛打横抱起出浴室时，本能伸手抱住了他的脖子，眼睛湿漉漉地看他。秦琛见不得她这副可怜样，把她托高些，低头跟她接吻。苏沫醉眼蒙眬地迎合，人又娇又媚。隔壁是什么时候安静下来的，苏沫完全不知道。等到酒劲散了，苏沫才后知后觉地反应过来自己刚才做了什么，脸颊红，耳朵也红。

秦琛瞧见她的反应，俯身用手揉她的发丝：“喝水吗？”

苏沫不满自己刚才的表现，赌气似的回应：“喝。”

秦琛：“我下楼去倒。”

苏沫：“房间不是有饮水机？”

秦琛一本正经地说：“楼下的水比较好喝。”

秦琛开门的时候，蒋商就站在门口。两个人像是有一种无声的默契，谁都没说话，一前一后下了楼。走到饮水机前，秦琛抬手把打湿的衬衣领口扯了扯，脖子上和锁骨上的挠痕不经意间暴露在外……

蒋商："你们……"

秦琛抬眼，眸底如结了冰般透着寒意，又裹着些许嘲讽："不明显吗？"

男人要是吃起醋来，敌意萌芽，战火燎原。

蒋商垂在身侧的手寸寸攥紧，许久，他颤抖着唇哑声开口："她不爱你。"

一句话仿佛用尽了他一身的力气，手也抖，声音也抖。他看着秦琛的脸，试图从他脸上看出一些蛛丝马迹，好让自己好过一些。

可惜，秦琛淡定得很。

见状，蒋商咬紧牙根："你……"

秦琛："重要吗？"

蒋商一噎。

秦琛继续低头接水，嗓音冷漠："她不用爱我，肯留在我身边就行。"

蒋商闷声咳起来，胸腔咳得生疼。

秦琛接完水，看向蒋商。蒋商本就气势不足，身高又矮了秦琛几分，此刻秦琛颇有居高临下的味道："她倒是爱过你，有什么用？"

字字诛心。如果语言能化成一把把刀子，蒋商这会儿怕是早已千疮百孔。

苏沫回过味儿来时，已经是后半夜。迷迷糊糊中，她用手狠掐了一把男人搂在她腰间的手臂。男人吃痛，但没放开她，反而将她搂得更紧。

次日，明明是蒋商和蓝茜新婚宴尔，但表现得更如胶似漆的却是秦琛和苏沫。一顿早饭，看似三代同堂，其乐融融，实际上各有各的小心思。饭后，蒋老太太把苏沫叫到了房间，多余的话没说，只递给她一个镯子。这镯子苏沫见过，程岚手上也有一个。如果她没猜错，这个本应该是给秦琛母亲的。至于为什么没给，苏沫知道原因。

"沫沫。"见苏沫迟迟不接，蒋老太太开口唤她。

苏沫回神，莞尔一笑："奶奶，这个镯子我不能收。"

蒋老太太跟苏沫打了七年交道，当然知道她是个看事情通透、心里门清儿的姑娘，听到她这话，笑了笑说："怕阿琛不高兴？"

苏沫："我不能欺负他。"

蒋老太太："欺负？"

苏沫跟蒋老太太开诚布公，唇角弯弯，看似天真烂漫，实际上深意满满："替他原谅不能原谅的，还不算欺负？"

蒋老太太闻言，眼底划过一抹难受，轻叹了口气，无奈地收回手："他都跟你说了？"

苏沫笑眯眯地说："没说，我只是听到了传言，只言片语。"说罢，担心蒋老太太会跟她说什么，苏沫又忙说，"您也别跟我说，我不想知道。"

她已经准备好这次回去后，就跟秦琛桥归桥、路归路，不想知道太多有关他的事。知道得越多，抽身的时候越麻烦。

从蒋老太太房间出来后，苏沫松了口气。老太太是人精，她生怕被看出什么猫腻。调整好呼吸，苏沫迈步下楼，刚走至二楼，迎面碰上了从卧室出来的蓝茜。

两人对视，蓝茜神情暗淡，抿了抿唇角，率先开口："苏沫，方便吗？我想跟你聊聊。"

对于蓝茜的请求，苏沫轻挑了下眼尾，没拒绝。

两人没在蒋家老宅谈，而是约在了外面的一家咖啡馆。雅致的包厢内，两个女人相对而坐。

两人都是能沉得住气的，一杯咖啡过半，蓝茜才缓缓开口："苏老板，首先，你跟蒋商的事，我感到很抱歉。"

蓝茜嘴上说着抱歉，姿态却端得极高。倒不是她故意为之，而是环境造就了她。毕竟天之娇女，从出生就在罗马，含着金汤匙众星捧月般长大。

苏沫闻言，轻轻挑眉，笑吟吟地说："嗯？"

蓝茜拿不准苏沫的态度，尽量使自己看起来平和，商场上摸爬滚打，习惯使然，不到万不得已，她也不想撕破脸："如果不是我们家族联姻，你们俩也不会被拆散。"

苏沫从容应对，瞧着是半点没放心上："相爱的人拆不散，能被拆散的，一定不够相爱。"

蓝茜见苏沫一脸坦荡，面上没表现出来，心里却是长松了一口气。

大概是不擅长处理这种情情爱爱的事，又过了一会儿，蓝茜深吸了一口气，从随身携带的包里拿出一个 U 盘递给苏沫。

瞧着蓝茜递过来的东西，苏沫轻挑眼尾。

蓝茜开口解惑："在我结婚那天，有人给我寄了这个 U 盘。"

苏沫伸手接过，拿在手里把玩："什么东西？"

蓝茜说："蒋商在'洲豪'名下有一间套房，U 盘里显示，在我们结婚前一天，你进过这间套房。"

洲豪，苏沫最近落脚的那家酒店。

蒋商结婚前一天？哦，那天她去的是叶冉的房间。原来那间房是蒋商名下的啊，有点意思。她原本还以为叶冉是心虚，担心她会报复才会跟她道歉，没想到，居然给她挖了这么大一个坑，只是这个手段着实不够高明。不过，能成事的，往往就是这些不太高明的手段。太高明了，反倒让人生疑。

苏沫指尖在 U 盘上点了点，没说话，而是从兜里掏出手机打开一段录音。

"沫沫，我当初真的不是有心陷害你，完全是因为我爸生病了，需要一大笔手术费，我没钱，恰好竞争公司找到了我，他们让我陷害你，说会给我一笔钱……

"可我发誓，我真的没想到后果会这么严重，我想着以你在这个圈子里的名气，解释一下，肯定就能大事化小小事化了……"

"这些话你为什么不早说？"

“我怕你怪我，我没脸见你，我怕你不原谅我……”

…………

录音播放完，苏沫慵懒地笑笑：“我那天是去过一个房间，不过我并不知道那是蒋商的房间，而且，那天我在那间房里见到的人也不是蒋商。”

蓝茜脸色苍白：“是叶冉？”

叶冉是伴娘团的一员，蓝茜怎么会听不出叶冉的声音？再加上之前叶冉告发苏沫的那件事在圈子里闹得沸沸扬扬，即便她不打听，这些话题也会传到她耳朵里。

苏沫收起手机：“蓝总，我们俩之前没接触过，你不了解我这很正常，其实你原本也无须了解我，毕竟我们俩肯定不会有所交集。但因为蒋商，你现在需要多多少少了解我一点，比如，我这个人对待感情向来是爱的时候深情，不爱的时候无情，而且绝对不吃回头草。”

蓝茜抿唇。

苏沫：“至于其他女人，这是你们的家事，我一个外人不好多说。”

蓝茜捧着咖啡杯的手忽而收紧。

该说的话已经说完，苏沫自觉没有继续留下的必要，把手里的U盘顺着桌面推回到蓝茜面前，起身离开。

临走出包厢时，她回头看向蓝茜，笑语嫣然：“蓝总，你是个很优秀的女人，不论是外貌还是家世，如果我是个男人，一定会为你心动。”

蓝茜倏地抬头，对上的，是苏沫真诚的目光。

苏沫从咖啡馆里出来时，瞧见秦琛就等在门口。她先是微愣，随后又觉得糟心。蒋商的婚礼结束了，她打算跟秦琛结束这段关系，可是该怎么开这个口成了问题。

直接说？以她短暂接触对秦琛的了解，他十有八九不会同意。

使用个什么套路？那大概她得会变戏法，天降男友。

苏沫没跟秦琛说话，而是绕过车径直坐上了副驾驶位，待她把手包放下，看着秦琛上车，忽然红唇一勾，说：“秦琛，你妹妹要做手术，我给你一笔钱怎么样？”

苏沫话落，车厢内顿时安静下来。

秦琛转头朝她看过来，目光黑漆漆的，不辨喜怒。但就是这样一双毫无情绪起伏的眸子，却看得苏沫心里莫名一紧。

半晌，苏沫状似散漫无意地低头看了眼自己的指甲，轻飘飘地说：“不要算了。”

回长乐县的路上，苏沫窝在副驾驶座里不说话，心里有说不出的烦躁。途中经过一个服务区，秦琛下车去抽烟，她坐在车上给阮卉打了通电话。

阮卉语气里满是不舍：“你不多待两天啊？”

苏沫指尖缠绕着发丝，懒懒散散地：“不了，店里还有事。”

一个小县城的漆器店能有什么事？不过是借口罢了。

阮卉看破不说破，小声嘟囔：“听说你跟蓝茜今天单独出去喝咖啡了？”

苏沫漫不经心地回答：“嗯，我还夸她漂亮了呢。”

说着，她目光扫向窗外，秦琛背对着她站着，身姿挺拔。昨天晚上的事忽然涌入脑海，苏沫眯了眯眼。狗男人，算计她！

秦琛再次上车时，苏沫已经变了表情，周身透着一股子冷傲劲儿。秦琛睨了她一眼，关门开车。

车开出一段路，苏沫阴阳怪气地开口：“秦琛，我以前怎么就没发现你这么有心机呢？”

秦琛不说话。

苏沫轻嘲，继续说：“楼下的水好喝吗？”

秦琛喉结滚了滚，依旧沉默。

接连两句嘲讽，秦琛都没有接招，苏沫往座椅里一靠，两腿交叠，似笑非笑地说："秦琛，跟你堂弟炫耀你和他前女友在一起，是不是让你特别有成就感？"

秦琛眸色一暗，沉声说："昨晚是你先主动的。"

苏沫脸上笑容微僵。完蛋，她把这茬给忘了！

秦琛又道："我昨晚拒绝过你，是你对我又亲又抱，我没有回应，你就撒娇。"

苏沫心里一梗，恨不得时间倒退回到两分钟前。半晌，苏沫咬牙切齿说："昨晚我那是喝醉了。"

秦琛："我是被逼无奈。"

好一句"被逼无奈"，不知情的，还以为是她霸王硬上弓！

一场"辩论"，苏沫出师未捷身先死。接下来的时间里，苏沫再也没说一句话，心里生着闷气，更加坚定了回去就要甩了秦琛的决心。

回到长乐县已经是下午。秦琛去了文身店，苏沫则是回了家。她刚准备去洗个澡换件衣服，人还没走进浴室，双琪的电话就打了进来。苏沫睨了一眼手机屏，纤细指尖按下接听键。

电话接通，苏沫正准备开口，就听到了双琪带着哭腔的声音："苏沫姐，秦琛他，他真的有别的女人了……"

苏沫挑眉："什么？"

双琪哭着说："他刚刚回来了，而且是带着一个女人回来的，我都看到了……"

听得出，是真的被打击得不轻。苏沫用指尖捏了捏眉心，安慰的话正欲出口，想到什么，忽然话锋一转："感情这种事，勉强不来。"

不能安慰，这姑娘的感情顽强得跟小强似的，只要你敢安慰，她就敢对"未来"充满希望。

双琪隔着手机大哭了足足七八分钟，后来打着哭嗝说："我要去问他，不行，我要找他问个明白。"说完，也不管苏沫还会说什么，直接挂了电话。

听到手机那头没了动静，苏沫犯了愁。这姑娘怎么就不撞南墙心不死呢？秦琛那个狗男人有什么好？

她正思忖着，手机忽然再次响起，苏沫垂眸，看着屏幕上的“秦琛”两个字，心底咯噔一下。

双琪说去找秦琛了，那他在这种时候给自己打电话做什么？纠结了会儿，她浅吸一口气按下接听键。

电话是接通了，但苏沫却没敢吱声，跟做贼似的，颇有偷人被逮到的觉悟。下一秒，秦琛低低沉沉的声音在电话那头响起：“不是提醒过你不准咬吗？怎么不听话？”

苏沫选择装死。

苏沫不说话，秦琛也不急，继续意味深长地道：“我今天到店里，被那几个臭小子笑话了。”

长这么大，能让苏沫佩服的人没有几个。除了她师父赵诓，就只有秦琛了。这个狗男人算是把她拿捏得明明白白。

听着电话那头的秦琛一本正经的胡诌，苏沫的脑瓜子嗡嗡作响。以她的性格，这个时候她应该说点什么，但她不敢……怕露馅，最主要是怕被双琪听到。

果不其然，在秦琛说完这两句话后，她就听到了双琪的哭声。双琪在哭着说什么，她没听不清，只觉得那丫头哭得挺撕心裂肺的。

电话那头彻底静下来已经是半小时后，苏沫就这么一直拿着手机听着，呼吸浅浅，怨气深深。听到双琪离开了，苏沫才似笑非笑地开口：“秦琛。”

秦琛嗓音沉沉：“我在。”

苏沫一字一句地说：“你好样的！”说完，咬牙切齿地挂了电话。

苏沫靠着墙壁缓了会儿，洗澡的心情没了，迈步走到冰箱前拿出一罐冰啤酒喝了两口。心里的怒意浇灭了些许，她拿起手机给双琪发了条微信。

苏沫：**给你放假一周，出去玩儿。**

信息发完，又给双琪转了两千块。

钱双琪是秒收的，人总不能因为面子连钱也不要吧。收完钱，双琪还给她回了三条语音，一句三抽噎，听得出是真的难受。

“苏、苏沫姐，我、我真的看透男人了。秦、秦琛就是个人渣，那、那个女的肯定不是正经女人！”

听到前两句的时候，苏沫还替双琪庆幸了一把，觉得她回头是岸了。在听到第三句的时候，苏沫红唇轻扯：“啧，钱给早了。”

接下来一周，双琪都没出现。偶尔跟苏沫微信联系，会发一些她吃吃喝喝的照片。苏沫有时候会回消息，有时候顾不上，她一直在忙蓝茜定制的东西，没有多余的时间闲聊。至于她跟秦琛，似乎进入了一种似熟非熟的状态。见面会客套地点头打招呼，但私下联系很少。

得知叶冉出事的那天，秦琛正被一位身材热辣的美女堵在文身店旁边的巷子里。苏沫原本是要去对面街的便利店买矿泉水的，无意间发现了两人。

她一边低头跟阮卉发信息，一边眯着眼看巷子里纠缠的两人。美女瞧着很主动，秦琛还是那副面无表情的扑克脸，冷得要死。

苏沫在那儿看热闹，便利店的老板娘也跟着八卦：“秦老板是真招女人，这月都第三个了吧？”

苏沫喝口矿泉水，漫不经心地回应：“是吗？”

老板娘揶揄：“你才刚来不久，不知道这些，很多小姑娘为了追秦老板，天天去文身。”

苏沫挑眉，红唇勾笑：“身上有那么多地方可文吗？”

老板娘：“那谁知道？小姑娘嘛，为了爱情什么都豁得出去。”说着，老板娘倾身往苏沫这边靠了靠，八卦起来，“对了，你的店距离秦老板店最近，你就没发现他跟哪个女的走得近？”

苏沫看着老板娘，笑眯眯地说：“没有。”

老板娘八卦心重：“你说秦老板这么帅，为什么一直不找女朋友？”

苏沫轻笑：“也许是有什么隐疾？”

老板娘先是愕然，而后恍然大悟，最后一拍收银台桌面，正想说点什么，便利店的门被推开，秦琛阔步而入。

老板娘正欲说出口的话生生被噎了回去，视线忍不住打量起秦琛。

瞧见老板娘的眼神，秦琛蹙眉，道：“王嫂，烟。”

听出秦琛语气不对，老板娘也察觉到了自己的失态，笑呵呵地打圆场：“小秦啊，你别误会，呵呵，我这不是跟苏老板闲聊嘛，说你魅力大，追你的女孩子多，但是也不见你对哪个女孩子动心，苏老板就开玩笑说你是不是有什么隐疾……”

秦琛转头看向苏沫，浓眉轻挑：“隐疾？我？”

苏沫只觉得自己今天出门没看皇历，不然不能这么点背！随便一句调侃的话，最后都能落入正主耳朵里。这个时候她要说她没说，那就有点掩耳盗铃了，可她要承认她说了，这种氛围，也是说不出的尴尬。

苏沫指尖抵着瓶盖跟秦琛对视，红唇一勾：“秦师傅抽什么烟？我买单。”

秦琛目光沉沉地盯着她看，没接话。

一旁老板娘见状，以为秦琛是生气了，想着这件事跟自己脱不了干系，忙不迭地拿了秦琛常抽的烟，插话当和事佬：“这个，三十块钱一盒。”说着，老板娘给苏沫使眼色，把收银台前的付款码往前推了推。

苏沫会意，笑着付账。

老板娘自觉尴尬，反手给她拿了一盒口香糖。苏沫也没客气，邻里邻居的，都是人情世故，小东西最能拉近人与人之间的距离。

“谢谢王嫂。”

老板娘：“咱们俩之间还说这个。”

苏沫倚着收银台，用仅两人能听到的声音说：“下次再跟你八卦。”

老板娘本来还担心她生气呢，闻言，脸上堆着笑，朝她挤眉弄眼的。

苏沫离开后，王嫂给秦琛拿烟的同时替苏沫说好话："苏老板瞧着娇滴滴的，可人一点也不矫情。"

秦琛"嗯"了一声，敲出一根烟叼在嘴前，伸手入兜掏打火机，想到什么，忽然又取下嘴角的烟塞回了烟盒。

见状，老板娘以为他是没拿打火机，拿起一个打火机递给他："小秦。"

秦琛嗓音清冷："不用了，谢谢。"

苏沫回到店里后，继续跟阮卉发信息。阮卉八卦起来没完没了，打字聊得不痛快，索性打了语音电话过来。苏沫按下接听键，人靠在座椅里，欣赏着自己粉粉嫩嫩的指甲，听她继续八卦。

"你猜叶冉那几个包是谁送的？"

苏沫轻笑："你？"

阮卉："聊正经的。"

苏沫调整了坐姿，身子斜斜倚着，一副雍容华贵的姿态："我又不是什么正经人，怎么跟你聊正经的？"

阮卉早按捺不住了，见苏沫不买账，迫不及待地说："是蒋商。"

苏沫语气中带着些许玩味："哦？"

阮卉："你就一点不惊讶？"

苏沫揶揄："这有什么可惊讶的？又不是我生命中什么重要的人做了这种有违道德底线的事。"

阮卉"啧啧"两声，感叹苏沫的淡定，又说："不过据说两人没发生什么。"

据说？明面上板上钉钉的事都未必有什么可信度。

阮卉没听到苏沫的回应，出声问："你说发生这么大的事，蓝茜还会相信蒋商吗？"

苏沫似笑非笑："怀疑一旦产生，罪名就已经成立，更何况还有证据，你说会不会信？"

阮卉："这婚姻，惨。"

苏沫低笑，有些嘲讽，过了一会儿，她淡声说："对了，下月不是有个比赛吗？叶冉是不是参加？"

阮卉接话："对。"

看来她那个录音很快就能派上用场了。

隔壁文身店里，秦琛低头把玩手里的烟盒，人坐在高脚凳上，微微弓背，眸色幽深。

邱正站在不远处，用手肘戳了戳站在身侧的人："那烟盒镶金边了？琛哥都盯着看半天了。"

"何止盯着看？我刚刚想抽一根，琛哥一记冷眼扫过来，差点没把我吓死。"

邱正灵光一闪，倏地站直身子，迈步走到秦琛身边，低头正想问点什么，就看到秦琛正在发信息。

秦琛：晚上我去你那儿？

发信息的对象……是苏沫！

在看清秦琛的聊天对象后，邱正吞咽了口唾沫，半晌，神情不自然地问出自己的疑问："琛哥，这是隔壁老板娘？"

秦琛闻声抬眼，眸色森寒："你有事？"

邱正瞬间站得笔直，回答铿锵有力："没事。"

苏沫在收到信息时，刚跟阮卉挂断电话。瞧见信息，眼睛眯了眯，权当没看见。这阵子忙，两人没怎么见面。现在秦琛主动联系，她忽然想起那个踹了他的计划似乎拖了很久了。老实说，她现在其实挺后悔的。当初怎么就脑子一抽选了秦琛呢？事实证明，人不能意气用事，更不能在生气的时候做任何决定。一失足成千古恨，古人诚不欺我。

晚上下班，苏沫为了避开秦琛，故意早走了半小时。她没立即回家，而是去了常去的那家小酒馆。她进门时，李奥正在调酒。

小酒馆灯光昏暗，李奥瞧见她，递了一杯刚调制好的酒推过来："帮我试试新品。”

苏沫放下手包坐下，双腿交叠，高跟鞋尖轻晃，笑吟吟地问：“酒精度数高吗？”

李奥沉声一笑：“还可以，我觉得在你承受范围内。”

苏沫拿起酒杯抿了一口，点点头：“味道不错。”甜而不腻，还有一股子淡淡的茉莉花香，苏沫不吝夸奖，“待在长乐县这个小地方，你屈才了。”

李奥笑笑：“那你呢？”

苏沫挑眉：“我什么？”

李奥将分寸感掌握得刚刚好，只意味深长地笑，却没点破。

苏沫心里有事，一杯酒下肚，单手托腮看着李奥身后的酒架出了神。见状，李奥顺手又递给她一杯，问：“有心事？”

苏沫回神，瞧见眼前递过来的酒，指尖轻点，想到什么，看李奥的眼神顿时泛起一抹光亮。李奥被她这个眼神看得一怔，觉得这姑娘没憋什么好话。

果不其然，下一秒，苏沫身子前倾，眼睛亮晶晶地看着李奥说：“李老板，我们俩也算是朋友了，是不是？”

李奥避嫌，不动声色地往后退：“是吗？”

苏沫神情认真，语气笃定：“当然是。”

李奥不吭声，等待下文。

苏沫笑眯眯地说：“你帮我个小忙怎么样？”

李奥问：“什么忙？”

苏沫说：“假装我男朋友，不用太久，就一周。”说罢，怕他拒绝，苏沫忙朝他挤出一抹亲近的笑。

见李奥没答应也没拒绝，苏沫又说：“救人一命胜造七级浮屠，更何况还是救朋友的命。”

李奥低头用毛巾擦拭酒杯，半晌，抬眼看向她：“也不是不行。”

苏沫听懂了话外音："有什么要求？你说。"

李奥："只能三天，时间太长，我怕你对我日久生情。"

苏沫一口答应："没问题。"

从小酒馆出来的时候，苏沫心情大好。

她不知道，她离开不久，李奥就拨了一通电话出去。待电话接通，那头男人低沉肃冷的声音响起，李奥嗤笑一声，说："你怎么得罪你家那位小祖宗了？"

"怎么了？"

李奥："她让我当她三天男朋友。"

秦琛这会儿正拎着菜站在苏沫家门口："是吗？你答应了？"

面对秦琛的问话，李奥不答反问："你说呢？"

秦琛冷笑："李奥。"

李奥隔着电话："嗯？"

"天快冷了，你多盖点土。"

苏沫回来的时候，楼道里黑漆漆的。下了电梯，高跟鞋踩在楼道的水泥地上，感应灯才随之亮起。她垂眸从包里拿出钥匙，抬眼间，跟站在房门口的秦琛四目相对。秦琛眸色暗沉，苏沫拿钥匙的手一顿，佯装淡定。两人在这方面已经有了默契，谁都没说话，她开门，他紧随其后。

进门后，秦琛换完鞋，径直进了厨房。

苏沫今天穿的高跟鞋是绑带款，鞋带从脚面直接缠绕上脚踝再往上，因此换鞋有些慢。等换完鞋进了客厅，厨房里，秦琛已经开始洗菜切菜。苏沫瞧了一眼，转身进了洗手间。从洗手间出来后，苏沫窝在沙发里玩手机，百无聊赖地打开朋友圈，看到了秦琛十分钟前刚发的一条信息。

卖房，价格面议。

下面配了九宫格的图，看样子应该是他现在住的房子。

苏沫随意点开一张图片放大，窗明几净的客厅映入眼帘。房子瞧着有些老，但是很亮堂，让人一眼看上去就会心情很好，窗台那里还摆放了几盆绿植，瞧着生机勃勃的。

苏沫正看着，厨房里传出秦琛肃冷的声音："鱼要甜口的还是咸口的？"

苏沫没抬头，自然回应："一半一半。"

秦琛："嗯。"

对话刚结束，苏沫就后悔了。一切都太自然了！就秦琛做饭时顺着她的这个劲儿，连最宠爱她的韩金梅都做不到。

这要是换作之前也就算了，今天她可是准备跟秦琛结束关系的，眼下反而莫名地让她有点不忍。尤其是她刚刚看到他要卖房子，这种感觉，就像她这会儿要是提出结束关系，她就是在落井下石，雪上加霜。

苏沫忽然不那么快乐了，甚至有点心不在焉，直到秦琛喊她吃饭，她才恢复正常。四菜一汤，色香味俱全。苏沫坐下低头小口吃饭，从未有过的乖巧。等到一碗米饭过半，她咬着筷子尖看向秦琛："那个……"

秦琛眉眼淡漠："有什么话饭后说。"

苏沫："哦。"

一顿饭，苏沫味同嚼蜡，心中忐忑不安。

饭后，秦琛去洗碗，她就这么坐在餐厅的椅子上发呆。琢磨着秦琛快要收拾完了，她起身走到厨房门口，倚着门框说："秦琛，我有话跟你说。"

秦琛背对着她，做最后的清理工作："你说。"

苏沫装得乖乖巧巧的，一开口却是谎话连篇："我外婆昨天给我打电话说又给我安排了一场相亲，我想着自己年龄也差不多了，就想去看看。"

秦琛："嗯。"

见秦琛答应得痛快，苏沫暗自松了一口气，继续说："所以我们俩……”

秦琛：“我知道。”

秦琛丢下手里的抹布，拧开水龙头洗完手，甩了甩手上的水渍，转身看向苏沫。迎上他的目光，苏沫眼皮跳了跳，心里莫名发紧。

下一秒，秦琛阔步上前，大手一伸扣住她后颈将人往前带，头低了低，靠在她耳边沉声说：“要不要再续两天？”

“什么？”

“再跟我续两天，别急着断。”

“不要。”

秦琛挑眉：“确定？”

苏沫咬着下唇：“确定。”

秦琛掐着她的腰，将她缓缓推开，一脸肃冷地看着她，而后果断走了……相比于秦琛的痛快决绝，苏沫站在橱柜前出神片刻，才反应过来，内心将秦琛骂了个痛快。那个男人居然真的就这么走了！

半小时后，苏沫冲了个澡，发丝湿漉漉的，坐在沙发里跟阮卉打视频电话。

阮卉笑得上气不接下气：“他就那样走了？”

苏沫气得胃疼：“嗯。”

阮卉笑得停不下来：“我觉得他就是你的克星。真的，沫沫，我跟你认识这么久，还是第一次见你这么生气。”

苏沫红唇轻挑：“狗男人，就是一小人。”

阮卉看热闹不嫌事大：“可是沫沫，这不就是你想要的吗？”

苏沫皱着眉头，没有说话。

挂了电话，苏沫踩着拖鞋进了浴室，刚准备吹头发，扔在一旁的手机一阵振动。她垂眸扫了眼手机屏幕，刚消下去的怒意再次达到了顶峰。

秦琛：转账一万三。

转账备注：“还你衣服钱。”

苏沫被气笑了，把手里的吹风机一扔，直接给秦琛回拨了一通电话。

电话接通，秦琛嗓音沙哑："怎么了？"

苏沫："你给我转一万三是什么意思？"

秦琛哑声说："还你衣服钱。"

苏沫紧抿红唇，数秒后，问："你现在在哪儿？"

秦琛："你楼下，车里。"

十分钟后，苏沫下楼。一身水蓝色绸缎面长达脚踝的睡裙，脚下是透明款的水晶拖鞋，裙摆随夜风摆动，摇曳生姿。她信步走到车前，却没急于上车，而是站在驾驶位前透过车窗往里看。

秦琛坐在车内，在她看过来的那刻也侧头看向窗外。两人对视间，苏沫眼睛眯了眯，刻薄讽刺的话正准备说出口，就见秦琛缓缓降下半截车窗，而后车门打开，苏沫猝不及防，被秦琛一把扯进了车里。

不等她惊呼出声，秦琛已经将她抱在腿上，搂进怀里，吻上了她的唇。暴风疾雨般的吻，不似以往那样温柔，霸道又强势。

被抱上楼时，苏沫直接把脸埋在了他怀里。进门后，苏沫姿态高傲地看着他，一副透过他高冷的表面认清了他本质的模样。

秦琛抬眼看着她，嗓音低沉，不卑不亢："我喜欢你，想跟喜欢的人在一起，有什么不对？"

苏沫牙尖嘴利地嘲讽："你有问过我喜欢你吗？"

秦琛面无表情："你不用喜欢我，保持现在这样就行。"

第6章

套路

苏沫懒洋洋地靠在座椅里，听着吹风机在耳边嗡嗡作响，鬼使神差地出声问了句：“秦琛，你喜欢我什么？”

吹风机声音太大，秦琛没听清：“什么？”

苏沫：“没什么。”

秦琛走的时候，去了趟厨房，出来时，手里拎了个垃圾袋，那是今晚做饭时残留的垃圾。苏沫看着他，这一刻，心里莫名晃过一个念头：这个男人，除了她不喜欢，似乎哪一方面都无可挑剔。哦，还有一点，穷，穷得叮当响。

苏沫又想到了他给她转的那一万三，转身回到卧室从床头柜拿了手机，点开转账，按了退回。

秦琛：？

苏沫：当初说好的，你替我办事，衣服我买单。

秦琛：嗯。

苏沫还以为他会再说点什么，等了会儿，不见聊天界面有反应，把手机关上丢在一旁，上了床。

苏沫这一晚睡得很沉，大概是因为累到了，几乎一觉睡到天亮，唯一不好的是做了一个噩梦。她梦到赵诓倒在血泊里，全身是血，他朝她伸手，让她救救他……

被惊醒后，苏沫看着天花板出神，身上全是汗，眼睛里还带了泪。

她这次回长乐县，跟赵诓的死有很大关系。赵诓是业界泰斗，站在行业金字塔顶端，跺跺脚，圈内都得抖三抖，于她而言，更亦师亦父。这样一个人，居然就那么不明不白地死了，这太过惊悚，让人不寒而栗。

当初赵诓死时，对外宣称是病故，实则是报了警的，可现在一年过去了，调查毫无进展。苏沫缓了许久才从梦中缓过劲儿来。起床后，她去浴室冲了个澡，冷静了会儿，拿着手机走到窗前，拨通了纪玲的电话。电话接通，苏沫尽量让自己的语气听起来平静："师母，师父的事有进展了吗？"

提到赵诓，纪玲也是呼吸一窒，同样假装平静："还没有。"

苏沫："嗯。"

纪玲知道苏沫和赵诓师徒情深，叹了口气："沫沫……"

苏沫不想听她说什么往前看之类的话，及时打断："师母，我没事，倒是你，好好照顾自己，别让自己太累。"

纪玲又叹了口气："我知道。"

两人又闲聊了些别的，相互叮嘱一番才挂了电话。

苏沫打开衣柜换了件长裙，下楼吃早餐。她今天没什么胃口，只点了一屉虾仁小笼包，吃了三个，剩下九个。秉着文明用餐、绝不浪费的原则，让老板帮忙打包后，苏沫拎着打包盒去了店里。

苏沫从出租车上下来时，秦琛的车也刚好停下。两人对视，谁都没主动说话。

苏沫从手包里掏出钥匙开门，余光扫见秦琛打开了车子的后备厢，招呼着包括邱正在内的文身店的几个小伙子出来帮忙搬东西。被子、枕头、饮水机、电饭锅、电磁炉……这是搬家？

苏沫秀眉不自觉蹙了蹙，捏着钥匙的手一紧，忽然想到了昨晚看到的那条朋友圈。卷帘门升起，苏沫推门往里走，脚下步子刚迈开，就听到邱正说："琛哥，你那房子真准备卖啊？你说你住店里也就算了，秦绿怎么办？她一个小姑娘，咱这文身店都是一群浑小子。"

秦琛："别废话。"

邱正又说："不行你们俩搬去我那儿吧，地方小是小了点，但最起码比住店里强。"

秦琛嗓音清冷："四十五平方米，一室一厅一卫，你告诉我，怎么住？"

邱正闻言，挠了挠脑袋，也有点犯愁："那怎么办……"

后面邱正和秦琛还说了什么，苏沫没听到。不过，他搬不搬家、卖不卖房子，跟她有什么关系？她轻嘲似的笑了笑，推门而入，将钥匙和手包随手放在收银台上，转身进洗手间洗了把手，开始工作。

几个小伙子帮秦琛把后备厢的东西都搬进了文身店。邱正体贴，蹲在地上撅着屁股帮秦琛收拾东西，刚想帮他把铺盖卷打开，屁股突然被踢了一脚。邱正没防备，身子一歪，险些摔倒。

"琛哥。"邱正稳住身子后，耷拉着眼看向秦琛，不知道自己犯了什么错。

秦琛低头看他，蹲下身子，视线跟他平齐，神情淡淡地开口："你帮我一个忙。"

邱正跟了秦琛有些年头了，太了解他，知道他越是瞧着淡漠，心里越是藏着事儿。他不想答应，但又不敢反驳，只能硬着头皮哆嗦着说："什、什么忙？"

秦琛道："你去问问隔壁老板娘家里有没有房子出租。"

邱正："啊？"

秦琛："不愿意？"

邱正："不，不是，琛哥，老板娘肯定会说没有……"

秦琛嗓音平静："我知道，我只是让你去问，我知道她肯定不会租给我。”

邱正闻言，表情有些别扭。明知道知道不会租给你还问？这不是欠吗？不过这话邱正只敢在心里想，嘴上不敢说，他顶着一张心不甘情不愿的脸，起身慢吞吞地下了楼。

邱正前脚离开，秦琛后脚就掏出手机拨了一通电话出去。电话接通后，秦琛冷声开口：“老穆，买房吗？”

邱正走到苏沫店门口，踌躇了很久才敢进门。随着门口风铃响起，伴随着苏沫那声轻盈妩媚的“欢迎光临”，邱林的身子抖了几抖。

苏沫也没想到进来的人会是邱正，抬眼的同时轻挑了下眉梢。

两人对视，邱正一激灵，马上错开视线，往一旁的漆器首饰盒摆架走，看看这个，瞧瞧那个。这些东西他是敢看不敢动。他虽然对漆器没研究，但没吃过猪肉，总见过猪跑。他知道这东西贵，说价值连城不知道会不会夸张，不过肯定能让他把老婆本赔进去。

从邱正进门开始，苏沫就一直双手抱胸盯着他看，眼中含笑，还带了点揶揄。

半晌，邱正盯着一个漆器首饰盒，轻咳两声问：“老、老板娘，这个多少钱？”

邱正话落，苏沫裙摆晃荡，款款朝他走来。邱正用余光瞥了一眼，顿时全身汗毛都竖起来了。他觉得这老板娘好看得过分，跟要吸人精气的妖精似的。

苏沫走过去，笑吟吟地说：“小邱，买首饰盒啊。”

邱正下颌紧绷，身子僵硬：“嗯。”

苏沫去拿他看上的首饰盒，眉眼弯笑地递给他：“送你了。”

闻言，别提接首饰盒了，邱正整个人都麻了。对上苏沫那双仿佛能洞察人心的笑眼，他觉得自己此刻腿都是软的。

邱正：“老板娘……”

苏沫：“嗯？不喜欢这个？”

邱正刚在隔壁遭受过秦琛的暴风雨，又在这边遭受了这样的审视，他感觉心脏有些承受不住了。

在苏沫的注视下，邱正开口，声音都带了哭腔："老板娘，你家里有房子要出租吗？"

苏沫挑眉："嗯？"

邱正急吼吼地说："不是琛哥让我来的，是我觉得他无处可去，所以想着来问问你。"

此地无银三百两？见他一副受气小媳妇模样，苏沫也不答话，就这么笑眯眯地一直盯着他看。两人僵持了约莫半分钟，邱正心虚得眼眶都红了，也不等苏沫答话，转身飞奔而去。

就这么点能耐？听双琪说这小子跟了秦琛很多年了，怎么半点没得秦琛的真传？

邱正打小就在长乐县长大，这里民风淳朴，大家大多是内敛的。他长这么大，除了秦绿就没接触过其他姑娘，哪里见过这种阵仗？一时间心惊胆战。

邱正回到文身店时，脑袋都是耷拉的，一脸委屈："琛哥。"

秦琛嗓音冷冷："办砸了？"

邱正："嗯。"

秦琛抬了抬下颌："去忙吧，二楼有个小子要文自己的名字。"

邱正点点头，弯腰去拿自己的工具："他叫什么？"

秦琛淡漠道："李虋龘。"

邱正："哪个'men'，哪个'da'啊？"

秦琛面无表情地转头看向另一个男孩："阿飞，写给邱正看。"

被秦琛点名的男孩应了一声，憨着笑走到邱正跟前。等他把名字写给邱正看了，邱正嘴角直抽，转头看向秦琛，一副生无可恋的模样，目光幽怨。

手机振动，秦琛低头，是苏沫发来的信息。

苏沫：**秦老板，有意思吗？**

秦琛收回视线，神情淡淡的，没回。

苏沫见信息发出后没人理，转手给小酒馆老板李奥发了条信息。

苏沫：**中午一起吃饭？**

李奥：？

苏沫：**好人一生平安。**

李奥：OK。

隔壁文身店，秦琛的手机再次振动，这次收到的是一条微信聊天记录的截图。瞧见信息，秦琛眸色沉沉，喜怒不辨。

秦琛：**向死而生，你依旧是你。**

李奥：**没人会等你，风生水起靠自己。**

中午，李奥开车来接苏沫，车子不错，还是新款，在长乐县算是高调出行。苏沫一袭长裙搭配精致妆容，跟李奥站在一起，还真有点男才女貌的意思。

第一个发现两人的是邱正，一个名字文了一上午，他正站在门口活动发僵的身子，就瞧见苏沫浅笑嫣然地上了李奥的车。李奥极有绅士风度地用手帮她挡车顶，像是生怕她磕着碰着。两人对视间，暧昧横生。

邱正满眼愕然，不等他接受眼前的一幕，就瞧见刚干完活的秦琛走了过来。见状，邱正忙转身拦在了他面前。秦琛不明所以。

邱正吞咽着唾沫："琛哥，我有事找你。"

"说。"

"我们上楼说。"

邱正不擅长说谎，只要撒谎，耳朵就会红。秦琛盯着他看了数秒，反应过来什么，大手一伸将他推开，冷眼看向玻璃门外。目光所及，李奥恰好关上副驾驶室的门转身。两人四目相对，李奥薄唇勾笑，秦琛眼睛眯了眯。

邱正站在秦琛身后，支支吾吾地开口："琛哥，老板娘跟李哥在一起了。”

向来不在店里抽烟的秦琛低头点了根烟，十分平静地道：“回头给你李哥订一束白菊花送小酒馆。九百九十九朵，别舍不得花钱。”

邱正：李哥，你完了！

苏沫坐在李奥车上，一路谈天说地，犹如老友见面，最后两人找了个私家小厨吃饭。

饭吃到一半，苏沫放在桌上的手机忽然响了起来。她看了一眼，在看清来电显示后，秀眉不自觉蹙了蹙——是那位讨债鬼一样的舅妈。

苏沫抽了张纸巾擦嘴，她不好当着李奥的面接电话，担心她那位舅妈口吐芬芳，影响他的食欲：“我出去接个电话。”

李奥：“你自便。”

苏沫拿着手机走出门，刚按下接听键，电话那头就传来中年女人泼妇一般的声音。

“死丫头，你外婆都住院了，你还一天到晚在外面潇洒！我早说过，养你都不如养条狗。别以为有男朋友在医院伺候外婆，你就能不管不问，我告诉你，现在医院通知交住院费，你男朋友的电话没打通，你过来交，五千块！”

女人的话跟连珠炮似的，苏沫还没回过神来，那边已经挂了电话。

苏沫皱眉，没再回拨，进门跟李奥说了一声，付了账，打车前往医院。李奥说要送她，被她拒绝了。普通朋友，分寸尺度得拿捏好，更何况之前已经有了秦琛那个前车之鉴。

长乐县不大，十多分钟足以抵达医院。苏沫刚进医院，正准备给韩金梅打电话询问她在哪间病房，身后就传来她那位舅妈尖酸刻薄的声音。

“刚刚给你打半天电话怎么没接？五千块！那个死丫头，找男朋友都不知道找个有钱的，找你这么一个穷得叮当响的。”

苏沫闻声回头，在看清跟她舅妈站在一起的人时，脸色顿时变得难看——是秦琛。四目相对，苏沫的眸光锐利得跟刀子似的，胸口起起伏伏，瞧不出是被气的，还是有别的什么情绪。

苏沫三步并作两步走到秦琛面前，一把从他手里夺下了缴费单。她动作如风，没吓到秦琛，倒是把站在一旁的于娟吓得不轻。于娟瞪大了眼，张口就想骂人，对上苏沫冷飕飕的眼神后，又堪堪噎了回去。

这死丫头犟，别看平时不吱声，真要发起火来，谁的面子都不给。于娟以为是小情侣闹脾气，轻哼一声，转身离开了。

于娟一走，苏沫冷着脸看向秦琛。

秦琛淡声说："先缴费，外婆还在等着输液。"

苏沫讥笑："外婆？是你外婆吗？喊得这么亲！"

面对苏沫的嘲讽，秦琛一声不吭，就这么站在她面前。

两人对视了会儿，苏沫上前一步，用纤细手指戳着秦琛的胸口："秦琛，我再跟你说最后一遍，我们俩现在已经没任何关系了，以后我们俩桥归桥、路归路。"

秦琛岿然不动，始终沉默。

苏沫担心着韩金梅的身体，横了他一眼，踩着高跟鞋去缴费。缴费窗口人满为患，苏沫手里拿着缴费单，情绪渐渐平静。

她也不知道自己是在气什么，就是很烦别人插足自己的生活，尤其是两人明明已经说得够清楚，另一方还非得死缠烂打。

约莫二十分钟后，苏沫缴费成功，给韩金梅打电话询问了在哪间病房，乘电梯上了楼。她捏着缴费单存根推门而入，在看到病房里的人后，愣了愣。韩金梅住的病房里除了她，还有一个人——秦绿，秦琛的妹妹。这会儿秦琛也在，正给秦绿剥鸡蛋吃。秦绿瞧见苏沫，想笑，但又怯生生地，有点不好意思。

苏沫抿唇，一瞬间脑子里电光石火，觉得自己好像误会了什么。不等她寻思明白，坐在靠门口病床上的韩金梅开口打断了她的思绪："你怎么来了？谁跟你说的？"说完，目光看向秦琛。

秦琛抬头，没说话，表情尽显无辜。

看着两人之间的互动，苏沫浅吸一口气，迈步走到病床前：“是我舅妈给我打的电话。”

提到于娟，韩金梅脸色有些不好看，还有点别扭：“我都跟她说了我自己有钱交住院费，又不用她交，她……”韩金梅拿于娟也是没有办法。于娟太泼了，一哭二闹三上吊，对于她而言跟家常便饭似的。

苏沫从韩金梅口中得知，原来，前两天夜里韩金梅心脏病犯了，好在救护车去得及时，人才能安然无恙。老太太怕她着急，就没联系她，再加上办理住院的时候碰到了秦琛，有了秦琛的照顾，就彻底打消了联系她的念头。

老太太握着苏沫的手说：“我怕你舅妈联系你，所以就跟她说小秦是你男朋友，他替你照顾我。”

还真是误会了……

韩金梅见苏沫红唇抿了又抿，凑近几分说：“不是我说，小秦这孩子真不错，上得厅堂下得厨房，还孝顺……”

半小时后，秦琛在步梯间抽烟，苏沫扭扭捏捏地站在了他面前。

秦琛垂眸看她，苏沫自知理亏，低着头抠着指甲：“对不起。”

错了就是错了，不能因为别人对她有好感，她就蛮不讲理。有错就要认，挨打要立正。面对她的道歉，秦琛没吭声。过了一会儿，秦琛掐灭指尖的烟转身离开。

苏沫看着他的背影，忽然想到他现在无家可归，嘴比脑子更快：“你还租房子吗？”

话一出口苏沫就后悔了，可这个世界上没有后悔药可吃。

秦琛停住脚步。就在苏沫以为他会一口答应时，秦琛冷着声音说：“不用，谢谢。”

秦琛离开后，苏沫抬头看着天，一度陷入了自我怀疑。难道不仅是外婆的事自己误会了他，邱正那件事也是误会？真是邱正自己来问的？

许久，苏沫轻叹一口气。再次回到病房时，苏沫手里拎了不少东西，韩金梅一份，秦绿一份。秦绿胆子小，见她这样，整个人都拘束了。

苏沫唇角含笑，收起骄纵，温柔地说：“不知道你喜欢吃什么，所以随便买了点。”

秦绿小鸡啄米似的点头，然后又忙不迭地摇头：“不用。”

苏沫说：“这两天全靠你哥照顾我外婆，应该的。”

秦绿知道秦琛喜欢苏沫，手揪着被子，壮着胆子说：“都是我哥自愿的。”

苏沫眉眼弯弯：“我跟你哥是邻居，俗话说得好，远亲不如近邻嘛。”

邻居啊，连朋友都不算。秦绿是单纯，但不傻，听到苏沫这话就明白了她的意思，小鹿一般的眼眸低垂下去，眼底全是失望：“哦。”

苏沫忽然觉得有趣。秦琛城府深得跟老狐狸似的，却养出了这样的单纯小白兔。

秦琛不在，听秦绿说是被一通电话叫走的，好像是店里有事。照顾秦绿的活儿自然落在了苏沫身上。起初秦绿还有点不好意思，但是接触下来，很快就对苏沫有了一种相见恨晚的感觉。

“苏沫姐，你的睫毛好翘啊，真好看。”

苏沫坐在病床前给她削着苹果，闻言朝她眨眼：“好看吗？回头教你，很简单，一支睫毛膏就能搞定。”

秦绿满眼崇拜：“真的吗？我也可以吗？”

苏沫把手里的苹果一分为二，一半递给秦绿，另一半递给韩金梅：“当然可以，保证你学会之后，睫毛比我的还翘还好看。”

秦绿被夸得羞红了脸。没有小姑娘不喜欢美，秦绿也不例外。

聊天中，苏沫得知秦绿患有先天性心脏病，从小到大，就像个易碎的娃娃，不敢跑，不敢跳，不敢太难过，也不敢太高兴。

秦绿后知后觉，反应过来自己这个拖油瓶怕是会给秦琛拖后腿，低着头小声说：“我现在好多了，很多事我都能做的，一般家务什么的，我都可以……”

苏沫用手揉了揉她头发：“绿绿，你好乖呀。”

秦绿抬头：“你不会觉得我很烦吗？”

苏沫：“这么乖巧的姑娘我怎么会烦？喜欢还来不及。”

秦绿看着苏沫，眼里全是小星星。

晚上秦琛来送饭时，看到的就是这样一幅场景——苏沫站在窗户前剥着橘子，不知道她跟秦绿和韩金梅讲了什么，一老一小被逗得合不拢嘴。两人对视，苏沫眨了眨眼睛，秦琛朝她淡漠点头，算是打过招呼。

对于秦琛的态度，苏沫眯了眯眼睛，想骂人。她是误会了他。可她都道歉了，他还想怎么样？她只是说错了话，又不是犯了天条，更何况这段时间他在她这里也没少吃瘪，哪次不比这次惨？

想到这儿，苏沫抿了抿唇，“啧”了一声，转身看向窗外的夜景。窗外霓虹闪烁，有人纸醉金迷，有人为生活乞讨。

她正看得出神，身后忽然一个高大身影靠近，在她头顶落下一片暗影：“回去吗？我送你，这个时间不好打车。”

苏沫回头，高傲地抬起下颌看他，红唇挑动，用仅两人能听到的声音说：“秦琛，你跟我道歉。”

秦琛不吭声，只垂眸看着她。

苏沫在他面前已经骄纵惯了，细腰后倚，跟他僵持着。

秦琛喉结滚动，嗓音低沉喑哑：“苏沫，你是我的谁？我为什么惯着你？”

秦琛的话让苏沫语塞，连带着身子都发僵。

是啊，她是他的谁？他为什么惯着她？

反应过来自己是恃宠而骄，苏沫抿唇，脸色变得难看。她伸手推开他，径直走到床头柜前拎起手包，调整好情绪，转头浅笑嫣然地摸了摸秦绿的头发，跟她道别，又叮嘱韩金梅好好休息：“我明天再来。”

韩金梅：“这么晚了，让小秦送你。”

苏沫红唇勾笑："不用，不顺路，我打车。"

韩金梅不知道两人在窗户前嘀嘀咕咕说了什么，但瞧苏沫的脸色，就知道两人肯定是闹了矛盾。韩金梅跟苏沫说不通，转头去看秦琛。

接收到韩金梅的眼神，秦琛迈步上前，没说话，从苏沫手里接过她的手包："正好我去城南那边买点东西，顺路。"

苏沫唇角轻扯，但碍于韩金梅和秦绿在场，没再反驳。尤其是秦绿，瞧着怪可爱的，实际上是个心思敏感的人。她不想因为自己甩脸子，搞得小丫头一晚上睡不着。这丫头还有心脏病呢，一晚上不睡，岂不是要她的命？

从病房出来，苏沫第一时间朝秦琛伸手："包。"

秦琛低头看她，面无表情："我答应外婆送你回去。"

苏沫似笑非笑："我是你的谁？为什么要你送？"说完，一把从秦琛手里夺过手包，冷笑一声离开了。

苏沫刚刚离开，秦琛揣在兜里的手机的铃声就响起来了。他睨了眼来电显示，手指滑开屏幕按下接听键："说。"

穆川在电话那头戏谑："买房。"

秦琛："滚。"

穆川不怒反笑，而且笑得更欢："你猜我今晚跟谁一起吃的晚饭？"

秦琛抬眼看向电梯，不见那抹俏丽身影，眉峰蹙了蹙："最好是什么有用的人。"

穆川："蒋商。"

秦琛："挂了。"

听到秦琛要挂电话，穆川忙不迭喊住人："别挂，别挂，真有事跟你聊。蒋商知道你的身份了。"

秦琛闻言，脸色沉沉："你说的？"

穆川嗤笑："我在你眼里就是这样的人？"

秦琛："那是谁？"

单凭蒋商的能力，他不可能调查到这些。秦琛退圈隐居多年，这次回蓉城参加婚礼，那些新贵都没有认出他，蒋商又怎么可能轻易查到？

秦琛思忖间，穆川轻笑出声：“好吧，就是我。”

回应他的是电话被挂断的声音。

过了一会儿，秦琛乘电梯下了楼，穆川又给他发了条微信。

穆川：**老秦，我现在特别好奇你能为苏沫做到哪一步**。

秦琛：**李奥的白菊花，你也有份**。

穆川：**什么？**

秦琛没再回复，快走几步去开车。

苏沫从医院出来后，迟迟没打到车。小县城没有大城市那样的灯红酒绿，也不存在什么夜生活。年轻人倒是喜欢去 KTV 玩，所以即便有夜里跑车的出租车，也基本会在那些地方扎堆。

等了十多分钟，出租车没等到，倒是等到了秦琛的车。

秦琛在她跟前停下车，降下车窗：“上车。”

苏沫没理他，倔强地把头偏过了另一侧。秦琛见状，推门下车，三步两步走过来。苏沫的手机适时振动，屏幕上跳出两条信息。

阮卉：**沫沫，蒋商让你给他回个电话，说有急事找你**。

阮卉：**哦，说是有关你那个男人的事**。

看到这两条信息，苏沫眯了眯眼，抬眼看向秦琛。

秦琛这会儿就站在她面前，居高临下，把她屏幕上的信息尽收眼底。可他神情淡定，半点瞧不出慌乱和心虚。

两个人对视了会儿，苏沫率先出声：“你们兄弟俩真有意思，都是一样的道貌岸然。”

秦琛淡漠接话：“坐车吗？十块钱，钱货两清。”

苏沫闻言，沉默了半分钟。这个点别说打车了，马路上连私家车辆都极少。想罢，苏沫没说话，直接上了车。不过她这次没坐副驾驶座，而是去了车后排。见她上车，秦琛也没多停留，绕过车身上了驾驶位。

车行驶上路，两人谁都没说话。秦琛专注开车，苏沫专注发信息。

苏沫：让他滚。

阮卉：你就不好奇他会说什么？

苏沫：跟我有什么关系？

阮卉：？

苏沫：我跟他们兄弟俩没有半点关系，我对他们俩的事也没有半点兴趣。

过了一会儿，阮卉后知后觉地反应过来什么。

阮卉：你跟那个男人分了？

苏沫盯着手机屏幕，没控制住自己的表情。

苏沫：压根儿就没在一起，谈什么分手？

阮卉傻了。

祖宗，你们俩在蒋商的婚礼上看对方的眼神都快拉丝了，这还叫没在一起？！不过阮卉只敢这么想想，却不敢问。

阮卉：真不想知道？

苏沫：不想。

十几分钟后，车抵达苏沫住的小区。车停下，秦琛从中央后视镜里看她，苏沫正准备推门下车，秦琛的手机忽然响了起来。

秦琛低头瞧了一眼，没回避苏沫，按下接听键："喂，哪位？"

电话那头，李奥被气笑了："九百九十九朵白菊花，老秦，你……"

秦琛身子微侧，单手撑在方向盘上："买房？"

李奥："你搞什么……"

秦琛："六十万，不讲价。"

李奥："不是……"

秦琛眉峰紧蹙，又道："家具什么的都有，确实没办法再便宜了。"

李奥回过味儿来，嗤笑一声，静静听他表演。下一秒，秦琛的语气再次低了低："五十万不行，太低了。"

过了会儿，秦琛又开口："明天能交易吗？我只接受全款。"

李奥："老秦，是不是玩儿太过了？"

秦琛道："行，我包过户费，明天见。"说罢，不等李奥再说什么，直接挂了电话。电话切断，秦琛低头看着黑掉的手机屏幕，久久没作声。

苏沫看在眼里，此刻秀眉不自觉皱了下，开口问："你真把你的房子五十万卖了？"

长乐县的房子虽然不贵，但秦琛的那套房子地理位置好，卖六十万都是超低价。五十万，属于是半卖半送了。看来秦琛是真缺钱，否则谁会这样贱卖自己的房子？

见秦琛不说话，苏沫紧接着问："秦绿做手术需要多少钱？"

秦琛抬头，沉声回应："手术加后续护理大概在八十万。"

苏沫又问："你现在手里有多少钱？"

秦琛低头："卖了这套房子，还差几万。"

一分钱难倒英雄汉。秦琛平日里那样强硬一人，这会儿脸上虽然没表现出什么，但眼底满是晦暗。苏沫捏着手包，想到之前自己利用他的事，又想到他这两天帮忙照顾韩金梅，心里一软，说："这样吧，你还缺多少钱，我借给你，等你有钱再还我。"

"不用。"

"你……"

秦琛打断她："时间不早了，早点回去休息吧。"

听到秦琛下了逐客令，苏沫余下的话也噎了回去。行，该说的话她已经都说了。他不接受，那她也没办法。苏沫推门下车，走进夜幕。

秦琛的手机再次响了起来。他睨了眼手机屏幕，瞧见上面的"蒋商"两个字，满眼寒意，手指滑开屏幕按下接听键，嗓音冷得犹如结了冰："说。"

电话那头的蒋商咬牙开口："你到底想做什么？"

秦琛冷笑："什么？"

蒋商牙根都快咬碎了："你之前就认识沫沫，你早知道她是你小师妹，你早知道她是我女朋友，你到底想做什么？"

相比于蒋商的失控，秦琛冷静至极："你觉得我想做什么？"

蒋商盖棺论定："这一切都是你预谋好的。"

秦琛："然后呢？"

蒋商噎住。然后？他也不清楚。他只知道秦琛是赵诓的徒弟，是赵诓最得意的大徒弟，秦琛一早就知道苏沫这个小师妹……

然后呢？秦琛接近苏沫是为了什么？同门师兄妹，按理说没什么深仇大恨，秦琛最受赵诓器重，苏沫最讨赵诓喜欢。难道是为了报复蒋家？报复自己？蒋商心里这会儿乱糟糟的，根本搞不清其中利害。

就在他胡乱猜测、思绪纷乱时，秦琛给了他致命一击："你猜你为什么突然要联姻？"

蒋商心底咯噔一下，一些片段在脑海里一闪而过。

秦琛："你现在就可以去告诉苏沫我的身份。"

蒋商强压住怒火，深吸一口气。

秦琛道："你告诉她，她十八岁那年去师父门前求学，师父压根儿没想收她，因为师父从不收女弟子，是我求师父收了她。你再告诉她，这些年我一直不跟她见面，就是怕感情一发不可收拾。你还可以告诉她，现在的一切都是我预谋好的。"说罢，秦琛轻蔑一笑，"蒋商，我的错，只在于隐藏了我对她的爱，你呢？"

蒋商窒息。

秦琛："你猜，为什么你跟她相爱七年，我现在才设计让你联姻？"

蒋商心里慌乱，突然有些后悔给秦琛打这通电话。

秦琛不急不缓地道："我之前没拆散你们俩，是因为我知道她喜欢你，你也喜欢她，可从半年前开始，你那颗心不稳了……"

蒋商的反驳脱口而出："我没有！"

秦琛讥笑："真的没有吗？"

蒋商："我……"

半年前，叶冉因为公司合作关系开始跟他频频接触。最开始，他只是看在苏沫的面子上照拂她。可一来二去，两人之间的纠缠越来越多。两人开始分享趣事，分享烦恼，分享一些隐私……

可他真的没有背叛苏沫，也没做出过对不起苏沫的事。他跟叶冉一直都发乎情止乎礼，仅仅……仅仅是朋友……

但那些狡辩的话堵在嗓子眼，蒋商怎么也说不出口。都是男人，心里那点花花肠子，彼此心里都有数。

话聊到这个份上，已经完全没有聊下去的必要了，但蒋商不死心，哑声说："沫沫不会喜欢你的，你不是她喜欢的类型，她……"

秦琛："蒋商，我耐心有限，你适可而止。"

蒋商心中骤然一紧。

秦琛道："苏沫，我势在必得。我给过你机会，你没抓住，怪不得我。"

蒋商挂断电话时，腿都是软的。他站在蒋家老宅门口，试图往里走，脚下却一个踉跄，险些摔倒。

司机见状，忙上来搀扶他："蒋总。"

蒋商抓紧对方的手，没说话，喉中一片腥甜。片刻后，他稳住情绪进门，在看到蒋老爷子后迈步上前，红着眼直直地看着蒋老爷子问："爷爷，当初为什么会突然要求我联姻？"

蒋老爷子正在品茶，闻言抬头看他，脸色严肃。

蒋商："爷爷，我想知道原因。"

看着蒋商失态的模样，蒋老爷子将手里的茶杯重重放下："你看看你现在是什么样子！"

蒋商不吭声，垂在身侧的手攥紧。

蒋老爷子看了他一眼，道："这是你堂哥答应回蒋家的唯一条件。"

蒋商的指甲掐入掌心，喉中腥甜更重。

蒋老爷子又说："他也是为了蒋家和睦。你妈心思多，如果你不娶一个门当户对的妻子帮你稳固在蒋家的地位，你堂哥回来后……"

蒋老爷子正语重心长说着，蒋商忽然哑声打断："他是为了沫沫。"

蒋老爷子眉头骤紧。

苏沫在进门后，踢掉脚下的高跟鞋走到沙发前坐下，细腰往后靠，刚拿起手机准备刷下朋友圈，就看到了秦琛刚刚的消息。

求租房，月租不超七百的。

苏沫"啧"了一声："可真穷。"

洗完澡后，苏沫想起没付秦琛车钱，用毛巾包裹着湿漉漉的头发，纤细指尖点开手机屏幕，给秦琛发了十块的红包。秦琛那头收了钱，但是没跟她说一句话。

苏沫垂眸，看着"秦琛领取了你的红包"几个字，不由得拧眉。

太冷淡了，冷淡得都有些过分，跟之前那个缠着她的男人简直判若两人。这种天差地别的待遇让她心里莫名有种失落感。但失落过后，她又有些小庆幸，这是不是意味着他以后不会再缠着她了？

次日，苏沫正睡着，被双琪一通电话吵醒，大嗓门地问她早上想吃什么早餐。苏沫本来睡眠就浅，被她这么一折腾，彻底清醒了："你回来了？"

双琪："今天就上班。"

苏沫翻身起床："生煎包，要虾仁馅，再来杯牛奶，多放糖。"

双琪："多放糖不怕胖？"

苏沫也不怕拉仇恨："我不会胖。"

双琪哼哼唧唧地挂了电话。

苏沫去洗漱化妆，想起秦绿，她打开化妆箱，拿了一套全新的睫毛夹和睫毛膏放进包里。几分钟后，苏沫下楼打车前往自己的店。路上，她忽然觉得自己似乎应该买辆车，不用太奢侈，能代步就行，不然平时太不方便。

片刻后车子抵达，她刚下车就看到双琪殷勤得跟什么似的在往隔壁文身店里送早餐。几天前的受伤模样消失不见，取而代之的是情意绵绵。

秦琛这是给她下蛊了？苏沫眯着眼盯着玻璃门里互动的两人看了会儿，踩着高跟鞋迈步回了小店。

二十分钟后，双琪回来了，满脸小女人的羞涩。不等苏沫问，她便主动说："我想了想，我还是要爱秦琛。"

苏沫微咳，被刚入口的牛奶呛着了。

双琪没看出她的异样，又说："我问过那个女人了，就是那天跟秦琛一起回店里的那个女人。她说她只是秦琛的顾客，而且我怀疑之前那些痕迹十有八九是他为了拒绝我自己搞的。"

苏沫活了三十年，不是没见过为爱自我洗脑的人，但是自我洗脑到双琪这个地步的，着实不多，堪称洗脑界的佼佼者。

见苏沫一瞬不瞬地盯着她看，双琪急了，义正词严地说："只有弱者才会在对方不答应的时候选择放弃，痛哭流涕！"

苏沫似笑非笑："那像你这样的强者是？"

双琪斩钉截铁："越挫越勇！"

苏沫没说话，朝她竖起了大拇指。她彻底放弃拯救双琪的恋爱脑了，尊重他人命运，放下助人情结。

有双琪在，苏沫吃完早餐叮嘱了她几句就去了医院。她其实有心给韩金梅雇个护工，但知道韩金梅肯定不会接受。在老人眼里，你可以误工，但绝对不能用护工。老人不懂误工会被扣多少钱，但护工明码标价，她知道。

苏沫抵达医院时，秦琛也在。医生正在给秦绿做检查，说着手术的注意事项和大致费用："钱这方面，你们得多准备点，有备无患。对了，患者一定要注意休息，哪怕是术后，也得保证良好的睡眠。我听说你把房子卖了，准备带秦绿住到文身店去？这个不行，店里人多太吵，而且你那个店，熬到后半夜都是常事，她肯定休息不好。”

秦琛眉峰轻蹙：“已经在找房子了。”

医生：“嗯，尽快吧。”

秦琛：“嗯。”

过了一会儿，医生离开，秦琛去送人。秦绿低着头看着被子，眼眶通红。苏沫看在眼里，忽然就想起自己六七岁那会儿无助的模样，往她病床边走了几步，用手揉了揉她的脑袋。

秦绿抬头，眼眶红红，鼻尖红红，仿佛下一秒就要哭出来：“苏沫姐。”

苏沫伸手将人抱在怀里：“一切都会好的。”

秦绿哽咽着说：“我觉得我拖累了我哥。”

苏沫刚想安慰，韩金梅出声说：“沫沫，不行就让小秦兄妹租你的房子吧？现在房子不好找，况且他们兄妹俩也没什么钱。”

老太太挺会建议。此情此景，苏沫连拒绝的话都说不出口，她再次用手揉揉秦绿的脑袋，浅笑嫣然：“我没意见。”就怕……

下一秒，病房门口响起秦琛低沉而有磁性又不自然的声音：“一个月七百可以吗？”

苏沫闻声回头，见秦琛眉头紧锁，看得出，这是他万般无奈的选择。一瞬间，苏沫仿佛被架在了道德制高点。

见她不说话，秦琛又道：“我还可以负责家务，洗衣做饭收拾家。”

苏沫：“成交。”

反正总得答应，不如见好就收，也省得气氛变尴尬。

两人在医院待了一天，晚上从医院出来后，苏沫坐秦琛的车去文身店搬东西。现在秦绿还在医院，所以只有秦琛一个人先搬过去。

车抵达文身店，秦琛问苏沫：“要不要进去坐会儿？”

苏沫抬眼看亮着灯的文身店，担心她过去会被传绯闻，懒懒散散地说："不了吧。"

秦琛："行，那我去收拾。"

见秦琛要下车，苏沫喊他："秦琛。"

秦琛回头："嗯？"

苏沫红唇微动："如果你不纠缠我，我这个人做朋友其实还是不错的。"

接下来两人会有一段"同居"日子，抬头不见低头见，有些话总得说清楚。

秦琛盯着她看了一会儿，直瞧得她心里发虚。他沉声应："知道了。"

秦琛下车后，苏沫坐在车里长松了一口气。

秦琛进了文身店，把一套行李拎下楼。邱正今晚守店，见秦琛拎了行李，忙不迭地起身帮忙去拿："琛哥，你租到房子了？"

秦琛避开他伸过来的手，嗓音清冷："嗯。"

邱正脸上堆笑，为他感到高兴："租哪儿了？明天下班我过去帮你一起收拾，到时候我们……"

秦琛："不方便。"

邱正笑嘻嘻地："怎么会不方便？琛哥，你是不是不想给我做饭？我跟你说，我最近学了几道菜，手艺不错，到时候不用你给我做，我给你做。"说完，邱正再次试图帮秦琛拎行李。

秦琛本来就不是爱笑的人，冷下脸的时候更是让人犯怵。邱正一激灵，后知后觉地意识到秦琛不是在开玩笑。邱正以为秦琛心情不好是因为苏沫和李奥在一起的原因，一脸纠结地硬着头皮劝他。

"琛哥，其实我早跟你说过，你跟老板娘压根儿就不是一路人。老板娘多娇气的一人啊，没点身家根本追不上。还有，你……"

话还没说完，秦琛已经拎着行李出门了。邱正急匆匆地追出去，见秦琛先是走到车后排把行李扔了进去，而后走到驾驶位打开车门坐了进去。邱正清楚地看到车里还坐着一个人——是隔壁店的老板娘！

邱正一脸愕然，慌乱中掏出手机给李奥发了条微信。

邱正：**李哥，你跟漆器店的老板娘是不是在一起了？**

李奥：**嗯。**

看到李奥的回复，邱正神情骤然变得紧张，随后抬头看向秦琛，一脸痛心疾首。他崇拜敬仰的琛哥，怎么就为爱抛弃了原则底线呢！

邱正心情复杂，有些难以接受。就在这个时候，李奥给他发了信息。

李奥：**怎么了？**

邱正：**没事。**

他不敢说啊，那可是他琛哥啊。

车内的苏沫根本不知道发生了什么，双腿交叠，正在百无聊赖地玩消消乐。秦琛看着她，眸色幽深。

他心心念念惦记了十二年的姑娘，兜兜转转，终于又回到了他身边。是不是一路人重要吗？他连她不爱他都不怕，还怕他们不是一路人？

一局消消乐结束，苏沫抬头，恰好对上秦琛深沉的眼神。不过现在天色已晚，她瞧得不是很真切。

苏沫挑眉："搬完了？"

秦琛沉声应："嗯。"

苏沫闻声往后看一眼："就这点东西？"

秦琛说："我另一套房子装修完就搬走，不会住太久。"

苏沫的纤细指尖在手机屏幕上轻点："哦。"

这是急于划清关系啊！

回小区的路上，两人都没说话。苏沫心里惦记着别的事。

比赛时间快到了，听说叶冉刚被蒋家给了下马威。果然啊，辱人者，人恒辱之。这就是一个回旋镖，做了恶事，就要有遭报应的准备。想靠这场比赛给自己争回点颜面？那得看她有没有这个本事！

车抵达小区后，苏沫指挥着秦琛停车。老小区没有固定车位，只要不挡行人和其他车辆通过，停哪儿算哪儿。车停稳后，秦琛去车后排拎东西，苏沫站在距离他一米开外的地方看他。只见他俯身弓腰，黑色半袖被撑起些许，宽肩窄腰，男性魅力在不经意间展露。

苏沫忽然发现一个问题，双琪之所以这么迷恋秦琛是有原因的。大城市里那些精英男，大多西装革履，文质彬彬，空有观赏性。而秦琛有一种说不出的韧劲，骨子里给人一种荷尔蒙旺盛的感觉，不管他是不是自己喜欢的类型，都会在不经意的瞬间被他撩拨得心思晃荡。

秦琛回头时，苏沫已经收起视线。五分钟前，阮卉给她回了条信息。

阮卉：叶冉比赛你真来吗？你要来，我给你搞票。

苏沫：真去。

阮卉：还真是人不可貌相，谁能想到她居然会跟蒋商勾搭在一起。说实话，咱仨要是一起照镜子，你跟我都有可能被认为是小三，唯独她不可能，长得多清纯啊。

苏沫：会咬人的狗不叫，做贼的人也必然不会把他是贼写在脸上。

发完信息，苏沫抬眼瞧向秦琛，见他都收拾好了，转身在前面带路。曾经，她也这样给他带过一段路，今非昔比，心境也截然不同。

乘电梯上楼，一进门，苏沫就找出家里的备用钥匙扔给秦琛一把，随后趁他换鞋时，懒懒散散地说：“一个月七百，一月一交，住到什么时候交到什么时候，住不满一个月，我给你按天算。”

秦琛：“嗯。”

苏沫又说：“不准让别人知道你住我这里，尤其是双琪。”

秦琛半蹲身子，把她刚刚换下踢得东倒西歪的高跟鞋摆正，沉声应道：“放心。”

苏沫看在眼里，心尖划过一抹酥酥麻麻。好在异样很小，可以忽略不计。

秦琛说负责所有家务，那就是真的负责。苏沫进门后，在沙发上坐了会儿就去了浴室洗澡，他下楼去买菜。等苏沫从浴室出来，两菜一汤已经上桌。

苏沫眼睛亮了亮，走到餐桌前坐下。很普通的家常菜，卖相却很惊艳。在医院待了一天，她早饿了。倒也不是医院没得吃，只是她吃饭挑剔，外面卖的东西十有八九不合她的口味。饭后，苏沫去吹头发，秦琛收拾厨房。手机忽然振动了下，苏沫垂眼，见屏幕上跳出一条信息。

纪玲：沫沫，你什么时候有时间？安排你跟你大师兄见一面。

苏沫没立即回复。

老实说，她对她那位只闻其声不见其人的大师兄没有太大好感。当初赵讵去世，葬礼都没来的人，现在能出面为她昭雪沉冤？不过苏沫也不想驳了纪玲的面子，所以决定过一会儿再回消息，比如，临睡前。

苏沫：师母，过段时间吧，我最近店里有点忙。

看看时间，还有六分钟到零点。这个点纪玲应该早睡了，信息自然是没有回应的。苏沫放下手机，翻了个身，沉沉睡去。

次日七点，苏沫刚睁眼就看到了纪玲的回复。

纪玲：尽快吧，这种事宜早不宜迟。

苏沫：知道，师母。

被栽赃陷害这种事，想解释，确实是宜早不宜迟。不然时间久了，一些人的记忆就会扎根，即便你是清白的，他们也会存疑。可有些事情就是这样无可奈何，就算知道怎么做最合适，现实偏就有万般阻力不让你如意。

一觉醒来，苏沫早忘了家里多了个房客的事，一如往常起床，长发散落，睡裙一侧的肩带滑落至肩膀，整个人瞧着慵懒至极。直到房门打开的一瞬，她闻到饭香，才后知后觉地反应过来——哦，隔壁的次卧昨晚租出去了。

她下意识看向厨房，发现秦琛正在做鸡蛋饼。利落的寸头，黑色短裤，上身光着……喜欢欣赏美丽的事物，是人的天性，苏沫也不例外。

她就这么直直盯着秦琛的背影。宽肩窄腰，肌肉线条流畅，挺养眼的。不过这份欣赏没能维持太久，因为秦琛回头了。

被打断的苏沫微不可见地皱了下眉，迈步走向洗手间。等到苏沫出来时，秦琛已经穿戴整齐，连短裤都换成了长裤。

苏沫瞧了一眼，似笑非笑："秦琛。"

秦琛放下手里的牛奶杯，嗓音低低沉沉："怎么了？"

苏沫揶揄："防着我？"

秦琛抬眼，不卑不亢："什么？"

这张脸太过正经，苏沫忽然生出一种自己正在挑逗对方的错觉。她调整好状态，一本正经地回："没什么。"

两人刚划清界限，不能再逾越了。

早饭过后，秦琛开车去店里，顺便绕了一段路，把苏沫送到了医院。

下车前，秦琛跟她说："下午我来接你。"

苏沫回头，唇角含笑："十块？"不是钱货两清的车，她不敢坐。

秦琛道："我来看秦绿，顺路。"

苏沫："哦。"

这下确实是顺路了，他看完秦绿回家，正好可以载她一起回去。苏沫说不出反驳的话，也就默认了这件事。

苏沫进病房时，韩金梅和秦绿都在吃药。她给两人买了早餐，等到两人吃完，走到秦绿面前坐下，从包里拿出来一个睫毛夹和一支睫毛膏。昨天就想给她的，一来二去就忘了。

秦绿眼睛亮了亮，又有点腼腆："我不会。"

苏沫眉眼弯弯，妩媚又温柔："很简单，我教你。"

另一边，秦琛开车离开后接到了一通电话。他按下接听键，电话那头的人恭恭敬敬："五哥，过两天蓉城这边有个比赛，想邀请您当评委，不知道您方不方便？"

秦琛嗓音肃冷："不方便。"

对方赔笑："钱的事好说，主办方说只要您肯来，他们……"

秦琛："我不缺钱。"

对方被撑得尴尬："是，不过……"

秦琛冷漠打断："我还有事，挂了。"

切断电话，秦琛转手拨了一通电话出去。电话接通后，他沉声问："师父的事调查得怎么样了？"

电话那头的人没立即接话。紧接着，电话里响起一阵脚步声，听着像是对方在找避人耳目的地方。过了一会儿，对方才回答："现在查到了一点线索，但是还不能确定。"

秦琛："说。"

对方："跟师叔有关。"

师叔，赵诓的同门师弟，全名樊六，同时也是苏沫工作了十年的公司的老板。赵诓的师门有个不成文的规定，自己的弟子不能在自己手下干活。也许是担心师父碍着师徒情深，舍不得打磨弟子，也许是别的，反正从他们入师门起就是这样。除了秦琛。

秦琛入门后，赵诓力排众议，一直亲自带他，直到苏沫到来。

秦琛嗓音淡漠："继续查。"

对方问："大师兄，你什么时候回蓉城？"

秦琛说："该回去的时候。"

没得到想要的答案，对方悻悻地挂了电话。

秦琛开车抵达文身店时，李奥正在店里坐着。邱正一脸拘束地坐在李奥身边，从秦琛进门就对他一个劲儿地挤眉弄眼。

秦琛瞥了他一眼，嗓音清冷："眼睛抽风就去医院。"

邱正闻言，倏地坐直身子，过了一会儿，故作自然地起身，走到秦琛跟前，用仅两人能听到的声音说："琛哥，李哥等你半天了。"说完，不等秦琛说话，又道，"琛哥，你说李哥是不是知道你跟老板娘的事情了？"

秦琛侧头看着他，宛如看一个傻子："滚。"

一腔热血被辜负，邱正可怜兮兮的，欲言又止，最后耷拉着脑袋转身离开。

秦琛瞧了李奥一眼，两人默契十足，一前一后上了楼。

走进秦琛的工作室，李奥坐下调侃："如愿以偿？"

秦琛背对着他不吭声。

李奥又道："你就不怕苏沫知道真相？"

秦琛嗓音沉沉，答非所问："今晚有时间吗？"

李奥："怎么了？"

秦琛说："约苏沫吃晚饭，去她家里吃。"

听到秦琛的话，李奥有些发蒙。不等他反应过来，秦琛继续说："我给你们俩做饭。"

李奥一脸惊悚："用砒霜？"

秦琛面无表情地道："我时间有限，你帮个忙，让她心疼心疼我。"

李奥回过味儿来，忽地笑了："老秦，你还能更坏一点吗？"

秦琛："再坏就过分了。"

李奥戏谑："现在还不算过分？"

他都不敢想，就苏沫那样骄纵的姑娘，要是发现秦琛给她刨了这么大一个坑，她会是什么反应。

李奥顿了顿，想到了什么，开口问："我有件事想不通。"

秦琛说："你问。"

李奥好奇道："你是怎么确定苏沫一定会让你搬去她那儿的？你下了这么一大盘棋，就不怕哪一步横生枝节？"

从苏沫的外婆住院，他精准地把握住时间巧遇外婆，再到后面不经意间让苏沫知道外婆住院的消息，再到他能顺利搬去苏沫家里……不管哪一步，都是不可控的。但凡有一点意外，他都不可能顺利登堂入室。

秦琛垂眸，淡声说："很简单，心脏病患者每到换季的时候都容易犯病，我之前打听过，外婆每年这个月都会住院几天，恰好秦绿要做手术，我只需要提前办理好住院等着就行。至于苏沫那边，为了让她不经意间发现，还心存内疚，我交住院费的时候就只交了五千。我算着时间，掐着点不接她舅妈的电话，她舅妈自然会联系她……”

秦琛语气平静，仿佛在说一件再寻常不过的事。

李奥听着，嘴上没说，心里却暗暗同情苏沫。这么一个老谋深算的老狐狸，她就算是棵藕，长了八百个心眼子，都玩不过他。

秦琛抬头继续道：“至于我为什么确定能顺利搬去她那里……因为我提前让邱正去问了她租房子的事，又接连发了几天仅她可见的朋友圈。她心存内疚，再加上这些潜移默化的影响，她必然会松口。这是心理学。”

李奥：“心机boy……”

秦琛嗓音沉沉：“李奥，你不懂，我这不是城府深，也不是心机重，我是等了太久……”

李奥先是愣了愣，随后笑着摇头：“你能不能告诉我，苏沫跟蒋商在一起的那几年，你都是怎么过的？”

秦琛淡声道：“青灯古刹，吃斋念佛。”

李奥：“忍得不辛苦？”

秦琛眸底闪过一抹晦暗，轻嘲：“辛苦能怎么办？她喜欢他。”

那会儿，她是真心实意地喜欢蒋商，满心满眼都是对方。他忍得辛苦又能怎么样？横刀夺爱？他是强势，但不能那么自私。每个人都有追求爱的权利，他有，她也有。不能因为他爱她，就断了她爱别人的念想。

苏沫接到李奥电话时，稍有诧异。她扫了眼正在午休的韩金梅，给玩手机的秦绿使了个眼色，走出病房门，按下接听键：“李老板。”

李奥开门见山：“我才知道，原来对你死缠烂打的那个男人是文身店的秦琛？”

苏沫闻言挑眉：“认识？”

李奥大方承认：“认识，但不熟。”

苏沫：“哦。”不熟就行，不然她前脚撒谎，后脚就被戳破了，跟大型“社死”现场有什么区别？

听着苏沫漫不经心的声音，李奥又道：“他这两天没再缠着你？”

苏沫说：“没。”

这两天他恨不得在他们之间画上一条三八线。别说缠着她，就连跟她说话都少得可怜。她有时候都自我怀疑，前两天他那股子恨不得把她拆了揉进身体里的劲儿，到底是真实存在过的，还是她自己臆想的。

想到这儿，苏沫忍不住嘲弄轻笑。狗男人，对感情还真是收放自如。

正想着，电话那头的李奥说：“男人哪有这么容易放弃？都是装的。”

苏沫回神：“嗯？”

李奥：“听说他搬去你家了？”

苏沫闻言笑了：“这你都知道？”他在她身上装了监控吧？

李奥语气自然：“今天我去了趟文身店，听他们店里的邱正说的。”

苏沫眯眼。她以为两人是神不知鬼不觉，没想到已经尽人皆知了？

见苏沫不接话，李奥继续说：“我帮人帮到底，今晚我买点菜，以你新男友的身份去你家吃顿饭，彻底打消他的念头。”

苏沫轻笑：“这么好心？”

李奥说：“主要是怕你以后再麻烦我。”

这理由就有几分可信了，谁也不愿意隔三岔五地耽误自己的时间为别人做事。

苏沫没反驳：“行。”

她也不想跟秦琛剪不断理还乱。不过，没想到这个人表面瞧着不热络，倒是一副热心肠。一般人遇到这种事，唯恐避之不及，他还主动提出帮忙。看来，倒是她之前把人想得狭隘了。大概率是小县城的人就是比大城市的人淳朴？可惜直到现在，苏沫还不明白一个道理：城市套路深，我要回农村；农村路也滑，套路更复杂。

李奥挂断电话后，抬头看向秦琛：“搞定。”

秦琛靠在办公桌前“嗯”了一声，话锋一转：“我一直没问你，你当初在师叔手下做得好好的，怎么会突然离开？”

提到樊六，李奥从座椅上起身，嗤笑道：“陈芝麻烂谷子的事，理由早忘了。”说罢，李奥转身，“行了，晚上见。”

目送李奥离开，秦琛骨节分明的手指叩响桌面，眸色深沉。

当天晚上，苏沫坐秦琛的车回家，临上楼才跟他说：“我男朋友今晚会过来吃饭，你不介意吧？”

秦琛垂眸看着她：“需要我回避吗？”

苏沫红唇勾笑：“不用。”说完，她又故作自然地补了句，“我跟我男朋友感情很好，我跟他说了你是我的租客，他很信任我。”

秦琛依然面无表情：“嗯。”

过了一会儿，两人乘电梯上楼进门，李奥紧随而至。都说三个女人一台戏，两男一女，场面更是极具戏剧性。李奥进门后，苏沫靠在门厅柜旁跟他说话，话刚起头，秦琛就出来招呼人了。他自然地从李奥手里接过菜，又招呼李奥落座，最后还顺手给李奥倒了杯水。

苏沫看着，不由得挑眉。这个情况，是不是有点不太对？不等她回过味儿来，秦琛已经留下一句“你们聊”，转身进了厨房，仿佛一切都是她想太多。

看着秦琛在厨房里忙碌的身影，苏沫坐在沙发上，勾人的眸子微动。这男人是真淡定，还是演技太好？

李奥：“上得厅堂，下得厨房，真不动心？”

苏沫垂眸，难得说了句真心话：“七年恋爱谈疲了，没兴趣再谈。”

李奥轻笑：“嗯。”

苏沫随口问：“你跟他是怎么认识的？”

李奥说：“他跟你一样，总去我那儿喝酒，一来二去就认识了。”

苏沫不甚在意：“哦。”

长乐县没什么可以放松解压的地方，台球厅那些地方又没太大意思，李奥的小酒馆确实是个不错的选择。

晚饭四菜一汤，外加一份甜品。餐桌上，苏沫亲昵地给李奥夹菜，又柔情似水地看着他，全程连一个多余的眼神都没给秦琛。偶有余光扫过，瞧见男人绷紧的脸，眼尾不动声色地轻挑。

这顿饭吃得不算热闹，但氛围也还可以。秦琛和李奥本就认识，时不时就本地的风土人情聊两句，苏沫在一旁听着，甘愿当陪衬。

吃饭期间，李奥问秦琛："还不准备谈恋爱？"

秦琛面色淡淡地说："心里有人。"

李奥演技逼真，佯装好奇："谁？"

秦琛抬眼，目光扫过苏沫，又很快收回："不方便说。"

看到他的眼神，苏沫咬着筷子尖，秀眉一拧。难道真被李奥说中了，他对她依旧贼心不死？

饭后，苏沫送李奥离开。两人走到楼下时，李奥忽然说："秦琛这个人，其实挺可怜的。"

苏沫掀眼皮："什么？"

李奥笑笑，说："你难道就不好奇，以他的条件，为什么这么大年龄还没女朋友？"

苏沫笑吟吟地回："因为家庭条件？"

李奥道："差不多吧。"说完，李奥笑了笑，"今天过后，以秦琛的性子，十有八九不会再缠着你。"

苏沫心不在焉："嗯。"

目送李奥离开，苏沫折身上楼。她刚推门而入，一股子烟味扑鼻而来。她细眉皱了皱，正想开口，就听到秦琛低低沉沉的嗓音传来："抱歉。"

苏沫抬头朝他看过去，发现秦琛向来没什么情绪的脸上挂着几许落寞。苏沫看在眼里，心底咯噔一下。

片刻后，秦琛掐灭指尖的烟往回走，眼看他就要回房间了，苏沫皱着眉将人喊住："秦琛。"

秦琛止步侧头。苏沫抿了抿唇角，故作轻松地笑了笑，问："你不会还对我有意思吧？”

秦琛低头看着她，眸色深得发沉：“很好笑吗？”

苏沫脸上的笑顿时僵住。

秦琛神情认真：“苏沫，你这个人，没有心。”

待她回神，次卧的门已经关上，徒留她一个人站在客厅思绪凌乱。

想到秦琛刚才的话，又想到李奥说的话，苏沫心里忽然有点不舒服。

老实说，秦琛除了喜欢她，也没犯什么十恶不赦的错。就连当初两人的关系，最初也是她主动提出的。他现在无家可归，妹妹急需钱做手术，在这种情况下，他还帮韩金梅垫住院费用，她不领情就算了，还在这种时候带李奥来家里“秀恩爱”……她是不是太坏了？

这个晚上，苏沫没能睡好，直到凌晨两点，还趴在床上刷短视频，心灵鸡汤喝了不少，睡意却是半点没有。她也不是那种狼心狗肺的人，跟秦琛相处了这么久，他又为她明里暗里做了那么多事，触动多多少少是有的。更为重要的是，秦琛的家庭情况让她有些同病相怜。

如果秦琛是寻常家庭的孩子，她拒绝也就拒绝了，不会有什么感觉。可秦琛的日子过得很是艰难。有时候看着秦琛，她感觉就像是在照镜子。不同的是，她苦，却是一人吃饱全家不饿，但秦琛还有秦绿要照顾，任何时候都得咬牙挺着。

想到这儿，苏沫蓦地坐起身，用手抓了几下头发。她当初没事招惹他做什么？色令智昏，古人诚不欺我。

次日，苏沫没能在七点准时起床。毕竟凌晨四点才睡下，生物钟算是彻底乱了。上午十点，她踩着拖鞋去客厅，整个人像是踩在棉花上，到饮水机前喝了杯凉水，意识才渐渐归位。

她懒懒散散地打量着这个家。客厅窗明几净，餐厅餐桌上放着一份早餐，次卧门敞着，里面没人。确定秦琛不在家，苏沫直了直腰，放下水杯，也没吃早餐，回卧室睡起了回笼觉。再次醒来，已经是下午一点。

她是被双琪的一通电话吵醒的，闭着眼摸到床头上的手机，按下接听键："说。"

双琪小声说："苏沫姐，有人找。"

听着双琪刻意压低的声音，苏沫懒散地挑了下眉："是放高利贷的？"

双琪没听懂："啊？"

苏沫戏谑："不是放高利贷的，那你这么小心翼翼做什么？"

双琪支支吾吾："瞧着不像好人。"

不得不说，双琪在识人方面有两把刷子。半小时后，苏沫打车抵达小店，看到了玻璃门内坐着的男人。看清来人，苏沫站在门外眯了眯眼睛，踩着高跟鞋进门。

"稀客啊。"苏沫随手将手里的手包放下，率先打招呼。

男人看到苏沫，倏地站起身，脸上殷勤劲儿十足："小师妹。"

苏沫皮笑肉不笑："不敢当。"说完，苏沫看向双琪，准备把人支走，"琪琪，帮我去买杯奶茶。"

双琪应声："什么味儿？"

苏沫说："百香果，不加糖。"

双琪："好嘞。"应承完，双琪走到苏沫跟前，用手扯了扯她衣角，"用不用我去隔壁喊人帮忙？"

苏沫唇角含笑："怕我把他打死？"

双琪闻言，眼珠子滴溜溜地转，用仅两人能听到的声音说："你等着，我给你去把门焊死。"

双琪离开后，店里就只剩下苏沫和男人两个人。

男人笑笑，伸手从兜里拿出一张名片状似随意地递给她："这么久没见，我们师兄妹叙叙旧。"

苏沫垂眸看向他手里的名片，没接："傅进，'一品阁'销售总监。"

面对苏沫轻蔑的态度，傅进不以为然，继续觍着一张大脸沉浸在回忆里："我记得以前师兄妹中我们俩的关系最好，你总是跟在我屁股后面喊'二师兄'。想当初你跟蒋商谈恋爱，也是第一个跟我分享，我还……”

苏沫冷笑着打断：“傅进，你是不是忘了，你已经被逐出师门了？”

傅进的脸色骤然一变。

苏沫：“当初你私通外企，把师父传授的那点东西全都泄露了出去。我很好奇，如今你到底是怎么有脸出现在我面前的？”说完，不等傅进说话，苏沫又讥讽道，“这难道就是所谓的‘人不要脸，天下无敌’？”

傅进被苏沫撑得脸色红一阵白一阵。半晌，傅进收回攥着名片的手，调整好情绪，痛心疾首地说：“沫沫，当初的事情其实有误会，我知道，你现在还在气头上，就算跟你解释再多你也听不进去。这样，我把名片留下，你什么时候想通了，什么时候给我打电话。”

话毕，傅进迈步离开，经过苏沫身侧时，他的步子顿了下：“沫沫，二师兄不想看着你把自己的才华埋没在一个小县城。外企也好，国内企业也罢，只要能把我们的民族文化弘扬出去，就是好企业，不是吗？”

苏沫闻言，偏过头跟傅进对视，嗤笑一声：“照你这么说，‘科学没有国界，但科学家有祖国’这句话，岂不成了一句废话？”

最后，傅进是被苏沫骂出去的。他刚出门，正扯着领带发泄怒火，身后忽然传来一道肃冷的声音：“傅进，好久不见。”

冷漠熟悉的声音让傅进身子一僵。他转身回头，在看到坐在文身店门口的秦琛后，整个人瞬间绷紧。

秦琛一句话没说，狭长的眸子盯着他，一秒，两秒，三秒……

傅进表情管理失败，脸上强挤出一抹笑：“大师兄。”

秦琛冷笑：“大师兄？”

傅进咬咬牙：“五哥。”

相比于傅进的紧张，秦琛则十分漫不经心：“这几年当狗的感觉怎么样？”

这话乍一听挺侮辱人的，仔细一听，确实很侮辱人，可偏偏傅进不敢反驳：“还好。”

秦琛“嗯”了一声，表情一本正经：“不管怎么说，你也算是找到了属于自己的位置。从你当初入师门开始，我就觉得你是个当狗的好材料。”

傅进气得心脏突突跳，但脸上的笑意却没敢收：“五哥看人向来准。”

秦琛：“可惜师父他老人家心软，非得把你当人看。”

傅进敢怒不敢言。

直到秦琛让傅进滚，傅进才赔着笑脸道别离开，等上了车，脸色瞬间变得铁青。

司机瞧见傅进的表情，关切地开口：“傅总监，您没事吧？”

傅进一把扯下领带扔到一旁，抬脚踹向驾驶位的靠背：“开车！是不是连你也看不起我！”

司机一激灵，不敢再多说，忙不迭地转动方向盘。待车开出一段距离，傅进怒气渐渐消了，才从兜里掏出手机拨了一通电话：“我在苏沫这里遇到了秦琛。”

秦琛在傅进走后，起身正准备回文身店，身后突然响起双琪的声音：“秦琛。”

秦琛回头，眸色沉沉。

双琪走到他跟前，将手里拎着的奶茶递了一杯给他：“给你买的。”

秦琛冷漠地说：“不用。”

双琪：“你还在生我的气？”

秦琛沉声道：“我从来没有跟你生气。”

双琪闻言，眼睛亮晶晶的：“意思是你不生我的气了？”

看着跟自己完全不在一个频道的双琪，秦琛淡漠地开口：“双琪，把你的热情和耐心留给值得的人。”

双琪：“你就是我认为值得的人啊。”

秦琛直白地道：“我心里已经有人了。”

听到秦琛的话，双琪哭丧着小脸：“我知道，苏沫姐嘛。”

秦琛没反驳。

双琪撇撇嘴，她跟苏沫认识也有一段日子了，是真挺喜欢苏沫的，坏话说不出口，只能说实话：“苏沫姐是漂亮，身材也好，可你觉得苏沫姐能瞧上你吗？不说别的，就你那个条件，彩礼恐怕都给不起……”双琪说完，又低下头小声嘟囔，“其实我长得也不错的，身材也凑合，最主要的是，我不仅瞧得上你，还不要彩礼……

秦琛：“双琪……”

双琪抬头，眼神闪烁光芒。

下一秒，秦琛淡漠的脸忽然变得晦暗，声音沙哑：“你说的这些我都知道，我条件有限，她不可能瞧得上我。”

看着秦琛受伤又极力隐忍的神情，双琪愕然。不是，她不是这个意思。她就是想说自己跟他比较合适，没有打击他的意思……

双琪张张嘴，解释的话还没说出口，秦琛已经转身回了文身店。

过了一会儿，双琪回头，跟站在双琪身后出来透气的苏沫四目相对，两人齐齐低头，又齐齐抬头。

双琪踢了踢脚跟前的小石子：“苏沫姐，我说话是不是太难听了？”

苏沫：“还好。”

这才哪儿到哪儿啊？跟她比起来，简直是小巫见大巫。

第 7 章
协议

秦琛卖惨，不是明目张胆地卖，而是润物细无声的那种。可偏偏越是这样，越让人心里内疚难受。在接下来的一段时间里，苏沫经历了大大小小不下十次类似的事。终于，在一个月黑风高夜，苏沫忍无可忍，爆发了。压垮她的最后一根稻草是韩金梅。

韩金梅耳提面命："沫沫，你可以不喜欢小秦那孩子，但真不用处处为难他，给他难堪。"

在医院的时候，苏沫怕气到韩金梅，没敢反驳。从医院出来后，她拎着手包坐在秦琛车子的副驾驶座上，挑动红唇："秦琛，你故意给我下套呢？"她什么时候为难过他？又什么时候给过他难堪？

秦琛面无表情，答非所问："晚上想吃点什么？"

苏沫："我们俩谈谈。"

秦琛沉声："谈什么？"

苏沫偏过头看着他，红唇微笑，眼里却没多少笑意："秦琛，你能不装了吗？"

这段时间，苏沫其实想了挺多。在某些事情上，她确实是有那么一点对不住秦琛，但男女感情这种事，是要你情我愿的，真没必要闹成这样。最主要的是，她现在内心饱受煎熬，连双琪最近都跟她说：“苏沫姐，你如果也喜欢秦琛的话，不用顾及我，我觉得你们俩其实还挺般配的。”

般配？他们俩？她长这么大都没想过自己会跟秦琛这种类型的男人交往。说到底，还不是秦琛在大家面前表现得对她太过矢志不渝，以至于她现在不给他点回应，都像是她对不住他。

面对苏沫的轻嘲，秦琛没立即接话。过了约莫半分钟，他才淡声说：“有什么话回家说。”

十多分钟后，车抵达小区。秦琛停车，苏沫下车帮他瞧位置。待他把车停好下了车，她自然地将手里的包递给他，随后骄纵地轻抬下颌，转身踩着高跟鞋走在前面。

两人乘电梯上楼。一进门，苏沫就甩掉脚下的高跟鞋，对身旁的人撂脸子：“秦琛，你最近这段时间是不是有点过分了？”

秦琛弓腰换鞋，留给她一个背影：“哪里过分？”

苏沫的眼神落在他利落的寸头上，她绷着脸说：“在家里和店里处处躲着我，在医院里又殷勤地帮我照顾外婆，你让别人怎么想？”

秦琛不吭声。

苏沫又说：“你这些所作所为，会让别人觉得我就是个渣女，我享受着你给我提供的种种便利，却又故意吊着你。”

秦琛换完拖鞋起身，沉默地径直走向厨房。

什么叫一拳打在棉花上？苏沫现在算是深有体会，太憋气了。苏沫紧随其后，连拖鞋都懒得穿，光脚踩在木地板上，几步走到厨房门口。

“秦琛，大家都是成年人，好聚好散，真没必要这样纠缠。更何况，我从头到尾也没说过喜欢你。还有，我这个人向来都是面热心冷，你别以为……”苏沫话还没说完，秦琛回头扫了眼，发现她没穿拖鞋，转身从厨房出来，直接将她抱到了餐桌上。

秦琛人高，站在她面前，低头看着她：“说完了吗？”

苏沫心里莫名一紧。不过她向来是输人不输阵，于是微微仰头，面露讥讽："我说了那么多，你听懂了吗？"

看着苏沫挑衅的脸，秦琛眸色幽深，下一秒，他俯身，双手撑在餐桌上，将她圈进怀里，靠在她耳边沉声说："苏沫，你说我在装，那你呢？你当真不知道我每天睡在你隔壁想的是什么吗？"

秦琛的嗓音低低沉沉，带了一丝蛊惑的味道。

苏沫的睫毛颤了颤，不等她做出反应，秦琛已经大手扣住她后颈，吻住了她的唇。苏沫本能地想挣扎，不想她还没动，秦琛已经看出她的意图，落在她腰间的那只手一紧，将她贴向他。

秦琛哑声说："不用你负责。"

苏沫觉得自己真的有做渣女的潜力，就好比现在，秦琛说不用她负责，她就真的放弃了挣扎。

后来，秦琛去做饭，苏沫则坐在沙发里自我反思了很久。

完了，这次真的完了。她刚刚怎么就没能扛住呢？臭男人，摆明了就是软硬兼施，不让她好过。

实在闹心得厉害，苏沫拿起手机给恋爱经验丰富的阮卉发了条微信。

苏沫：问你一件事。

阮卉：说。

苏沫：我有一个朋友……

阮卉：直接说你怎么了。

苏沫：……

阮卉：你是不是又跟那个秦琛纠缠到一起了？

苏沫：……

阮卉：抛开杂念，人生苦短，及时行乐。

秦琛搬到苏沫这里的事，苏沫之前跟阮卉打电话的时候提过一嘴，那个时候阮卉就断定两人的室友关系维持不了多久。那会儿，苏沫对她的话嗤之以鼻。

阮卉颇为有道行地说："你允许他搬进你家，看似只给他开了一道门，实际上，是给他开了两道……"

苏沫冷笑问："还有哪道？"

阮卉贼兮兮地笑："你说呢？"

看着阮卉的信息，苏沫的眉拧得更厉害了。

她其实并不怕跟秦琛有什么，毕竟她跟秦琛都是单身，更没有伤害到任何人。她怕的是负责。秦琛那种男人，一旦用情，肯定是奔着结婚去的。可跟蒋商分手后，她就对结婚这种事提不起兴趣了，万一……

苏沫还没想通，秦琛已经做好饭菜端上餐桌喊她吃饭了。她抿了抿唇，跳下沙发走向餐厅。三菜一汤，一如既往地色香味俱全。苏沫坐下后低头吃饭，一碗米饭过半，她实在受不了这种黏黏糊糊的暧昧气氛，抬眼看向秦琛，说："我们……"

秦琛淡定接话："说了，不用你负责。"

听到秦琛的话，苏沫莫名松了口气。

饭后，秦琛去洗碗，苏沫悄无声息地回了卧室，尽量降低存在感。

晚上，她正趴在床上打游戏，微信界面忽然跳出一条信息。

秦琛：不用你负责，要不要继续？

看到手机屏幕上的信息，苏沫手一抖，游戏角色直接被淘汰。看着游戏里死得板板正正的自己，苏沫绷着脸退出游戏。过了几分钟，她解锁屏幕，点开微信，点进跟秦琛的对话框，思忖了一会儿，想着反正事情发展都已经这样了，索性咬咬牙，将渣女形象贯彻到底。

苏沫：也不是不行，但要约法三章。

秦琛：你说。

苏沫：第一，不准对任何人说我们俩的关系；第二，老规矩，如果我哪天想结束这段关系，你不能对我死缠烂打；第三，也是最重要的一点，从明天开始，你必须表现得对我半点意思都没有，不管你用什么办法，总之，不能让别人再认为你喜欢我。

秦琛：成交。

苏沫：OK。

苏沫的信息发出后，秦琛那边没了回复。就在她以为今晚这件事算是落下帷幕，准备睡觉时，卧室房门忽然被敲响，紧接着，门把被拧动，男人阔步走了进来，径直走到她床边俯身将她捞起……

苏沫："秦琛！"

秦琛："协议生效。"不等她挣扎，人已经被秦琛抱到了隔壁次卧。

苏沫这会儿算是完全反应过来了。这狗男人一直在给自己下套，他压根儿就没想过要放过她，他利用了她的同情心，为达目的，简直不择手段。他怎么不成精呢？"秦琛，你可真够卑鄙的。你别以为这样我就会喜欢你。"

秦琛闻言，嗓子里溢出一抹低笑："没让你喜欢。"

听到他的笑声，苏沫脸颊红，耳朵也红，咬着下唇说："没让喜欢你还这么做，你可真够……"

真够什么，苏沫没说，却听见秦琛嗓音沉沉接着她的话说："我知道，你想说我贱。"

苏沫执意要回主卧，秦琛垂眸看着她，没说话，直接用行动表达。苏沫噘着嘴骂了两句，翻了个身，睡了。确定苏沫睡熟，秦琛大手一伸将人搂进了怀里。苏沫哼哼唧唧的，大概是觉得不舒服，最后在他怀里蹭呀蹭呀，直到找到一个舒服的位置才消停。

次日，苏沫醒来时，次卧里只有她一个人。她慵懒翻身，眸子里忽然闪过一抹狡黠。下一秒，她走到衣柜前，翻出秦琛一件半袖穿在身上。

秦琛个子高，他的半袖穿在她身上，恰好到臀部，往下，白皙笔直的大长腿一览无余。苏沫打开次卧出门，径直走向厨房。

秦琛正在厨房做早餐。苏沫走到厨房门口，身子懒懒散散地往门框上一倚，一瞬不瞬地盯着他的背影。

秦琛听到动静回头，看到她这身穿着，喉结明显滚了滚。

苏沫露出一个明晃晃的笑："秦老板，好看吗？"

秦琛眼神晦暗，没吭声。

空气中暧昧流淌。在苏沫的注视下，秦琛伸手熄火，转身走到她跟前，垂眸，嗓音肃冷："苏沫，我可是个正经人。"

偷鸡不成蚀把米，败下阵来的苏沫气鼓鼓地进了洗手间。秦琛站在她身后，深邃的眸子噙着笑。生机勃勃的姑娘。不似最初跟他相亲那会儿，淡定是装的，风情万种是装的，就连勾引，都是装的。

苏沫从洗手间出来时，早餐已经上桌。她吃了两口，明明都很好吃，却故意找碴儿，挑三拣四起来。她本是想气一气秦琛，奈何这个狗男人像个任她拿捏的软包子，几番动作下来，她自觉没劲，瞪了他两眼，低头乖乖吃起了早餐。

饭后，苏沫自行去了漆器店，她现在半点都不想跟秦琛独处。

车抵达漆器店，她扫码付钱下车，刚走进店里，就接到了阮卉的电话："叶冉后天比赛，你什么时候来？"

苏沫随手放下手包，坐在收银台后的高脚凳上，拧眉："后天？"

阮卉："对啊，你忘了？"

苏沫没否认："嗯。"

阮卉隔着手机笑得猥琐："沉迷美色，连复仇大业都忘了？"

苏沫冷笑："呵。"

阮卉八卦："跟我说说，你跟秦琛怎么又搞到一起了？"

苏沫用指尖钩起一缕发丝："他套路我。"

阮卉隔着手机"啧啧"两声："他套路你你就上钩？不像你的作风啊。你是不是对秦琛动心了？"

苏沫翻了个白眼："你觉得可能吗？"

阮卉笑眯眯地回："不好说。"

苏沫："你不信，我也没有办法。"

苏沫和阮卉有一搭没一搭地闲聊着，话题从秦琛到叶冉，又从叶冉转到蒋商。

阮卉一阵唏嘘："别说，蒋商对叶冉还挺有情有义，比当初对你强。蒋家那边前脚让叶冉难看，蒋商后脚就出资赞助了这次比赛。"

苏沫讥笑一声，没接话。

阮卉替苏沫抱不平："当初你被陷害的时候，蒋商但凡站出来替你说句话，你也不会被逼无奈回了长乐县。"

苏沫似笑非笑："我当初离开，是因为我想离开，你以为凭叶冉那点小伎俩能把我赶走？"

阮卉第一次听苏沫说起这件事，不禁咋舌："我就说嘛！"

苏沫："靠男人在社会上站稳脚算什么本事？我长得漂亮，也要活得漂亮。"

跟阮卉挂断电话后，苏沫第一时间订了飞往蓉城的机票。她还有些事需要准备，后天飞过去怕是来不及。订完机票，苏沫找到蓝茜的号码，发了条信息过去。

苏沫：**蓝总，玩游戏吗？**

蓝茜：？

苏沫：**我负责打怪，你负责辅助。**

俗话说得好，敌人的敌人就是朋友。对付叶冉，苏沫一个人绰绰有余，但是叶冉背后还有蒋商撑腰。倒不是苏沫对付不了蒋商，他现在对她满心愧疚，她稍微使点小伎俩，玩他就跟玩狗一样，只是她不想再和他有任何交集。既然他已经名"狗"有主，她打狗自然就得先联系主人。

过了约莫半分钟，蓝茜直接给她打了通电话过来。苏沫挑眉，指尖滑开屏幕按下接听键。

蓝茜直言："你需要我做什么？"

苏沫莞尔："管好蒋商。"

蓝茜："其实你这是多此一举，你跟叶冉之间，他肯定会帮你。"

苏沫："你有没有想过，不论他帮谁，都是在打你的脸？"

若两人纯粹是因为联姻才走到了一起，那么选择睁一只眼闭一只眼也无可厚非。可蓝茜喜欢蒋商，喜欢就会在乎，在乎就会想占有。

蓝茜沉默了一会儿，再次开口："你准备什么时候对付叶冉？"

既然谈合作，讲究的就是一个信任，苏沫大方告知："在后天叶冉要参加的那场比赛上。"

蓝茜："放心，蒋商那天不会出现。"

苏沫："蓝总，合作愉快。"

挂断电话，苏沫出了会儿神。这个世界上还真是唯有情关最难过。蓝茜那么通透的一个人，最后竟也败在了一个"情"字上。

吃过午饭，苏沫叮嘱了双琪一番，回家简单收拾了下行李，直奔机场。起飞前，她想了想，给韩金梅打了通电话。电话接起后，传来的却不是韩金梅的声音，而是秦琛的："外婆去了洗手间。"

苏沫："哦。"

秦琛嗓音低沉："有事？"

这狗男人是怎么做到这么淡定自若的？

苏沫道："你跟我外婆说一声，我有事去蓉城一趟，三四天回来。"

秦琛："什么时候？"

苏沫："现在。"

秦琛问："你现在在机场？"

苏沫如实说："是啊。"说罢，苏沫秉承着好邻居互帮互助的传统美德，学着他的淡定模样，语气平静地说，"对了，这几天就麻烦你帮忙照顾我外婆了，回来我给你带蓉城特产。"礼尚往来，她可不占他半点便宜。

秦琛："知道了。"

挂断电话，苏沫把手机调成了飞行模式。秦琛这个人，还挺难琢磨的。情绪从不外泄，半点也不叫人看透。她隐隐有种感觉，这个男人全身都是秘密，可是在两人相处的过程中，她又没发现任何不寻常的蛛丝马迹。飞机从起飞到落地蓉城，前后差不多两个半小时。苏沫在飞机上睡了一觉，等到落地，她补了个妆，拎着行李箱出了机场。

酒店还是她常住的那家，抵达酒店房间后，她把行李箱放下，还没歇脚，就掏出手机点开某个废弃了八百年、名为“相亲相爱一家人”的群，发了条信息。

苏沫：帮个忙？

信息发出，群里死一般地寂静。

苏沫唇角勾了勾，点进红包，输入数量“3”，然后又输入金额“0.03”。别问她为什么不输入“0.01”，因为红包发送有规定，单个红包金额不能低于一分。红包一发出，瞬间被领取。下一秒，在群里领了红包的两个人出来哀号。

褚行：小师妹，玩呢？

陆沧：像我这种骄傲长在骨子里、烧了还有一把灰、雄鹰一般的男人，竟然有一天会为了一分钱折腰！

苏沫气定神闲地收了剩下的一个红包，这才继续发信息。

苏沫：拿人钱财，与人消灾。劳烦三师兄和四师兄帮我个忙，后天我需要在叶冉比赛的现场上公开一段录音。

陆沧：一分钱也算钱？

褚行：一分钱一分货，小师妹，你可想好了，听三师兄一句劝，发个大包。

看到褚行和陆沧的信息，苏沫戏谑，正想打字撺两人，群里常年不说话的一个人的头像出现在对话框里。

大师兄：交给我。

苏沫：大师兄？

这个群在苏入师门之前就有了，可以说有些年头了。论资历，比苏沫都深。赵诓生前一共收了五个徒弟，除了被踢出师门的傅进，其他四个都在群里。当初她加群的时候，还以为师门总共四男一女，她还长得娇滴滴的，必然会是团宠。万万没想到，她这几位师兄都是奇葩，别说怜香惜玉了，压根儿没把她当女人看，有活儿那是真让她干啊。她初入师门懵懵懂懂的那段时间，他们几个简直把她当生产队的驴一样使唤。

哦，除了她这位大师兄。

思绪收回，苏沫看着突然出现的消息，轻挑了下眼尾。

这位这是受纪玲所托？毕竟前段时间纪玲跟她提过几次，想让她这位大师兄帮她一把，证明清白。她虽对这位大师兄没什么好感，但基本的礼貌还是要有的。

苏沫：谢谢大师兄。

大师兄：嗯。

这么冷淡？这个态度倒是让她不由得联想到一个人。

大师兄突然出现，群里顿时安静下来。苏沫默默退出群聊，又单独建了个小群，把褚行和陆沧拉了进去。

苏沫：你们俩，忒㞞。

褚行：我这叫拿捏有度。

陆沧：我这叫进退自如。

秦琛回复完苏沫的消息后，盯着手机屏幕久久出神，过了半晌，拨了一通电话出去。待电话接通，他沉声开口："你前两天跟我说的评委的事，我答应了。"

电话那头的人又惊又喜："五哥，感谢感谢！您能来，简直就是参赛者和主办方的荣幸，您有什么要求，尽管提。"

秦琛："我到场，但是不露面。"

对方闻言，语气变得为难："这个……"

秦琛冷声："让你很难做？"

听出秦琛语气里的寒意，对方忙不迭地赔笑道："没有没有，那，五哥，我们在做宣传的时候可以提到您吗？"

现在的比赛全是商业化操作，大多不为选拔人才，而是为了赚钱。

万变不离其宗，有噱头才有热度，有热度才能赚钱。

秦琛："可以。"

对方欣喜："好的好的。五哥，那您什么时候来蓉城？我给您安排住的地方，您看……"

秦琛淡漠地打断："不用，我自己有地方住。"

对方不敢多言，附和着说："明白，明白。"

苏沫从酒店出来后，打车前往一处茶庄，见了一个人。对方二十五六岁的模样，戴着一副厚重的黑框眼镜，素面朝天，唯唯诺诺的。

在看到苏沫的时候，对方倏地起身，低眉顺眼地喊了声"苏沫姐"。

苏沫朝对方笑笑，示意她落座，又转头让服务员上茶。待茶上来，服务员也退出了包厢，她唇角含笑，看向对方："想好了吗？"

对方脸颊涨红，一双眸子不安地闪躲。

苏沫也不急，拿起跟前的茶杯，浅笑嫣然地说："我不知道你入行的原因是什么，但我入行的原因，除了喜欢，以及不想看着民族文化没落，还有一点，就是我想出人头地。"

苏沫毫不掩饰地将自己的野心说出口，让对方一瞬错愕。

苏沫唇角弯笑："我从来都不觉得'野心勃勃'是个贬义词，只要你有能力，德配其位，既能做人上人，为什么要屈居人下？"

听到苏沫的话，对方眼神闪烁。

苏沫一边品茶，一边循循善诱："我这个人，野心都刻在脸上，别人想看我低入尘埃，我却偏要做矗立于高墙的花。"

对方被苏沫说得动心："苏沫姐，可她毕竟是我师父，我怕行内的人……"

苏沫："扳倒了她，我也可以是你师父。跟着我，别的我不敢保证，但在我这里能学到的东西，一定比你跟着她能学到的要多得多。还有一点，在我这儿，你做出来的东西，只会署你的名。有没有能力，那是你自身的问题，但只要你有能力，我绝对不会埋没你的才华。”

对方低着头纠结了会儿，抬眼时眼神变得坚定。她双手握紧面前的茶杯说：“苏沫姐，我愿意跟你合作。”

她在叶冉手下做了七年学徒，也做出了不少出彩的漆器，但最后作品的署名却是叶冉。天知道，她有多么不甘！

合作达成，苏沫朝对方温柔一笑：“安安，喝茶。”

从茶庄出来后，苏沫贴心地给李安打了辆出租车，并先她一步给司机预付了车钱。李安在车后排坐着，看到苏沫的举动，眼底闪过一抹动容。见状，苏沫走到车后排窗户前伸手摸了摸她的头：“后天结束，我让你做自己。”

李安眼眶红红地，垂下眼眸没说话。

目送李安离开，苏沫也打了辆出租车回了酒店。路上，她靠着车窗单手托腮。叶冉一共有两个徒弟。她之所以选择李安，首先是因为这姑娘确实有能力，也足够勤奋；其次，她在叶冉手下着实被打压得厉害。

一个有能力的人，行事再窝囊，骨子里也藏着雄心壮志。她唯一害怕的是世俗的眼光。就像她自己说的，背叛了自己师父，她担心以后在这行混不下去。这种情况下，只要有人肯站出来为她抵挡住来自世俗的流言蜚语，她就一定会为了自己的未来搏一搏。

当然，还有最重要的一点，苏沫的确欣赏她。

车抵达酒店，苏沫付钱下车，刚进酒店，就在大厅里看到了一道熟悉的身影。苏沫挑眉，跟那道身影的主人遥遥相望。约莫半分钟后，她迈步往电梯走，那道身影不动声色地跟了上来。

两人一前一后进了电梯，苏沫轻抬下颌看向秦琛，讥讽意味明显：“别跟我说是偶遇。”除非她是傻子。

秦琛嗓音沉沉：“不是偶遇，我来蓉城出差，没地方住。”

苏沫：“呵。”这理由，蹩脚得宛如她是个智障。

下一秒，秦琛从兜里掏出手机点开一个对话框递到她面前。苏沫垂眸，在看到对话框里的内容后，神情才稍稍缓和。

M：秦老板，上次跟你约好的文身，你明天有时间吗？

秦琛：有。

M：实在太好了，那我们就把时间定在明天。

秦琛：好，明天上午十一点，我去你店里。

苏沫抬眼："酒店房间都满了？"

秦琛面不改色地撒谎："周末房间比较贵，最便宜的一间七百。"

苏沫轻笑："你来出差，对方出价应该不低吧？"

秦琛说："我得给秦绿存着做手术。"

提到这件事，苏沫再也说不出什么噎人的话。

电梯门打开后，苏沫踩着高跟鞋率先出电梯。等走到房间门口，苏沫刷卡的动作一顿，回过头看向秦琛说："你晚上不准碰我，否则就把你赶出去。"

秦琛眸色深深："嗯。"

苏沫想到什么，又咬咬牙说："也不准勾引我。"

秦琛："放心，不会。"

放心？有那诸多前车之鉴，她对他没法放心。

得到秦琛的再三保证，苏沫这才转身刷卡，等到两人进了门，苏沫蹬掉高跟鞋走到沙发前坐下，跟阮卉发起了信息。

所谓"事以密成，言以泄败"，苏沫只告诉过阮卉要在后天的比赛中对付叶冉，但具体细节，阮卉半点也不清楚。她好奇，便跟苏沫打探。

阮卉：说说呗，我又不会外传，你还信不过我？

苏沫：不可说。

阮卉：小气鬼。

苏沫：喝凉水。

阮卉没想到苏沫转得这么快，直接回复了一串省略号过去。

正聊着，屏幕上忽然跳出一条视频邀请，苏沫瞧了一眼，看到是陆沧发来的视频通话，便在屏幕上按下接听键。视频接通后，陆沧跟褚行的脸一同出现在屏幕里。

苏沫看着两人直翻白眼："脸之大，一个屏幕放不下。"

陆沧："小师妹，你回来了？"

苏沫漫不经心："嗯。"

褚行："我那天听师母说要给你介绍青年才俊，你喜欢什么样的？师兄给你把把关。"苏沫戏谑，红唇轻动，正想说话，就见屏幕里的两人脸色突变，皆是一脸愕然。

陆沧吞咽了口唾沫："大……"

话还没说完，就被"意外"闯入视频里的秦琛扫了一记冷眼。对视间，陆沧被吓得一激灵。坐在他身侧的褚行一把捂住了他的嘴，接着他的话说："大、大男人，沫沫，你房间里怎么会有男人？"

苏沫："一个朋友。"

褚行和陆沧："哦。"

苏沫又说："就是那种很普通的朋友。"

褚行和陆沧在屏幕那端一起点头："明白。"

苏沫画蛇添足："是我在长乐县一个女性朋友的哥哥。"

褚行和陆沧演技高超且逼真："懂，懂，懂。"

褚行和陆沧是怕，苏沫则是心虚，在这种气氛下，三师兄妹出奇地默契。一个支支吾吾，两个含含糊糊，三人都试图蒙混过关。最终这通视频，以同门情深开始，以三十六计结束。

视频挂断后，苏沫转头横了秦琛一眼。秦琛手里拿着一瓶刚打开的矿泉水，神情坦然："只是意外入镜。"

苏沫："收起你的小心思。"

面对苏沫的警告，秦琛下颌紧绷，神色一秒变得黯然："我没想借机上位。"

苏沫蓦地噎住。下一秒，秦琛捏紧手里的矿泉水瓶迈步离开。

看着秦琛微躬却像是强撑坚挺的背影，苏沫心里莫名发堵。明明是他有错在先，擅自闯进了她的视频，怎么搞得好像做错事的人是她？

彼时，褚行和陆沧坐在沙发上面面相觑。

陆沧说："大师兄和小师妹……"

褚行结巴："偶、偶遇吧。"

陆沧又说："他们还在同一个房间。"

褚行无措地搓搓手，随后抬头看着天花板："周末房源紧张，拼房很正常。对，很正常。"

陆沧皱眉："要不我们问问大师兄？"

褚行："人固有一死，可以重于泰山，也可以轻于鸿毛，独独不能莫名其妙。"

话音刚落，陆沧的手机突然一阵振动。两人齐齐低头，看到手机屏幕上跳出来一条微信。

大师兄：管好你们俩的嘴。

晚上，苏沫懒得出门，直接在酒店点的外卖。

外卖这种东西大多重油重盐，她最近被秦琛把嘴养叼了，以前也没觉得什么，今天吃这些东西的时候有些难以下咽，只吃了几口就放下了筷子。见秦琛一直没说话，她不想气氛太压抑，主动挑起话题："像你这种出差一次能赚多少？"

秦琛接话："按小时，一小时一千五。"

苏沫挑眉，她倒是不知道文身师还能按小时收费："这么多？"

秦琛："嗯。"

苏沫："按照这个收费标准，你应该存了不少钱才对。"怎么能穷到这份上？

秦琛放下手里的筷子，沉声说："这种只是少数，在长乐县，文身基本在二三百，最多也不过几千块。"

苏沫了然："哦。"确实，长乐县人均收入偏低，自然消费水平也低。

苏沫想到什么，调整坐姿，长腿交叠，笑眯眯地看着秦琛问："在我之前，你真的没有女人？"

秦琛面色平静，神情认真："没有。"

苏沫揶揄："不像啊。"

秦琛注视着她那张妩媚张扬的脸，低沉着嗓音反问："哪里不像？"

这下轮到苏沫语塞了。哪里不像？哪里都不像。但是这话苏沫不能直接说。她原本就是好奇，好奇很久了，今天正好有这个机会，才随口问问。可现在气氛暧昧不明，又是孤男寡女的，说这种话题，不知情的，还以为她是在勾引他。苏沫故作淡定地撩了下头发，刚站起身，手腕就被坐在沙发上的秦琛大手一把扣住。

秦琛嗓音低哑："苏沫，我知道你不喜欢我这个人，那其他方面呢？有没有哪怕一点让你有所贪恋？"

两人四目相对，短短不过半分钟，苏沫脑海里想了很多。她发现他这个人特别擅长一件事——用最一本正经的调调说最暧昧的话，也发现或许是争强好胜的心思作祟，即便在秦琛面前屡战屡败，她还是一次次动念，想要让他落一次下风。

"秦琛。"

秦琛嗓音沉沉："嗯。"

苏沫从他手里把手腕挣脱，居高临下地看着他，似笑非笑："那你呢？你是喜欢我长得漂亮，还是贪恋我身材好，又或者……全都有？"

把他问的问题反抛给他，看他能给出什么高明的答案。

她都想好了，不论他回答什么，她都能给他撑回去。喜欢皮囊是庸俗，喜欢身体是低俗。如果都喜欢，那就是庸俗加低俗。

苏沫好整以暇地盯着秦琛，就等他说出答案，自己好撑得他无地自容。可秦琛没随她的愿，在她说完后，他久久没吭声。直到苏沫以为他不会再回答时，他忽然喉结滚了滚，神情平静地缓缓开口："我喜欢你这个人。"说完，深邃的眸子盯着她，眼神坚定又带了几许复杂的情绪。

苏沫被他这么看着，呼吸一窒，心跳莫名漏了一拍。为掩饰自己的不自然，她转身施施然离开，留下一句“有病”。

回到卧室，苏沫一直在想一个问题。秦琛明明知道她不喜欢他，明明知道在她身上倾注再多精力也是徒劳，为什么还妄想通过努力改变什么？他是有病吧？可能还病得不轻。反正她绝对不会做这种事。

什么感动天感动地，最后却感动不了你，对方不喜欢你的时候，你做再多，感动的也只有你自己，天地压根儿没为你动容，一切都是你脑容量太大，内心戏太多。

这一晚，苏沫睡得很不踏实。不知道是不是被秦琛刺激的，她梦到了蒋商跟她表白的场景。

那天，蒋商手捧着玫瑰站在她公司门口，西装革履，儒雅绅士，三百六十度无死角地长在了她的择偶点上。在一群人的起哄下，她被推到蒋商面前。她难得腼腆羞赧，伸手正想接过蒋商手里的玫瑰，抬眼间忽然看到一个人。

对方站在人群中，双手插兜，表情又酷又冷。可就是这样一个旁观者，让梦里的苏沫心底咯噔一下。下一秒，对方转身离开，苏沫一颗心骤然生疼，然后那份疼蔓延到了四肢百骸。

凌晨两点，苏沫被疼醒了，整个人蜷缩在床上紧咬着牙关，疼到大汗淋漓。是生理期到了！她能清楚感觉到身体的异样，却不敢动，她什么都没准备。苏沫活到这么大，天不怕地不怕，就怕每月的生理期。别看她平时骄纵又任性，生理期是真的分分钟教会她做人。过了几分钟，苏沫咬着牙摸到床头的手机，拨通了秦琛的电话。

秦琛没接听，但是很快房门外响起了男人沉稳的脚步声。紧接着，门被打开，秦琛站在门外灯光处看着她，因为是在熟睡中被吵醒的，开口时嗓音低沉沙哑：“怎么了？”

她红唇微动，忍了又忍，声音里还是带了哭腔：“我来例假了，疼。”

站在门口的那道高大身影闻言明显怔了怔，下一秒，男人开口：“带东西了吗？”

苏沫：“没有。”

秦琛：“等着。”

没多久，门外响起男人窸窸窣窣穿衣服的声音。半小时后，秦琛回来了，不仅带回了卫生棉，还带回来一条干净的内裤和一套纯棉睡衣。

苏沫被从被子里捞出来，整个人汗涔涔的，根本不想动。秦琛大手按住她迷迷糊糊中乱动的腿，俯身吻在她额头，平日里严肃冷漠的人温柔得不像话，低声安抚：“乖，别乱动。”

苏沫再次醒来时，肚子已经没那么疼了，身上的睡衣也换了。她掀开被子看了看，而后盯着天花板，一脸生无可恋。昨晚她虽然睡得迷迷糊糊，但并没有失忆，一些画面碎片似的闯进她的脑海里。她记得昨晚有个人一直在哄自己，还用温热的大手帮她焐小腹焐了大半宿。

经此一遭，她忽然觉得自己在秦琛面前更底气不足了。

阮卉打来电话的时候，苏沫正伤春悲秋。她按下接听键，长叹口气，声音哀哀戚戚：“说。”闻声，阮卉愣了一秒，开口：“你怎么了？”

苏沫：“没怎么。”

阮卉：“那你怎么能发出这种动静？”

苏沫翻了个身，情绪低落，在一阵长吁短叹中把昨晚发生的事跟阮卉大致说了一遍。阮卉咋舌，语气贱兮兮的：“感动不？”

苏沫故意曲解她的意思：“不敢动。”

阮卉戏谑：“这男人道行够深的，先攻略城池，再走进你的内心，软硬兼施，啧。”

苏沫：“阮卉，你现在的嘴脸特别像一批人。”

阮卉迷茫：“哪批人？”

苏沫说：“村口嗑着瓜子说人是非的大爷大妈，嘎嘣一声，分分钟嚼碎别人的一生。”

阮卉在感情上真真正正做到了“万花丛中过，片叶不沾身”，很能懂苏沫这种纯情的心态，因此分析起来也是直戳要害：“你现在是不是觉得特内疚？不仅没办法给予对方感情上的回应，还总是时不时接受对方的好意。”

苏沫跟阮卉闺密多年，没什么不能说的，她大方承认：“有点。”

阮卉说：“那你现在能跟对方划清界限吗？”

苏沫想了想，如实说：“大概率不能。”秦琛套路太多，按下葫芦又浮起瓢，她根本防不胜防。虽然她不想承认，但这就是事实。

阮卉：“既然如此，与其一直挣扎，不如从容面对。男人嘛，时间久了说不定就腻了，况且你现在也没有谈恋爱结婚的打算，就当……打发时间。”

秦琛在一家私人会所约见了褚行和陆沧。师兄弟碰面，秦琛肃冷着一张脸，褚行跟陆沧则低头喝茶，头不抬眼不睁，恨不得把脑袋钻进那巴掌大的茶碗里。

秦琛：“你们俩有什么想问的吗？”

两人并排坐着，闻言抬头，齐齐摇脑袋。

看着两人的反应，秦琛嗓音淡漠地说：“你们俩现在也自己开店为人师了，在我面前不用这么拘谨，这要是让徒弟们瞧见了，你们以后还怎么立威？想问什么就问，同门师兄弟，亲如手足，没什么不能问的。”

话都说到了这份上，陆沧最先坐不住了。他原本就好奇心重，这会儿可谓问题接踵而来。只见他放下茶杯，搓了搓手问：“大师兄，你跟沫沫到底是怎么回事？你们怎么会在一起？昨晚都那么晚了，你们孤男寡女一个房间，怎么都瞧着不像是正常关系。大师兄……”陆沧的问题一个接着一个，秦琛只半眯着眼看他，并不作答。

褚行眼观鼻、鼻观口、口观心，见状，在桌下狠狠地捏了一把陆沧的大腿。陆沧吃痛，倒吸一口凉气，不解地瞪向褚行：“你干吗？”

褚行有口难言，只能隐晦提醒：“其实我们对大师兄跟沫沫的事也不是那么好奇。我们只是师兄妹，又不是亲兄妹，即便发展成男女朋友，也很正常。”

陆沧没反应过来，当即反驳：“那怎么能行？我们几个人虽不是亲兄妹，但胜似亲兄妹，我们要是跟沫沫成为男女朋友，行内人会怎么想？人家一定会想，这到底是人性的扭曲还是道德的沦丧？”说罢，见褚行不仅没附和他，还给了他一记“你快去死吧”的眼神。陆沧转头看向秦琛求认同：“你说我说得对吧，大师兄？”

秦琛阴恻恻地说：“对吗？”

听到秦琛的反问，对上他冷得犹如结了冰的眸子，陆沧一激灵，脑海中有什么重要的东西一转而逝，快到他无法捕捉，一时间反应得不是很透彻：“对……还是不对？”

秦琛垂眸，漫不经心地问：“陆沧，有女朋友了吗？”

陆沧嘴比脑子快：“大师兄，你可万万不能撮合我跟沫沫。”

秦琛挑眉。

褚行几乎崩溃：老天爷啊，您要不然就劈一道雷下来，给这个孽障一个痛快吧！

最后，秦琛什么都没说，只是起身离开时，走到陆沧身边，在他肩膀上重重地拍了两下。陆沧一脸蒙。等到秦琛离开，陆沧茫然地看向褚行：“大师兄拍我是什么意思？”

褚行：“拍你拍得重吗？”

陆沧如实回答：“重啊。”

褚行：“那你懂了吗？”

陆沧一拍脑门，恍然大悟：“我懂了，大师兄的意思是要对我委以重任！”

褚行彻底无语了。

人类进化向来是个谜，智商、情商，参差不齐。

相比于陆沧的慢半拍，褚行已经反应过来是怎么一回事了，不由得陷入沉思。那两人到底是从什么时候开始的？之前没听说过两人有交集啊。

从私人会所出来，秦琛打车去了趟纪玲那边。纪玲瞧见他，情绪颇为激动，眼眶红红的，一直在抹眼泪。秦琛先是给赵诓上了三炷香，随后走到客厅陪纪玲坐了会儿。

秦琛向来话少，因此基本上是纪玲一个人在说。纪玲问他过得好不好，问他当年为什么会突然离开。秦琛避重就轻，搪塞而过。

纪玲瞧出他不想说，用手帕压了压眼角的泪，又说："你师父临走前一直念叨你，我知道，他是想见你最后一面……"

听到纪玲的话，秦琛倏地抬眼。

纪玲没察觉到异常，继续说："对了，你小师妹的事情你听说了吗？"

秦琛神情如常："听说了。"

纪玲叹了口气："那丫头被你师父宠坏了。这次的事，唉，不管怎么说，师母都希望你能帮帮她，毕竟你们是同门师兄妹。"

秦琛回答得模棱两可："我需要调查。"

从纪玲住的小区出来后，秦琛掏出手机拨了一通电话出去。电话接通，秦琛对电话那头的人说："调查下我师母。"

对方闻言一愣："调查你师母？"

秦琛："对，但是别声张。"

对方没再多问，应承下："明白。"

挂断电话，秦琛站在路边，回想纪玲刚刚跟他说的话。

纪玲说赵诓死的时候一直念叨着他，想见他最后一面。可当初赵诓临死前明明托心腹给自己捎了信，让他不论发生什么事都别露面。还有，刚才纪玲提到苏沫时的态度，看似是在袒护，实际上字里行间都在说她娇纵跋扈。种种现象结合起来，让他不禁怀疑是他想太多，还是纪玲真的有问题。

思绪归位，秦琛正准备去打车，手机忽然响了起来。他掏出手机，在看到屏幕上的来电显示后按下接听键："说。"

穆川："你在哪儿呢？"

秦琛淡声道："刚祭拜完我师父。"

穆川戏谑："你小师妹要对付叶冉的事你知道吗？"

秦琛不答反问："你说呢？"

穆川调侃："你这小师妹真是睚眦必报，就她布的那个局，必然让那个叫叶冉的身败名裂。"

秦琛护犊子："那是叶冉活该。"

穆川看热闹不嫌事大，又说："不过听说那个叶冉是蒋商护着的人，你说蒋商会不会……"

秦琛冷声："那就让他一起身败名裂。"

跟阮卉挂了电话，苏沫又赖了会儿床才去洗漱。她现在肚子已经不像昨晚那么疼，但还是有隐隐约约的痛感。听韩金梅说，这是遗传，韩老太年轻的时候就是这样，她母亲谭茵也是。

她现在已经完全记不清母亲长什么样子了，只是模模糊糊记得她很温柔。当然，这也可能是她的记忆自己杜撰出来的，毕竟母亲去世的时候她只有三岁。三岁孩子的记忆，一半真实，一半靠想象。

苏沫洗完脸，收敛了思绪。今天还有一件重要的事要做，容不得她浪费太多时间。从浴室出来，苏沫坐在床边拿起手机拨了一通电话出去。电话接通，苏沫带着温和的笑意开口："任叔，在忙吗？"

电话那头响起一道中年男人的声音，浑厚且沉稳："没忙，你回蓉城了？你阿姨前两天还念叨你。"

苏沫："回来了，任叔，我有件事想请你帮忙。"

中年男人闻言，连什么事都没询问，一口答应："行，你说。"

苏沫心里一暖，也没客气："我想要洲豪酒店三楼的监控，最好是近一年的。"日期太短，怕没有说服力。

中年男人："什么时候要？"

苏沫说："今天晚上之前可以吗？"

中年男人笑呵呵地说："不相信你任叔的实力？下午两点前给你。"

苏沫："谢谢任叔。"

对方："你这丫头，跟我还这么客气，之前的事我还没说你呢，发生了那么大的事，你居然一声不吭就走了。怎么？觉得你任叔年纪大了，帮不上你的忙？"

苏沫早料到他会提这茬，也没找理由，笑着说："没有，正好那段时间累了，想休息休息。"

对方叹了口气："行了，多余的话我也就不问了，你阿姨都警告我了，不让我给你增加思想负担。任叔就是想告诉你……"说着，男人忽然哽咽了下，平复了约莫半分钟才继续说，"你不是没人管，不是没后盾，有什么话跟我和你阿姨说，别学……"

男人哽住没再说话，苏沫听着，心里沉甸甸的。

"任叔，我知道您想说什么，您放心，我不会的。"

男人全名叫任和平，苏沫之所以会跟他有交集，是因为他的女儿。

任和平的女儿是一个主播，之前跟苏沫住在一个小区，后来因为网暴引发抑郁症。那天，她一丝不挂地从小区楼上一跃而下。彼时苏沫恰好从公司回来，看到这一幕，从看热闹的人群中走出来，脱下自己的半袖盖在了女孩身上。

那会儿是夏天，苏沫原本穿了一件白色半袖加一条修身牛仔裤。脱了半袖之后，她上身就只剩下一件抹胸，人群里有不少男人戏谑地吹起了口哨。

对被网暴致死的女孩视若无睹，对她倒是"热情"洋溢。苏沫站起身，冷眼看向起哄的人群，说了一句话："没见过女人啊？回去看你妈啊。"

话没素质，但人有。因为这件事，任和平和他太太在处理完任雪的后事后亲自登门致谢，感谢她给了任雪在人世间最后的体面。再后来，双方一来二去，也就有了交集。

跟任和平挂断电话，苏沫出了会儿神，离开酒店去买了台笔记本电脑。等到她买完电脑回来，任和平已经把洲豪酒店三楼的视频给她发了过来。看到视频，苏沫给任和平回信息道谢。

任和平：有事别自己扛，跟我和你阿姨说。

苏沫：让您和阿姨跟着我操心了。

任和平：我们愿意。

瞧见任和平的信息，苏沫的心里瞬间被温暖填满。

接下来，苏沫打开任和平发来的视频，挨个儿去看，并把叶冉和蒋商同时出现在 327 房间门口的一幕做了剪辑。

她想为自己申冤，想让叶冉万劫不复，就得做好万全的准备。报复这种事，就是一招制敌，不然，野火烧不尽，春风吹又生。

等视频全部剪辑完，已经是晚上十点，秦琛还没回来，偌大的房间只有苏沫一个人。她伸手拿过一旁的手机想看下时间，发现屏幕上有一条未读信息。她点进去，在看到信息后，眼睛眯了眯。

叶冉：沫沫，你回蓉城了？

“沫沫”两个字，看得苏沫心里直犯恶心。下一秒，她直接把叶冉的联系方式拉入了黑名单。苏沫故意不回，就是要吊着她，让她这一晚心里都七上八下的，睡觉都不安稳。秦琛回来时，已经接近凌晨。苏沫倒是还没睡，人正盘腿坐在沙发上打游戏。

听到房门的响动，苏沫抬头，瞧见秦琛拎着文身的工具进门，想到昨晚他帮自己的事，内心复杂，但面上却佯装着自然：“才完事儿？”

秦琛回看她，眉峰蹙了蹙：“嗯。”

看到秦琛的神情，苏沫轻挑眼尾。他这是什么表情？嫌弃自己？

不等她开口，秦琛已经放下手里的东西，三步并作两步地走过来，俯身将她一把抱起。秦琛嗓音肃冷：“来例假别熬夜，回卧室睡觉。”

苏沫反应过来，骄纵轻哼。原来是不高兴自己熬夜，哼，管家婆。

过了一会儿，苏沫被放在床上，她大热的天盖着被子靠坐在床头，宛如坐月子，撩眼眸看秦琛：“今天文的什么，这么久？”

秦琛撒谎面不改色：“关二爷。”

苏沫轻抬下颌：“这个确实复杂。”

秦琛：“嗯。”

苏沫随口说：“你有拍照片吗？我看看。”

她还没见过有人文这个，还挺好奇。关二爷是武财神，苏沫想，让秦琛文身的那位十有八九是位商人。

秦琛面不改色道：“没拍。”说完，看见苏沫肉眼可见的失落，话锋一转，“两三个月后还需要补色，你要想看的话，我回头拍给你看。”

苏沫的眼睛一秒变亮：“好呀。”

两人有一搭没一搭地闲聊了一会儿，秦琛忽然转身出去了一趟。等他再回来，手里拿了片暖宫贴。他阔步走到床边，俯身掀开被子将暖宫贴贴在了她的睡衣外面。

秦琛弓着腰贴得认真，利落寸头在苏沫眼前晃：“我问了医生，他说这个可以缓解痛经，我还帮你开了止痛药，实在疼得厉害就吃一片，还有……”

秦琛说着，抬头看向苏沫，发现面前的姑娘正若有所思地盯着他看。

四目相对，秦琛的眸色暗了暗，他大手一伸，扣住她后颈，把人带过来，低头吻在她唇角，一触即分，浅尝辄止。秦琛拉开两人的距离，嗓音暗哑：“早点睡。”

苏沫红唇微抿，难得没针锋相对：“哦。”

几分钟后，秦琛退出卧室，顺手帮苏沫熄了灯。

苏沫在被子里翻了个身，因为小腹贴了暖宫贴，整个人都暖烘烘的。

秦琛从卧室出去后，拿起手机点进微信，找到穆川的联系方式，给他发了条信息。

秦琛：文身吗？

穆川：？

秦琛：我给你文。

穆川：你会突然这么好心？

要知道他之前只是想让他帮忙文个名字，求了他大半个月他都没答应。现在居然主动来找自己，说要给自己文身。事出反常必有妖。

秦琛：兄弟情深，当初说拒绝的是我，现在心里难受的也是我。

看到秦琛的信息，穆川跷着二郎腿，只觉好笑。

穆川：你觉得我会信？

秦琛：别废话，文吗？

穆川：怎么？你还要指定给我文什么？

秦琛：嗯，你是做生意的，给你文个招财的。

穆川：？

秦琛：关二爷。

俗话说得好，文龙不过肩，文虎不下山，观音闭眼不救世，关公睁眼杀人间。文身这一行，门道深得很。穆川本来就是做夜场生意的，在他那儿进进出出的人不少，对于这些事，他自然也了解得多。看到秦琛的信息，他险些爆粗口。碍于多年的兄弟情分，穆川终究忍住了。

穆川：怎么？觉得处处不如我，要对我施法了？

秦琛：封建迷信不可信。

信息刚发出，穆川那边直接给他回了通电话。电话接通后，穆川询问缘由，秦琛压低声音，如实相告。

穆川："所以说，你是准备用我的命做你爱情的垫脚石？"

秦琛道："没那么严重。"说罢，秦琛慢悠悠地说，"大不了，我给你文个闭眼的。"

第 8 章

报复

次日，苏沫和秦琛起了个大早。两人都藏了秘密，默契十足，吃过早餐，各自去忙各自的。

苏沫抵达比赛现场时，阮卉已早早等在门口。瞧见她，阮卉上前递给她一张邀请函：“拿着。”

苏沫接过，轻笑：“谢了。”

阮卉挽住她的手臂：“跟我还道谢？”

苏沫问：“会不会给你惹麻烦？”

阮卉一撩秀发，脸上大写着无所畏惧：“怕什么？大不了不干了。”说完，阮卉又笑眯眯地推搡苏沫，“到时候我也去长乐县开一家小店，然后也相亲找个野男人，感受一下你的快乐……”

苏沫嗤笑：“快乐？”

阮卉故作惊愕：“难道你不快乐？可你的状态明明告诉我，你快乐得很……”

两人正聊着，身后忽然传来一道柔弱的声音：“沫沫。”

不等两人转身，身后的人已经走了过来，顶着一张苍白的脸出现在两人面前，眼下还有一尺厚的粉都盖不住的黑眼圈。

见她这个状态，阮卉率先戏谑道：“怎么？昨晚心虚得没睡着？”

叶冉抿抿唇，一副受了委屈的样子，没跟阮卉说话，而是楚楚可怜地看向苏沫：“沫沫，我昨晚给你发了信息，你没收到吗？”

苏沫红唇一弯，睁着眼说瞎话：“有吗？”

叶冉盯着苏沫看了半天，琢磨不透她说的到底是实话还是谎话，站了一会儿，伸手去拉苏沫的手：“沫沫……”

眼看叶冉的手就要碰触到苏沫的指尖，苏沫不动声色避开，微笑着说：“时间不早了，你不是今天还有比赛吗？去做准备吧。”

说完，苏沫带着阮卉，从她身侧擦肩而过。

相比于苏沫，阮卉的脾气更加暴，经过的时候她还挑衅地撞了下叶冉的肩膀。叶冉被她撞得往后踉跄了下，险些崴脚，随后咬牙攥紧了身侧的手。

走远后，苏沫开口：“你撞她做什么？脏了你的肩膀。”

阮卉：“见不得她那副明明是毒妇却非得伪装白莲花的模样。”

苏沫揶揄：“暴力不能解决问题。”

阮卉挤眉弄眼：“但暴力可以解决制造问题的人。”

两人走进比赛场馆，刚进门，就见一众参赛选手挤在一处窃窃私语。

“听说这次比赛请了五哥来做评委，也不知道是真的还是假的。”

“肯定是真的，官方都宣传了。”

“我好想见见五哥真容啊。”

“这个恐怕挺难。五哥从入行到现在，除了师父辈的，见过他真容的没几个。”

…………

听着众人的议论声，阮卉问苏沫：“他们在讨论的是你那位大师兄吧？”

苏沫不置可否：“大概？”

这个圈子里，能被称为“五哥”的，目前来说好像只有她那位大师兄。

阮卉："这么神秘，都没几个人见过他真容？你见过吗？"

阮卉跟苏沫虽然关系不错，但不是同门，对他们师门内部的情况也不是很了解。

苏沫接话："没有。"

阮卉感到有些惊讶，不过很快话锋一转："那正好，你今天有福了，可以一睹你那位大师兄的芳容。"

调侃的话音刚落，刚刚被她们落在门外的叶冉忽然再次出现在两人面前。不等所有人反应过来，叶冉扑通一声跪在了苏沫跟前，声音哽咽，泪珠在眼眶里打着转："苏沫，我和蒋商真的没什么，求你放过我……"

叶冉这一跪，让在场所有人的视线都集中在了苏沫身上。叶冉跪得笔直，偏偏她整个人又偏瘦，再加上她那张略苍白的脸，让人瞧着好不可怜。下一秒，泪珠顺着脸颊滑落，她紧咬着轻颤的下唇看向苏沫，看似是在求放过，实则咄咄逼人。

苏沫垂眸看着她，漫不经心地轻挑了下眼尾，似笑非笑。

苏沫没说话，但周围看热闹的人里却有人出了声。

"苏沫？是那个苏沫？"

"就是那个，赵诓大师的得意门生，跟蒋氏总裁谈恋爱那个！"

"听说不是因为偷盗别人的作品退圈了吗？"

"这个谁知道啊？人家有的是人脉，五哥还是人家大师兄呢。"

"这种人好恶心啊，仗着在圈子里有人脉为所欲为，别人辛辛苦苦的成果，她眨眨眼就占为己有，她也不怕遭报应。"

…………

听着四周的议论声，阮卉的脸色倏地一变，作势就要上前跟叶冉争论。察觉到阮卉的意图，苏沫伸手将人拦住，不紧不慢地看向叶冉："我什么时候说过你和蒋商有关系了？"

叶冉："你……"

苏沫戏谑："叶冉，你这是在此地无银三百两吗？"说完，不等叶冉狡辩，苏沫继续说，“而且，你和蒋商之间究竟有何猫儿腻跟我又有什么关系？我跟蒋商已经分手大半年了，他现在的爱人叫蓝茜，我现在的男友叫秦琛，你现在红口白牙一句话，就让四个人陷入难堪，不好吧？”

人群里有人反应过来。

“对啊，蒋总前段时间不是结婚了吗？新娘是蓝氏的总裁蓝茜。”

“是啊，蒋总都结婚了，叶冉就算真的要求放过，也不应该求苏沫啊。”

“不知道你们听说没，前阵子叶冉和蒋总传出了绯闻，被蒋家和蓝家联手压下来了。”

“真的假的？”

“叶冉跟蒋总？叶冉之前跟苏沫不是闺密吗？这是撬闺密墙角？”

“你们是不是忘了？苏沫当时被举报，就是叶冉干的。”

有些事就像是一个毛线团，没人提也就没人提了，只要有人扯出一个线头，那剩下的，自然有人思量。再加上那些事压根儿也不算什么秘密，随随便便一扒，直接见底。

叶冉原本是想借助舆论杀苏沫个措手不及，让她离开比赛现场，没想到局面会突然反转，只见她攥紧了垂在身侧的手，背微微颤抖，脸色也越发苍白。

就在这个时候，有比赛的工作人员站出来将看热闹的人群疏散。大家怕给评委老师留下坏印象，哪怕再想看热闹，也纷纷快速散开。

等到周围只剩下苏沫、阮卉和叶冉，苏沫半蹲下身子靠近叶冉，在她耳边低笑：“这就怕了？”

叶冉身子一僵。

苏沫懒散地笑：“不怕告诉你，我今天出现在这儿就是为了看你身败名裂，我原本想一招致命的，谁知道你居然还给自己加餐。”

叶冉：“苏沫……”

苏沫：“求饶的话就别说了，装可怜的话也省省，我们俩认识这么多年，你该了解我的，我向来睚眦必报。”

叶冉当然知道苏沫是什么性子的人，正因为知道，她才害怕，她才会慌不择路做出这种举动。

叶冉声音发哑，身侧的手攥紧身上的小香风外套："苏沫，我走到这一步不容易，我……"

苏沫冷笑打断："你不容易？那谁容易？"

叶冉带着哭腔："苏沫，我可以跟你道歉。"

苏沫："我不需要口头上的道歉，你要真想道歉，那就坦然接受接下来的事。"

苏沫只顾着跟叶冉说话，没看到不远处一间休息室的门口站着两道身影，一道年迈，一道年轻挺拔。

年老者狐疑："你什么时候交的女朋友？"

年轻的那位神情肃冷："不久前。"说完，又补了句，"我追的她，死缠烂打。"

叶冉这个插曲，很快就被比赛现场的紧张气氛覆盖。

比起绯闻八卦，大家更注重今天的第一名花落谁家。毕竟绯闻只是茶余饭后的消遣，而在比赛中得奖，关系到自己今后在行业内的发展。孰重孰轻，在场所有人都分得清。

比赛采用淘汰制，一共三场。第一场，五十进三十；第二场，三十进十；第三场，十进三。

不同于其他比赛，漆器比赛大家都是直接带成品来的。因为不论是平遥推光漆器、北京漆器，还是扬州漆器，抑或是福建脱胎漆器，每一种都不可能在短时间内完成。所以，参赛者会选择直接带自己最满意的成品参赛。为了保证参赛作品的真实性和可靠性，必须由参赛者背后的组织（公司或师门）提供保证书。

比赛开始，第一场是小件，参赛作品基本是首饰盒和小型摆件。

北京漆器参赛者的作品主要是两种工艺，一种是雕漆，一种是金漆镶嵌。扬州漆器在这次比赛中也出现了两种，彩绘和平磨螺钿。另外，福建漆器是福州脱胎漆器，平遥漆器则是推光和描金彩绘。四大漆器各具特色，作品个个精益求精。不过即便如此，两个小时后，还是有二十位参赛者直接被淘汰。

比赛制度残酷，哪怕所有参赛者都早有准备，在结果公布的那一刻，一众人还是忍不住唏嘘，就连坐在观众席的阮卉都忍不住小声嘟囔："这五十位，哪位不是行业内有头有脸的人物，啧，真残酷。"

苏沫："想要荣誉，就要受得住失败。"

阮卉："也就你心大。"

苏沫："实现雄心壮志的路上注定满是荆棘。就像你说的，这五十位都是行业内的佼佼者，他们明明可以在自己的舒适区待着，却非得来参加比赛，你猜是为什么？"

阮卉说："为了提升自己的知名度呗。"

苏沫："所以说他们来之前，就料想到了所有结果，失败是常态，成功是跨越。"

越是成功的人，内心越是强大。不说别的，这五十个人里面肯定不会有谁会因为这次的小小淘汰就寻死觅活，萎靡不振，他们只会在回去后更加努力钻研。

中场休息半个小时后，第二场比赛开始，气氛肉眼可见地越发紧张。

第二场比赛，大家的参赛作品基本都是收纳盒和中型摆件，相比于第一场，更能体现出参赛者的功底和耐力。

叶冉全程心不在焉，视线几次扫过台下的苏沫。苏沫坐在观众席的椅子上跟她对视，眼神暗藏挑衅。叶冉咬紧下唇，全身紧绷。

苏沫承认，叶冉是有几分能耐的。她做出的平遥推光漆器，虽然细节处理不足，但在这一行里也是能拿得出手的，所以她能进入决赛，苏沫毫不意外。

临近中午，随着第二场比赛结束，三十进十，所有参赛者都像是被扒了一层皮。中场休息时，叶冉直奔后台。

阮卉瞧见，用手肘戳了下苏沫：“不去看看？”

苏沫面不改色，气定神闲：“秋后的蚂蚱，蹦跶不了多久。你信不信，她现在十有八九是去联系蒋商了。”

叶冉在蓉城有多少人脉，苏沫太清楚了。除了蒋商那个冤大头，这种情况下，行内不会有人愚蠢到站出来保她。事实证明，苏沫猜得没错。叶冉确实直奔后台拨通了蒋商的电话，可惜接连打了七八个都没人接听，最后终于接通时，传来的却是蓝茜的声音。

蓝茜声音冷漠，高高在上：“有事？”

叶冉闻声，一时不敢吱声。

蓝茜又道：“蒋商在洗澡，叶小姐如果有事，可以两个小时后再打给他。”

洗澡，两个小时……这两个小时会发生什么，不言而喻。

叶冉攥着手机，半晌才从那种失重感中找回自己的声音，强撑着笑意说：“蓝总，我没事。”

话落，蓝茜那头连个“嗯”字都没回，直接挂了她的电话。听到电话里传来的挂断声，叶冉的身子忍不住发抖。

另一边，苏沫收到了蓝茜的信息。

蓝茜：搞定。

苏沫：OK。

回复完蓝茜的信息，苏沫的手机又是一阵振动，她垂眸，屏幕上跳出一条好友申请——五哥。看到这条好友申请，苏沫挑了下眉，点进微信改好备注，按下通过。紧接着，对方发了条信息给她。

大师兄：你准备什么时候动手？

苏沫：比赛结束。

大师兄：？

苏沫：我得让她先输得心服口服，再断她后路。

大师兄：**知道了。**

瞧见对方淡然的回答，苏沫忍不住眯了眯眼。

这人还挺有意思。她以为她说出这么恶毒的话，对方大概率会对她说教一番，没想到，对方就这么坦然接受了。

苏沫正想着，对方又给她发了条信息。

大师兄：**待会儿会有一个服务生找你，你直接把 U 盘给他。**

苏沫迟疑。对方像是猜到了她的想法，第二条信息紧随其后。

大师兄：**坑你对我没好处。**

苏沫：**哦。**

也是，怎么说也是同门师兄妹，坑她确实对他没什么好处。以他现在的行内地位，他坑她，只会给他脸上抹黑。

想通这点，苏沫唇角弯了弯，姿态懒散地靠在椅背上。

阮卉："干吗突然笑得这么坏？"

苏沫侧头看她："坏吗？"

阮卉笃定地点头。

苏沫云淡风轻地说："哦，大概是想到很快就能报仇，心里觉得痛快。"

阮卉："这倒是……"

毕竟被陷害了大半年，一朝沉冤昭雪，是该高兴些。

第三场比赛开始前，有几位带着得意门生来参加比赛的师傅去评委席打探。

"不是说今天五哥在吗？怎么不见人？"

"是啊，我们几个人都想一睹五哥的风采。"

评委席上方才跟秦琛说过话的老者最是德高望重，他慢声接话："小五在后台，人不露面。"

"不露面？那评分方面？"

老者："放心，小五绝对公证，更何况，今天他的师弟师妹中也没人来参加比赛，他想徇私也没处徇啊。”

几个人闻言，不敢再多说，赔笑道：“李老您说笑了。”

老者慈爱地笑着，眼里却没有多少笑意：“嗯，我是比较爱跟小辈说笑，亲和力强。”

几分钟后，第三场比赛开始，作品是清一色的屏风。

剩下的十位参赛者都是行业内佼佼者中的佼佼者，其工艺精湛程度可想而知。正因为如此，相比于其他九位，叶冉的作品就有些没看头了。

首先，没创新，就是普通的鸟语花香图案。其次，细节处理方面不如其他九位到位。结果可想而知，她是全场最低分。

评分一出来，叶冉顿时面无血色。她咬牙看向苏沫，苏沫朝她笑笑，当着她的面晃了晃手里的U盘，随后将U盘交给了一个服务生。

阮卉坐在一旁瞧着，揶揄开口：“她脸都白成那样了，你还这样挑衅她，你就不怕她直接发疯？”

苏沫轻嘲：“她不敢。”

阮卉：“为什么？”

苏沫说：“我太了解我师叔的性子了，她如果敢发疯给他丢人，那我师叔一定会让她在这行直接消失。”

想到樊六那个人，阮卉不由得打了个冷战。

第三场比赛的结果出来后，前三名上台领奖，叶冉趁乱直奔比赛场馆大门。可惜她人还没走几步，就被两个安保人员拦了回来。

叶冉脸上的笑容很不自然：“我比完了，有事需要先离开。”

其中一个安保人员接话：“抱歉，比赛有规定，任何人不能提前离场。”

叶冉察觉到身后苏沫注视的目光，头皮发麻，只想快点离开这里。她正想再跟安保人员周旋两句，就听到身后传来一阵此起彼伏的唏嘘声。

闻声，叶冉心里一怔，一股不好的预感油然而生。果不其然，等她回头，大屏幕上正播放着她跟蒋商纠缠的画面……

画面里，叶冉十分大胆，在楼道里就把蒋商一个大男人逼到了墙角。她瞧着似乎是有些醉，可越是如此，她那张清纯的脸瞧起来越有禁忌感。尤其是她踮脚吻向蒋商的那一幕，纯欲值直接拉满，大概没几个男人能扛得住这样的诱惑。画面就此切换，紧接着又是另一段视频。

视频里叶冉全身湿漉漉的，整个人都在颤抖，身上披着一件男士西服外套，蒋商皱着眉跟在她身后不远处。后来，两人一起进了 327 套房。

之后，是叶冉被蒋商公主抱着走在酒店楼道里的视频，她埋在蒋商怀里，看起来似乎都要碎掉了，宛如电视剧里那柔弱不能自理的妾室。

类似的视频片段接连不断在大屏幕上播放，每一段都不算过火，但每一段都让在场的成年人心知肚明两个人发生了什么。

不一会儿，舆论四起。

“都这样了还说没关系？”

“这个女人真的是绝了。”

“你们注意到视频上面的日期了没？按照那个时间段来算，苏沫那会儿好像还没跟蒋商分手吧？”

“防火防盗防闺密，果然！”

“这女人绝对是高端猎人，每条视频里她看起来都很无辜，但每一条视频里她又都在似有若无地勾引那位蒋总。”

听到这些舆论，叶冉僵在原地，摇摇欲坠，仿佛下一秒就要不堪打击直直倒下。

见她这样，阮卉鄙夷地开口：“都这样了，她还在装。”

苏沫轻笑：“如果不是有如此强大的内心，她也做不出这么没底线的事。”

阮卉收回视线，看向投屏，视频正播放到叶冉一脸醉态地倒在地上，蒋商站在她跟前，她则微微仰着头，啧，这个角度，简直没眼看……

苏沫冷笑，这些视频她昨天剪辑的时候看了不止一遍。实话实说，虽然恶心，但也有益处。比如，她对蒋商残留的那么一丁点情分，被这些视频消磨得半点不剩，甚至还多了几分恶心。

她之前怎么没发现蒋商这么喜欢欲拒还迎呢？

两人交往七年，说没有过亲密的举动，那是假的。红尘男女，又都是干柴烈火的年纪，怎么可能一点想法都没有？有那么几次，两人险些擦枪走火，可每一次蒋商都及时“悬崖勒马”。当时苏沫还以为自己是捡到宝了呢，可现在瞧着，似乎是另有隐情啊。

等到所有视频播完，屏幕变黑，紧接着，一段对话声响起。

“沫沫，我当初真的不是有心陷害你，完全是因为我爸生病了，需要一大笔手术费，我没钱，恰好竞争公司找到了我，他们让我陷害你，说会给我一笔钱……

“可我发誓，我真的没想到后果会这么严重，我想着以你在这个圈子里的名气，解释一下，肯定就能大事化小小事化了……”

“这些话你为什么不早说？”

“我怕你怪我，我没脸见你，我怕你不原谅我……”

对话声结束，现场一片哗然。

“这个叶冉也太毒了。”

“苏沫原来是被陷害的啊，我就说，凭她在推光漆器上的造诣，怎么可能会做出这种事。”

“又是抢闺密男友，又是陷害闺密抢别人的作品，这个人真不是一般歹毒，以后圈子里谁还敢跟她做朋友啊？”

“做朋友？做同事都会胆战心惊好吧？”

就在所有人以为事情到此为止时，一个看起来其貌不扬的女孩拿着话筒上了台，整个人唯唯诺诺，连说话声音都是抖的。

“我，我要指控我的师父叶冉，她霸占我的作品，不允许我署名，还拿我的作品参加各种比赛。”

叶冉：“李安！”

叶冉这一嗓子，歇斯底里又满是委屈。一瞬间，所有人的目光都落在了她身上。

见所有人朝她看过来，叶冉呼吸一窒，眼眶瞬间通红。叶冉咬着下唇看向李安，看似痛心疾首，实际上眼底全是警告："李安，我平时待你不薄，你为什么跟外人联合起来陷害我？"

陷害？这话听着，是要全盘否定刚刚的视频和录音。

面对叶冉的质问，李安握着话筒的手收紧，直直回看着她，闭了闭眼，像是下了很大决心，再睁眼时神态和语气皆十分笃定："我没说谎。从前年开始，我师父就一直在用我的作品参赛，在公司内部还一直打压我。"说着，李安指向第一场比赛时叶冉用的首饰盒，"这个就是我的作品。"

李安这话一出，比赛现场再次沸腾。因为这下不单单是跟叶冉个人有关，就连樊六的公司和工作团队也被牵扯其中了。樊六可是为叶冉参加这场比赛签过保证书的。

"拿徒弟的作品参赛？还不允许徒弟参赛？"

"这个叶冉真的是刷新了我的三观和底线。"

"这下樊师傅的公司恐怕……"

"公司背骂名算什么？有樊师傅坐镇，还有那么多大师级别的漆器师呢，可怜的是现在樊师傅公司里那些还没混出名堂的漆器师。如果他们短时间内被禁止参加各种比赛，那他们的晋升路……"

不论哪一行，有晋升才有拼搏的动力，匠人匠心的前提是得解决温饱。埋头苦干这套，早在几十年前就被淘汰了，现在漆器这行也主打一个与时俱进。

赛场里一众人闹哄哄的，坐在评委席上年纪最大的老者忽然开口："小姑娘，你怎么证明这个参赛作品出自你的手？"

李安深吸气："出自我手的漆器，我都会在不起眼的地方刻上我姓氏的缩写'L'，各位老师不信的话可以看看。"

李安话落，老者给一旁站着的主持人使眼色。

主持人会意，走到叶冉参赛的首饰盒前，正准备低头去看，叶冉情急之下忽然开口："李安，我真没想到你居然是这种人！你明知道我一直都有在漆器上留男友姓氏缩写的习惯，我男友也姓李，你……"

叶冉情绪很是激动，李安却打断她的话："师父，我压根儿没在漆器上刻过我的姓。"

叶冉听到李安的话，如遭雷击，整个人踉跄往后倒退了好几步，好在站在她身侧的安保人员伸手将她扶住，她才勉强稳住身形。

事情发展到这步，即便是傻子，也看明白孰是孰非了。可即便到了现在，叶冉依旧满脸委屈哽咽狡辩："我没有，我没做过。我是被冤枉的。"

只可惜，能来参加今天这个比赛的，个个都是从底层摸爬滚打上来的，那些小九九，所有人都心知肚明。即便她演得再逼真，也没人买单，更没人同情。

漆器这行不比其他行业，大部分的入行人，靠的是一腔热爱。一名漆器匠人，辛苦学艺，盼的就是能够一朝出师。可就是因为有叶冉这种人，多少像李安这样的徒弟永无出头日。最后，叶冉被踢出了比赛，樊六的团队被禁赛三年。

比赛散场，所有人纷纷离场，阮卉板着脸为苏沫打抱不平："这就算完了？这也太便宜她了。"

苏沫神情平静，眸子半眯，瞧不出真实情绪："杀人不过头点地，今天以后，叶冉在这个圈子里会被彻底除名。"

阮卉："她真是我们匠人界的耻辱。"

苏沫似笑非笑："像她这种人在哪一行都有，而且不在少数。"说完，苏沫起身，"走了。"

苏沫刚离开，隐匿在阴影中的两道人影便走了出来。

穆川戏谑："你女人下手挺狠啊，这下这个叶冉和那个蒋商怕是要成过街老鼠，人人喊打了。"

秦琛嗓音肃冷："她是受害者。"

穆川："啧。"

秦琛忽然面无表情地看向他："文身吗？"

话锋转得太快，穆川一时间没反应过来。待反应过来，他嘴角抽了抽："非文不可？"

秦琛："招财保平安。"

穆川："说人话。"

秦琛："老穆，我今年三十二了，想三年抱俩得抓紧。"

穆川被气笑了："然后呢？"

秦琛神情淡淡，一本正经地胡说："文个关二爷其实挺帅的，你想想，你以后的女朋友如果看到你后背的关二爷，一定会被你的男性魅力折服。"

苏沫离场后，跟阮卉直奔停车场，刚准备上车，就被不知道从哪里冲出来的叶冉拦住了去路。

此刻的叶冉状态有些疯癫，妆容凌乱，眼里是不加掩饰的怒意："苏沫，你今天害我身败名裂，我也不会让你好过。你知道我最恶心你哪一面吗？就是你明明跟我一样家庭条件差到要命，却偏偏一副高高在上的模样。还有，明明我跟你是一起拜的师，赵诓当年为什么收你不收我？对了，还有蒋商，我不妨告诉你，我就是跟蒋商在一起了。他不要你，却跟我在一起，你猜是为什么？你是不是忘了，当初是我先认识他的！"

叶冉跟着了魔一样发着疯。苏沫冷眼看着她，既不接话也不反驳。

最后还是阮卉看不下去了，破口大骂："你有病吧？你要说当年拜师，我还想过拜入赵老师门下呢，那不得看赵老师收不收吗？这跟沫沫有什么关系？还有，大姐，你是不是苦情戏演太多把自己也骗了？什么叫你先认识的蒋商？蒋氏跟我们是合作伙伴，按照你这个理论，他跟业务部的王姐最熟，那他是不是应该跟王姐是一对啊？"

叶冉被阮卉撑得无法反驳，最后恶狠狠地盯着苏沫，冷笑着说："你跟你师父一样，都该死！当初弄死他的时候，就该连你一起弄死。"

听到叶冉的话，苏沫和阮卉脸色俱是一变。

苏沫倏地上前，一把拎住叶冉的衣领："你说什么？"

叶冉讥笑着，见苏沫情绪激动，往她跟前靠靠，嘲弄地说："你不是一直都怀疑你师父的死不是意外吗？我现在可以明确地告诉你，确实不是，你师父是被……"

话音戛然而止，只剩大笑。

苏沫抓着叶冉衣领的手攥紧，一双眸子骤然变得尖锐，她正想逼问，叶冉突然从她手里挣脱，往后退了几步，拉开了两人之间的距离："我凭什么要告诉你？"说着，叶冉讽刺道，"苏沫，你有本事自己去查啊。"

苏沫愠怒："叶冉，你都知道些什么？"

叶冉："不管我知道什么，我都不会告诉你！"

叶冉整个人瞧着很是癫狂，说完再次走到苏沫跟前，用仅两人能听到的声音说："苏沫，你都不知道你师父死的时候有多惨。哦，对了，你师父临死前还一直求害他的那个人放过你呢，他说你是无辜的……"

苏沫一直以为赵诓的死跟行业竞争有关，如今听到叶冉的话，思绪乱成了一团。这件事跟自己有什么关系？赵诓为什么会求害他的人放过自己？

见向来淡定的苏沫此刻心绪混乱，叶冉目的达到，讥笑着离开。

瞧见她要走，阮卉冲上前想拦，被苏沫阻止。等到叶冉走远，阮卉低声开口："你怎么不让我拦着她？"

苏沫稳了稳情绪，说："她有多大能力，我们心里都有数。即便她知道真相也没用，因为她不敢说。"

阮卉："那怎么办？"

苏沫强迫自己冷静："从长计议。"

越是这种时候，越不能自乱阵脚。

按照叶冉的说法，害赵诓的人跟她应该也是熟人。她身边的熟人……

会是谁？

苏沫正胡思乱想着，兜里的手机忽然响了起来。苏沫深吸一口气，掏出手机扫向屏幕。在看到是蒋家老宅的电话时，她神情冷漠按下接听键，明知故问：“你好，哪位？”

在接电话之前，苏沫就有所猜测，果不其然，电话那头传来了蒋老爷子威严的声音：“苏沫。”

闻声，苏沫的嘴角掀起一抹轻嘲，声音却是恭敬有加：“蒋爷爷。”

蒋老爷子：“你跟阿琛在蓉城？”

苏沫应声：“是。”

蒋老爷子说：“晚上家宴，你跟阿琛一起回来。”

听到蒋老爷子的话，苏沫本想拒绝，但话在舌尖打了个转，终究没能说出口，最后她笑着应下：“好。”

蒋老爷子挂断电话后，苏沫转头看向阮卉：“你先送我回酒店。”

阮卉拧眉看着她，不由得为她担忧：“让你待会儿去蒋家？”

苏沫“嗯”一声，没瞒着。苏沫知道她想说什么，打开车门坐进去，漂亮的手指托着下颌，露出一抹娇态：“鸿门宴呢。”

瞧见苏沫这样，阮卉眼底的那点担心瞬间就散了。蒋家是龙潭虎穴，可眼前这姑娘也不是什么善茬。

阮卉开车把苏沫送到了酒店，苏沫走之前递给阮卉一张名片：“留着，有备无患。”阮卉接住名片，狐疑地看她：“这是？”

苏沫说：“不怕一万，就怕万一。今天你跟我一起出现在比赛现场，我手里的邀请函又是你给我的，我思前想后，怕是会连累你。”

阮卉感动之余又揶揄道：“所以你提前给我找好了后路？”

这绝对不可能是临时起意，而是她一早就安排好的。

苏沫：“朋友为我两肋插刀，我也不能看着朋友深陷泥潭，更何况，这泥潭还是因为我踩进去的。”

阮卉用手虚虚握拳去捶苏沫：“我就知道我没看错人。”

苏沫扬笑：“这是我四师兄的公司，他会给你安排合适的位置。”

阮卉也不跟她虚伪客气：“行，我今晚回去就跳槽。”

苏沫打趣：“晚上不行，我四师兄夜生活比较丰富。”

阮卉：“哎呀。”这不撞她心坎上了？爱好相同啊！

跟阮卉分开后，苏沫乘电梯上楼，顺便掏出手机给秦琛发了条微信。

苏沫：在哪儿？

秦琛：文身。

苏沫：还文？

秦琛那边发了张照片过来。苏沫点开放大，瞧见了他在文的东西，是几个字母，好像是某个人名字的缩写。见秦琛在忙，苏沫也没说太多废话，把蒋老爷子的话跟他复述了一遍。

苏沫：十有八九是冲我来的，你算被我殃及的池鱼。

秦琛：一个小时后蒋家老宅门口碰面。

苏沫：OK。

收起手机，苏沫回房，走进卧室，从行李箱里拎出一件香槟色长裙换上，化了个媚态十足的妆，又转手给李安转了两万块钱。

苏沫：出去散散心，现在就走，别在蓉城待着。

李安：苏沫姐，你这是什么意思？

苏沫：别多想，等你散心回来，直接去长乐县找我。

她说了会收李安为徒，就一定会收。苏沫这个人，生活里懒是懒了点，但其他方面主打一个言出必行，说到做到。

收到苏沫的第二条信息，李安明白了她的用意，将两万块钱退回。

李安：我直接去长乐县等你。

苏沫：师父的话也不听？你这么叛逆，我以后怎么管你？

紧接着，苏沫再次将两万块钱发给她，这次李安倒是收了。

李安：谢谢师父。

苏沫：乖。

师徒温情没能持续太久，因为苏沫这头还有一堆烂摊子需要收拾。几分钟后，她从酒店出来，打车去了蒋家老宅。车抵达后，她下车刚走两步，就看到了站在蒋家老宅门口等候的秦琛。

两人四目相对，苏沫踩着高跟鞋走过去，亲昵地挽住他的手臂，柔软的身子往他身上靠，吐气如兰：“秦老板，怎么办？我给你惹乱子了呢。”

苏沫今天的态度，相比于前两天，可谓天壤之别。这要是换成别的男人，肯定会受不了她这阴一阵阳一阵的性子。可偏偏秦老板适应能力超强，不论她是骄纵还是撒娇，又或者勾引，他全都能一秒适应并全盘接受。

瞧见秦琛泰然自若的样子，她踮起脚凑到他耳边低语：“秦老板，秦师傅，我发现你定力超好的。”

秦琛喉结滚动，嗓音低沉：“还可以。”

苏沫笑吟吟：“是吗？”

苏沫的眼底闪过一抹狡黠，秦琛见状，猜到她接下来怕是要使坏。

果不其然，苏沫忽然依偎进他怀里，说：“如果待会儿我扛不住蒋老爷子的威严，那我就说已经怀了你的孩子。”

苏沫本来只是说笑，谁知秦琛坦然接受：“可以。”

苏沫挑眉，没吱声。哼，想得美！

几分钟后，两人十指相扣着出现在蒋家老宅的客厅。

两人一进门，就对上了程岚怨毒的目光。她不敢对秦琛表现得太过，便将火力集中在苏沫身上。偏偏苏沫笑容明媚，装傻充愣，不仅没被她镇住，反倒把她气得不轻。

“二婶，好久不见。”苏沫主动开口。

程岚没想到苏沫会主动跟她打招呼，嘴角抽了下，面部表情一时间有些僵。笑，笑不出来，板着脸又显得她格局不够大。

就在这个时候，一旁坐着的蒋老太太打破了僵局：“沫沫，来奶奶这里坐。”蒋老太太边说，边朝苏沫招手。待苏沫走上前，她一把将人拉住，把人带到自己跟前小声说：“今天在比赛场上发生的事我都知道了。”

苏沫眉眼含笑，无惧无畏：“嗯。”

蒋老太太：“怕不怕？”

苏沫用手捂着嘴同样小声跟蒋老太太说：“怕，奶奶您得护着我。”

蒋老太太：“知道怕还做？”

苏沫眨眨眼，小模样委屈巴巴的：“我咽不下这口气。”

蒋老太太叹了口气。这事是蒋商对不住苏沫。

苏沫又说：“奶奶，您会护着我吧？虽然我现在不是您二孙媳了，但我是您大孙媳啊。”

蒋老太太被她的理直气壮气笑了，伸出手指戳她的脑门，没接话。

程岚在一旁看着两人的亲密举动，脸色铁青。她至今都不明白，苏沫怎么就入了蒋老太太的眼。

从蒋商第一次带苏沫上门，蒋老太太就对她喜欢得不得了。一个没背景、无父无母，长相还颇为妖艳的小姑娘，怎么瞧都上不了台面。

想到这儿，程岚又忽然松了口气。还好，蒋商跟她分了手，就她今天那些手段来看，这女人就不是个善茬。豪门大户的，绯闻多了去了，都像她这样闹，蒋家的脸往哪儿搁？

客厅的气氛刚刚缓和，蒋老爷子带着蒋商从二楼走了下来。蒋老爷子神情威严，蒋商则神色落寞。

蒋老爷子走到沙发前主人位置坐下，沉声开口：“今天这件事，回头召开个记者会，苏沫站出来道个歉、认个错，就说那些视频是合成的，其他的事，蒋家会想办法摆平。”

苏沫的细眉竖了起来。来之前，苏沫想过蒋家会使些下作手段，但没想到会这么下作。

看到她的反应，程岚眼底闪过一抹得意之色。苏沫瞧了她一眼，又去瞧低着头的蒋商，眸底闪过一抹嘲讽。红唇轻挑，正欲开口，一直坐在单人沙发上的秦琛忽然打断了她的话，也吸引了众人的注意力。

秦琛冷声开口："我坐在这儿，是不是像个死人？"

话落，客厅里顿时一片寂静。蒋老爷子跟他对视，脸色很是难看。

蒋家家教严苛，这些年，蒋老爷子一向独断专行，还从来没有哪个小辈敢站出来反驳他的话，更别提说话还这么难听。

爷孙俩僵持了会儿，坐在一旁的程岚抿了口茶水说："阿琛，爷爷这么做也是为了蒋家好，毕竟……"

"蒋家好不好，跟我有关系？"秦琛无视了程岚，只直直看向蒋老爷子，"我这三十多年，好像没沾过蒋家一点光。"

蒋老爷子握着拐杖的手一紧。

这是蒋老爷子的痛。儿子为了一个女人跟他断绝父子关系，最后出车祸死在外面，孙子孙女这些年他看都没看过一眼，说心里半点没愧，那是假的。只是没被戳破时，他尚能藏着掖着，如今被秦琛这么刨开放在明面上，他感觉自己那颗因为老年丧子千疮百孔的心顿时湿漉漉、血淋淋……

苏沫坐在蒋老太太身边，红唇抿紧，一双水眸无端轻颤。

第二次了，这是秦琛第二次这样明目张胆地护着她。

苏沫心里忽然有些不解，他是怎么做到这么坚定不移、无惧无畏地护着她的？要知道，即便是当初跟她相爱的蒋商，遇到蒋家长辈对她不满，也只会私下安抚她，让她忍气吞声，从没做到这份上。

程岚看出了蒋老爷子脸上的难受，担心蒋老爷子会妥协，出声说："爸，这件事确实是小商做得欠妥，但您想想蓝茜那边，如果这件事被坐实，蓝家那边恐怕……"

提到蓝家，蒋老爷子皱了皱眉。

蓝家和蒋家联姻，是强强联合。两个小辈有没有感情另说，私下有没有相好也另说，毕竟在他们这个圈子里，这又不算什么大事，但如果绯闻闹到明面上，让对方脸上挂不住，那……

蒋老爷子正权衡利弊，苏沫忽然开口："二婶，你说蓝茜呀，我这次之所以能这么顺利地在比赛场上揭发叶冉，还多亏了蓝茜跟我合作呢。"

在场的几个人脸色突变，他们怎么都没想到，苏沫这次揭发叶冉的事，蓝茜居然也在背后出了力。

苏沫抬起一只手捏了捏自己精致如玉的耳垂，笑吟吟地看向当事人蒋商："如果我是蒋总，我这会儿就去负荆请罪，万一……"

苏沫没再说下去，不过瞧她笑容惹眼，想来后面绝对不是什么好话。

苏沫看向蒋商的时候，蒋商也在看她。相比于苏沫眼里的嘲弄，蒋商眼里是浓得化不开的难受。他想开口说点什么，却被坐着的程岚一把扣住了手腕。

程岚瞪他："你疯了？"

蒋商："妈，我……"

程岚恶狠狠地道："你还嫌家里不够乱吗？"

蒋商咬牙闭上了嘴。

瞧见这一幕，苏沫嗤笑着收回视线。她当初到底是瞎了哪只眼，才看上这么一个玩意儿？果然这人啊，只要是荷尔蒙分泌太多，就会无端给一个人镀光。等你不爱的时候再回头看，就会发现他不过是个普通人。

眼看气氛凝固，蒋老爷子皱着眉开口："这件事从长计议。"

程岚闻言急了："爸，这件事……"

蒋老爷子冷声打断她的话："我累了。"

从蒋家老宅出来时，苏沫心情不错，红唇勾笑，眉眼弯弯。蒋老太太留她跟秦琛吃晚饭，她没拒绝，秦琛拒绝了。拒绝的理由也很让她愉快，秦琛说："奶奶，她在这里吃不下饭。"啧，这话听着是真中听，秦琛简直就是她的最佳"嘴替"！

在蒋家老宅这个地方，看着蒋商和程岚这两个人，她根本吃不下饭，即便强硬吃下，也会消化不良。

想着想着，苏沫忽然止步看向跟在她身后的秦琛。从蒋家出来，这个男人就跟自己保持着一步之遥的距离。此刻，她停下，他也停下。

她迈步走到他跟前，骄傲地抬着下颌，像是恩赐，又带了点撒娇的意思："秦琛，你要不要亲亲我？"

秦琛如她所愿，大手揽住她的腰，低头吻上她的唇角。

一吻结束，苏沫红唇勾笑，指尖勾起他的下巴逗弄着："秦老板，你要不要……"

身后忽然传来一阵刺耳的汽车鸣笛声，苏沫拧眉回头，跟坐在车里的蒋商的视线撞了个正着。四目相对，蒋商眼底的痛苦很是明显。

瞧见他这副样子，苏沫挑眉，轻蔑地笑了笑。恶心人的事都让他做遍了，转头他还难受上了。啧，这世道，上哪儿说理去？

许久，蒋商哑声开口："沫沫，我想跟你聊聊。"

苏沫没动："聊什么？"

蒋商握紧方向盘，视线越过苏沫看向秦琛。实话实说，他不甘心。他爱了七年的姑娘，在他身边陪伴了七年的姑娘，最后却千娇百媚地依偎在其他男人怀里。只要想到这些，他就觉得自己胸口一抽一抽地疼。

见苏沫始终站着不动，蒋商推门下车。

见状，秦琛眸底闪过一抹厉色，想拉过苏沫挡在身后，却听到苏沫先他一步说："你站在这儿等我。"

她倒是想听听他还能说出什么厚颜无耻的话。

秦琛只能冷声道："嗯。"

苏沫走到蒋商面前，双手环胸，眸子里满是鄙夷和嘲弄。

她的眼神太过直接，蒋商的气势瞬间弱了下来。许久，他从嗓子里挤出一句："我没跟叶冉发生过关系。"

苏沫戏谑："然后呢？"

蒋商说："你信我。"

苏沫轻嗤："你有没有跟叶冉怎么样，跟我有什么关系？蒋商，你是不是忘了，我们俩已经分手了，而且你已经结婚了，你的合法妻子叫蓝茜。”

苏沫：“蒋商，有些话我本来不想说，但你既然今晚执意追过来找骂，那我不骂你两句，好像对不起我们七年的感情。你跟叶冉有没有发生什么，说实话，我一点都不关心，我就问你一句，在我们交往期间，她屡次对你示好，你知不知道她的目的？”

蒋商为自己辩解：“我不知道，我只是看她可怜，我……”

苏沫讥讽：“都到这个时候了，你还在说谎。”

蒋商噎住。

苏沫说：“蒋商，我们都是成年人了，在有爱人的情况下，该跟其他异性保持什么样的距离和社交尺度，还需要我教你？”

面对苏沫的指控，蒋商突然觉得有些窒息，大概是今天领带绑得太紧，他忍不住抬手扯了扯领带。

苏沫：“说白了，你就是享受这种感觉。”

蒋商被戳破心思，手不禁一顿。

两人怎么说也在一起七年，一些细枝末节的东西都能看出门道，见他这个反应，苏沫知道她说对了。苏沫盯着蒋商，脸上的嘲讽味道更浓：“蒋商，我们好聚好散，你不用装深情不移，我也不吃这套。从此以后，我们俩桥归桥、路归路，在路上碰到都不用打招呼。”

蒋商哑声：“你以前从来不会对我这么咄咄逼人。”

苏沫：“你也说了，那是以前。以前你是我男朋友，现在你是我的谁啊？”

蒋商僵住，一股寒意席卷全身。他这会儿才猛然意识到，苏沫对他是真的没感情了，连一丁点念头都没了。

苏沫看着蒋商那张受挫的脸，淡声说：“我今天其实完全可以不去蒋家。蒋家虽然从商，但我在漆器界也不是不知名的新人，蒋家再有能耐，手也伸不到我这里。我之所以会去，是因为怕秦琛为难。”

听到苏沫的话，蒋商的瞳孔倏地一紧，他冲口而出：“你护着他？你知道他是谁吗？我们俩之所以会分手……”

蒋商情绪激动，眼看真相就要脱口而出，他忽然想到什么，而后猛地停下，抬头看向秦琛。秦琛同样看着他，表情淡定得很。

——你告诉她，她十八岁那年去师父门前求学，师父压根儿没想收她，因为师父从不收女弟子，是我求师父收了她。

——你再告诉她，这些年我一直不跟她见面，就是怕感情一发不可收拾。

——你还可以告诉她，现在的一切都是我预谋好的。

言犹在耳！他骤然紧咬牙根，这些话他不能说，说了只会为他人作嫁衣。

见蒋商要说什么又突然顿住，苏沫的脸上闪过一抹不耐烦：“他是谁？我们俩分手怎么了？”

蒋商咬着牙硬生生将所有话都憋了回去：“没什么。”他攥紧垂在身侧的手，说，“沫沫，不管你信不信，我从来都没做过对不起你的事。”

苏沫冷笑，轻描淡写：“哦。”

蒋商离开时，苏沫转身走到秦琛身边挽住了他的手臂，问：“如果有女人勾引你，你能看出来吗？”

秦琛沉声应道：“能。”

苏沫轻笑：“那你会上钩吗？”

秦琛：“如果是你，我会。”

看着秦琛严肃认真的神情，苏沫先是一愣，随后勾了勾唇角，故作不以为然地说：“算你有眼光。”

两人沿着马路走了会儿，最后打车回了酒店。

苏沫进门后先去浴室洗手，随口问秦琛：“秦老板，你准备什么时候回长乐？”

秦琛站在洗手间门口，见她刚打开水龙头就要把手伸过去，阔步走过去站到她身侧，大手一伸挡住她的手，开始调节水温。苏沫柔软的手被他的大手攥着，有那么一瞬间，心也跟着变得柔软。

秦琛："你什么时候回？"

苏沫有片刻晃神，回神后扬起一抹笑："明天。"

这个破地方，她真是一天也待不下去了。

秦琛："我也明天。"

说着，秦琛将她的手放在水龙头下。水温适中，不冷也不热。

指尖沾到水流的那刻，感受到温度，苏沫唇角弯弯，由衷地说："秦琛，你以后结了婚，肯定会是个称职的老公，也会是个称职的父亲。"

秦琛不动声色："你要不要试试？"

苏沫轻嗤："我不行。"她没打算结婚，至少短时间内没这个打算。

话题到此终止，两人谁都没再说。

从浴室出来，苏沫窝在沙发里打游戏。秦琛坐在沙发另一头看手机，几分钟前穆川给他发了信息。

穆川：薛池跟我说，你前两天让他调查你师母？

秦琛：嗯。

穆川：有问题？

秦琛：不确定。

穆川：我觉得应该不可能，倒是你那位二师弟可以查查。

秦琛：在查。

不论是面对面聊天还是发信息，秦琛话都很少。穆川觉得跟他发信息没劲，但是又没法给他打电话。他知道秦琛跟苏沫在一起，现在肯定不会接电话。

穆川：对了，我其实挺好奇，今天在比赛场上，你怎么不站出来帮苏沫？不心疼？哪怕是背后帮一把也行啊。也好过那丫头自己孤军奋战。

秦琛：她不是菟丝花。

她不需要依附男人生活。而他的存在，是为了让她有所依靠，而不是干预她的生活。

秦琛正跟穆川发着信息，一双白嫩的脚忽然出现在视线里，作乱似的在他怀里乱窜。秦琛见状，用大手一把握住。冰凉的脚找到了温暖，没再动。

苏沫这边完全是无意识的，她打游戏打得认真，脚太凉了，自动寻找温暖源。等到她打完一局，发现自己一双脚被秦琛攥着，心里微动。想到今晚发生的种种，她丢下手机靠过去："秦老板，长夜漫漫……"

秦琛眸色深深地看着她，喉结滚动。

被抱回卧室时，苏沫整个人都是蒙的。秦琛的自制力也太强了，不仅把她抱到了床上，还顺手用被子把她裹成了一只蝉蛹，只剩下脑袋露在外面，惹得苏沫直瞪他。

秦琛俯身吻她："听话，别闹。"

这一晚，苏沫睡得格外舒服，次日晨起时，整个人精神状态大好。吃过早餐，她跟秦琛打车前往机场。

在去机场的路上，她坐在车后排给蓝茜发了封邮件。邮件内容是洲豪酒店 327 套房门口蒋商和叶冉的所有互动视频，完整、清晰、无剪辑。邮件发出，她转手给蓝茜发了条信息。

苏沫：**真相自行判断，祝安好顺遂。**

蓝茜：**你下手可真狠。**

苏沫：**看在你的面子上留情了。**

不然，她还能让那对狗男女更惨。

苏沫收起手机，自然地靠着秦琛肩膀闭眼小憩。

老实说，蒋商说他跟叶冉没发生关系，她是信的。她跟蒋商认识八年，在一起七年，她太了解他的性子。他那个人向来懂得权衡利弊，倒不是说他不想和叶冉发生些什么，而是他怕叶冉缠上他。至于两人具体到了哪一步，不好说，她也懒得去想。

车子抵达机场，苏沫用手遮挡阳光，看着秦琛从出租车后备厢拎出行李箱。待他走过来，她亲昵地挽上他的手臂，带有几分讨好说："晚上你想吃麻辣小龙虾吗？”

秦琛低头看着她，挑眉：“想。”

苏沫笑眯眯地：“那糖醋排骨呢？”

秦琛：“嗯。”

苏沫厚着脸皮应承：“我就知道你想。”

苏沫没意识到，经此一遭，她跟秦琛的关系近了不是一点两点。

回到长乐县，是两个多小时后。秦琛去了店里，苏沫回了趟家，然后打车去了医院。这两天她跟秦琛都不在，医院这边请了护工。苏沫赶到时，护工正跟秦绿打听秦琛的事。护工瞧着也就是二十岁出头的年纪，话里话外都是对秦琛的爱慕。

“你哥结婚了吗？”

秦绿抿抿唇，因为跟对方不熟，所以表现得很拘束：“没有。”

护工一听，眉开眼笑：“那有女朋友吗？”

秦绿摇头：“也没有。”

护工笑容满面：“怎么没找呢？你哥看着也有三十岁了，这个年龄……”

站在病房门口已经听了大半天的苏沫接过话茬：“没钱，所以就没找。”

护工闻声一愣。

苏沫迈步走进病房，把手包随意放下，先是跟韩金梅打过招呼，又走到秦绿跟前摸了摸她的脑袋，随后笑吟吟地看向护工说：“小妹妹是有合适的姑娘要介绍给秦老板吗？”

护工尴尬一笑：“你是？”

苏沫娇笑着做自我介绍：“秦老板的邻居，我开的漆器店就在他的文身店隔壁。”说着很是亲和地拎了把椅子挨着护工坐下，神态自若地说，“秦老板人很好的，不仅长得帅，还热心肠，经常会帮我们几个邻居的忙，比如我，比如对面街便利店的老板娘，再比如隔壁街发廊的老板娘……”

好家伙，都是女的。

苏沫又说：“唯一的缺点，就是穷，太穷了，没车没房没存款，还有不少债……”

护工的表情变得有些不自然。

苏沫：“你刚刚打听秦老板，是不是有适龄的女孩想介绍给他？”

护工：“没、没有。”

苏沫流露出一丝惋惜：“是吗？”

护工：“我，我刚刚就是随口问问。”

苏沫佯装叹气，起身往韩金梅病床旁走，还想再说点什么，就看到秦琛正站在病房门口。她立刻低头，佯装抠指甲。

她没有心虚！她说的都是事实！她也是好心帮忙，怕秦绿为难！

相比于苏沫的欲盖弥彰，秦琛则格外淡定。

只见他阔步进门，自然地跟韩金梅打过招呼，又走到秦绿那边，打开床头柜的抽屉，将几张医院的缴费单放进去，随后跟护工说：“这段时间麻烦你了。”

护工刚刚在听说秦琛没钱的时候还恨不得跟他撇清关系，现在看到本人，意志力又开始不坚，面露羞赧，脸颊涨红：“没，没事，都是我应该做的。”

秦琛：“你算下这几天多少钱，我转给你。”

护工：“没，没多少。”

秦琛跟护工因为几天的护工费拉扯着，苏沫瞧了两眼，靠坐在韩金梅床边的椅子上玩起了游戏。她双腿交叠，真丝裙摆贴着纤细白皙的脚踝。只是随意坐着，那股子娇媚劲儿就从骨子里透出来。

韩金梅见她这样，挪动身子靠近她：“不高兴？”

苏沫干巴巴地说：“没有。”

韩金梅一脸不信：“我都看出来了。”

苏沫今天手气不行，开局就被淘汰。看着屏幕里骂骂咧咧的队友，苏沫也不管对方会不会举报自己，直接退出游戏，将手机扔在了病床上。迎上韩金梅意味深长的目光，苏沫双手托腮眨眼。

韩金梅："你跟小秦……"

苏沫："别爱我，没结果。"

韩金梅瞪她："那你刚才……"

苏沫："纯属热心市民帮忙。"

韩金梅用手戳了戳她的脑门，想说点什么，又碍于病房里还有其他人，最终什么都没说。

韩金梅和秦绿住院都有一段日子了。秦绿需要做手术，所以一时半会儿还不能出院。韩金梅的病情已经稳定，主治医生说随时都能办理出院手续。苏沫的意思，是想让她再住一段时间，毕竟年纪大了，免疫力差，以防万一。但韩金梅执意要出院，嘴上说着是阳台种的那些花花草草没人照顾，其实苏沫知道，她就是心疼钱。拗到最后，苏沫也没能拗过韩金梅，只能乖乖去办理出院。

手续是下午办的，秦琛和苏沫一起把韩金梅送回了家。进门后，苏沫瞧着房间里的灰开始犯愁，正准备掏出手机打电话找家政，就见秦琛已经先她一步出手。先是开窗通风，又拎了两把椅子让她和韩金梅坐着，然后开始打扫卫生。半小时不到，七十平方米的老房子变得窗明几净，就连阳台那几盆已经蔫得没了花形的盆栽都受到了照拂。

韩金梅看在眼里，心里是一百二十个满意，用手肘碰了碰苏沫："像小秦这么好的男人，去哪儿找？"

苏沫嘴犟："满大街都是。"

韩金梅："那你再找一个给我瞧瞧。"

苏沫轻哼，垂下眼眸。她这会儿心里正乱着呢。

刚刚在病房里发生的事，此刻想起来，她后知后觉地意识到，自己似乎有招秦琛桃花的嫌疑。摸着良心说，她真没有，她就是见秦绿局促，所以见义勇为。可这些落在其他人眼里，尤其是落在秦琛眼里，会不会以为她喜欢他？

晚饭是在韩金梅这里吃的，秦琛去买的菜，苏沫纠结了半天，给他转了三百块买菜钱。

秦琛：？

苏沫：AA。

秦琛又给她退回来二百。

苏沫：？

秦琛：我吃得多。

晚饭上桌，麻辣小龙虾、糖醋排骨，外加三道清淡素菜和一道白萝卜汤。很明显，重口的是给苏沫吃的，清淡的是照顾韩金梅的身体。

饭桌上，韩金梅跟秦琛聊天，笑得合不拢嘴。说起秦琛卖了现在住的房子，韩金梅也是满不在意："房子这种东西，有的住就行，你不是还有一套嘛。"

秦琛："是，还有一套，但是没装修。"

韩金梅："慢慢来，不着急。"

饭后，秦琛去洗碗，韩金梅看不下去，把苏沫也推进了厨房："你去洗。总不能让人家小秦一个客人什么都做。"

苏沫百般不情愿地走进厨房，她那双十指不沾阳春水的手还没触碰到洗菜池，就被秦琛用手臂挡住。他推开了她，而后沉声问："你不喜欢我，是不是因为我太穷？"

苏沫挑眉："嗯？"

秦琛眼眸低垂，眸底晦暗："确实，在跟蒋商那样优秀的男人谈过恋爱后，我这种的确没什么看头。"

秦琛嗓音沉沉，语气也足够平静，可搭配上他眼底那抹失落，立刻就变了味儿。苏沫瞧着他这副样子，不由得拧眉，脑子里忽然闪过她第一次跟他提蒋商时的情景。那会儿也是在韩金梅这里，他不卑不亢，无动于衷。现在……是因为对她动了心，所以才会有这种想法？

苏沫心里拧巴，唇角抿了又抿，最后倚着橱柜说了句：“别妄自菲薄，他那样的垃圾，跟他比，脏了你。”

“嗯。”

秦琛神色如常，但苏沫就是从他眼里看到了欢喜，心里不禁“啧”了一声。可真好哄。从韩金梅那里离开时，韩金梅把苏沫拉到角落，对她耳提面命，对秦琛这样的好男人一定要好好把握。

苏沫揶揄：“我记得您之前跟我说过千万别选择和穷男人结婚，贫贱夫妻百事哀。”韩金梅反驳：“我说的是穷得叮当响的那种。”

苏沫戏谑：“秦琛还不够穷得叮当响？”

韩金梅知道她是在胡搅蛮缠，拧了一把她的手臂：“不听老人言，吃亏在眼前。”

苏沫笑吟吟地道：“人家现在都说，不听老人言，开心好几年。”

从韩金梅家小区出来后，苏沫坐上秦琛的副驾驶位。她随口问起：“你今天不是说去店里吗？怎么突然又去医院了？”

早知道他也去医院，她就懒得打车了。

秦琛：“秦绿的医药费不够了，医院那边给我打电话催缴费用。”

苏沫：“哦。”

她本想说这种小事直接给她打电话就行，可话到嘴前，又噎了回去。算了，多一事不如少一事。

话题就此终结，接下来这一路，两人谁都没有再说话。苏沫靠着椅背看窗外的风景。这里不比大城市纸醉金迷，只有路灯昏黄，偶尔有几个店铺的招牌亮着灯，红红绿绿，瞧着不多么高端大气，但特接地气，空气里都是悠然自得的惬意。这大概就是小县城的好处，待着舒服。

苏沫正出神，手机忽然响了两声。她收回视线，从包里拿出手机，在看到屏幕上的信息后，唇角勾起一抹嘲弄。

阮卉：叶冉原本都被你那位师叔开除了，结果蒋商力保。

阮卉：我愿称两人为狗男女天花板。

苏沫：什么时候的事？

阮卉：就在两个小时前，消息还热乎着。

苏沫：呵。

阮卉：我身为一个局外人都替蓝茜不值，堂堂蓝家大小姐，蓝氏总裁，要什么样的男人没有？居然嫁给了蒋商这种渣男，啧啧啧。

苏沫：人各有命，富贵在天。

就像阮卉说的，像蓝茜这样的女人，想要什么样的男人没有？她之所以会嫁给蒋商，一是联姻，二是真心喜欢。这种婚姻，外人不好评论，更不好插手。

阮卉：对了，我还没跟你说，我已经入职了，待遇不错，职位没变，底薪和提成还翻了倍。

苏沫：恭喜。

阮卉：不过有一点，你那位四师兄好像脑子不太好使。

苏沫：大智若愚。

跟阮卉发完信息，车正好抵达小区。待秦琛停稳车，苏沫推门下车，走了两步，又折身回来。

秦琛还没下车，见她回来，沉声问："怎么了？"

苏沫没说话，目光落在副驾驶位上。果不其然，座椅加了椅套和坐垫。她刚刚在车上时没注意，下车后才后知后觉地意识到，今天这一路，坐在车上没有半点不舒服。

苏沫看向秦琛，红唇忽地勾笑。紧接着，她倾身探进车里，半跪在副驾驶座椅上，凑过去亲了亲他的薄唇，笑眯眯地说："秦琛，你这样的男人，如果我早遇到七年，肯定会动心。"说完，她又补了一句，"你很优秀，也很好，我不喜欢你，不是你的问题，也跟你的经济能力无关，是我个人的问题。"

秦琛哑声："就不能试试？"

苏沫俏皮地笑笑，姿态难得小意温柔："结婚恐怕不行，你要是不介意名分的话，我可以走心地陪你谈一段。”

苏沫以为秦琛肯定会答应，没想到他往后一退，一句话没说，推门下了车。

晚上回到家，苏沫跟阮卉打视频电话的时候随口提了一嘴这件事。

阮卉震惊之余戏谑道：“别说，这位大哥还挺有原则。”

苏沫哼哼直笑。要她说，就是脑子一根筋。

阮卉敷着绿豆泥面膜，在灯光的照射下，整张脸绿得人发慌。

苏沫忍不住拧眉：“你能不能敷点正常的面膜？”

阮卉：“这难道不正常？绿豆泥去痘印的。”

苏沫说：“你有痘印吗？”

两人认识这么多年，她怎么没发现她有痘印？

两人调侃过后，阮卉给苏沫透露了一个消息：“对了，我今天还听说了一件事。”

苏沫：“说。”

阮卉道：“你那位前二师兄，这两天跟叶冉私下接触非常频繁。”

苏沫皱眉：“嗯？”

阮卉说：“你说赵师傅的死会不会……”

苏沫呼吸一窒，没吭声。当初傅进被逐出师门时确实心有不甘，也曾几度放过狠话说一定会让赵诓后悔。可是……

苏沫调整情绪：“先别声张。”

阮卉承应：“放心，我懂，无凭无据的，我现在声张不就打草惊蛇了？”

另一边，秦琛站在楼道里，查看穆川的信息。

穆川：我那个名字你昨天文半截就走人了，什么时候给我文完？

秦琛：我已经回长乐县了。

穆川：？

秦琛：等给你文关二爷的时候一起文。

穆川：?

穆川：老秦，你还算个人?

这个名字是他求爷爷告奶奶，最后用自己的生命做赌注，答应了文关二爷才求来的，最后就这?

秦琛再也没给穆川回信息。过了一会儿，他正要往回走，另一部手机忽然一阵振动。他掏出手机睨向手机屏幕，在看到上面的信息后，眉峰蹙了蹙。是“相亲相爱一家人”的群消息。

苏沫：求问，名分对你们男人真的很重要?

这次不需要苏沫发红包，褚行和陆沧闪现。

陆沧：展开说说。

褚行：讲讲细节。

苏沫：你们俩这次怎么这么积极?

事出反常必有妖。

褚行：不想再用金钱衡量我们之间的师兄妹情分。

陆沧：同门师兄妹，理应守望相助。

苏沫：我一个朋友，看清楚！是我一个朋友，不是我！

褚行：懂。

陆沧：明白。

苏沫：就是我一个朋友吧，她跟一个男人是那种关系，就是成年男女不用负责但是很亲密的那种关系，她现在提出想跟那个男人再进一步，但是不想负责，对方拒绝了，这个怎么解?

褚行：小师妹。

苏沫：嗯。

陆沧：你挺渣啊。

苏沫：?

眼看三人越聊越起劲，秦琛往身后墙壁上一靠，骨节分明的手指敲出一句话，按下发送。

大师兄：这么晚了，你们三个还没休息？

顿时，群里安静非常。

见群里没了动静，秦琛退出群聊界面，单独给苏沫发了条私信。

大师兄：既然不想负责，为什么还想更进一步？

收到这条信息时，苏沫刚退出微信。瞧见信息，她愣了几秒，点进去缓缓打了个问号。虽说是同门师兄妹，但苏沫自觉跟这位大师兄的关系还没好到可以询问这种话题的份上。

大师兄：好奇。

苏沫：哦。

关她什么事？他一句“好奇”，她就得解释？当她是浏览器吗？

秦琛这边半天就收到一个“哦”，捏了捏手机，没再发信息。

成年人之间的默契定律，不回应，就是答案。

彼时，陆沧给褚行发着信息。

陆沧：三师兄，你说有没有一种可能，小师妹说的那个男人就是大师兄？

褚行：自信点。

陆沧：把“你说有没有一种可能”去掉？

褚行：我什么都没说。

陆沧：？

两人正聊得热火朝天，突然被拉进了一个群。看到群主，两人齐齐沉默。

秦琛：你们俩对我跟苏沫的事很好奇？

陆沧：一般……

秦琛：一般？

褚行：大师兄，我不好奇。

秦琛：陆沧好奇什么？说出来我给你解惑。

陆沧：大师兄，我跟你开玩笑呢，我其实一点都不好奇。

秦琛：嗯。

陆沧：……

褚行：……

什么叫一个宿舍四个人八个群？现在算是有了具象化理解。

几分钟后，秦琛回到房间。苏沫在主卧，听到动静，撇了撇嘴。她有时候觉得秦琛这个人真的挺没劲的，条条框框太多，不知道哪句话、哪个行为会踩到他的底线。

苏沫放下手机，翻了个身准备睡觉。半天过去，她睡不着，只能睁开眼看着天花板。难道真是她太渣了？

苏沫正思忖着，卧室门忽然被从外敲响，紧接着，卧室门被推开，秦琛站在门口哑声说："你刚刚说的，我答应。"

苏沫的脑子正乱着呢，闻言，一时间没反应过来："嗯？"

秦琛："你不是说，不结婚，但是走心吗？我答应。"

苏沫一愣，反应过来后，眼底刻着明晃晃的得意："好呀。"

苏沫话落，秦琛"嗯"了一声，关门退了出去。

看着紧闭的房门，苏沫刚刚的忧虑瞬间烟消云散，翻了身，睡得安稳。

第 9 章

合作

次日，苏沫起床时，秦琛已经做好了早餐。

她往餐桌上扫了一眼，眼睛顿时就亮了，有她最喜欢吃的红豆派，还有奶黄包。重点是，都是家里做的，纯手工。

苏沫心情大好，去洗手间洗漱出来后，走到正在厨房盛粥的秦琛跟前，揶揄着开口：“秦老板，你这么贤惠，你店里的那些徒弟知道吗？”

秦琛嗓音沉沉：“你知道就行。”

苏沫脸上的笑意加深，不置可否。

饭后，苏沫化了个简单的妆，蹭秦琛的车去了店里。还是老规矩，在距离两人小店几米之外的地方停下，她自己走过去。她刚下车，身后就传来一阵颇为幽怨的声音：“苏沫姐……”

这句“苏沫姐”喊得十分空灵，苏沫闻声，脚下步子一顿，头皮发麻。不等苏沫回头，双琪已经骑着电动自行车驶到了她面前。两人四目相对，双琪眼里的怨气显而易见。双琪气鼓鼓地咬着下唇：“什么时候的事？”

苏沫拨弄着手里的包，在想到底是继续瞒着这姑娘，还是实话实说。最后，她决定还是说实话。没办法，对于自己人，她是真做不到撒谎时面不改色。之前双琪没发现就算了，她也没打算跟秦琛长久发展，可现在她跟秦琛总这么黏黏糊糊的，摊牌是迟早的事。

苏沫挑动红唇："两个月了吧。"

双琪闻言，气得眼眶都红了。

苏沫有心宽慰她几句，但一时间又不知道该说点什么。

这种事，没法解释，解释只会越描越黑。再加上双琪跟秦琛压根儿也没什么不清不楚的纠葛，她现在要是说点什么，反倒适得其反。

两人就这么僵持着站了会儿，双琪愠怒中掉转车头，加大马力，一溜烟没了踪影。得，她的好员工没了。果然，男色误人。说实话，苏沫还挺喜欢双琪那丫头的。多可爱啊，天真无邪，没什么心眼子。

几分钟后，她走进店里，放下手包，第一时间就给秦琛发了条微信。

苏沫：秦老板，我又掐了你一朵桃花。

秦琛：?

苏沫：双琪知道我们俩的事了。

秦琛：知道了。

苏沫：会不会坏了你在长乐县的口碑?

秦琛：不会。

这个狗男人，还真是时时刻刻惜字如金。跟秦琛发完信息，苏沫进了工作室工作，店里没人，只能把卷帘放下来一半。

蓝茜定制的首饰盒目前已经到了"披麻挂灰"这一步，她其实很想问问蓝茜这东西还要不要，毕竟五百万也不是什么小数目。但转念一想，以她的身份，问这句话不合适，免不了有看人笑话的嫌疑。

苏沫埋头工作，从工作室出来时下午已经过半。她没吃午饭，这会儿有点低血糖，就从随身携带的包里翻出一块糖塞进嘴里。缓了缓，她拿起随手扔在收银台上的手机。纪玲在一个小时前给她发了两条信息。

纪玲：沫沫，下周你有时间回一趟蓉城吗?

纪玲：你师父的事情有眉目了。

苏沫一颗心倏地收紧，指尖滑开屏幕，直接给她拨了一通电话过去。

电话接通，纪玲声音哽咽：“沫沫。”

苏沫深吸一口气：“师母，我刚刚在工作室，你那边查到什么了？”

纪玲：“沫沫，我不知道查到的到底是不是真的，我……”

纪玲一阵抽噎，余下的话似乎是说不出口。

苏沫拧眉：“师母。”

纪玲带着哭腔说：“调查的人查到跟你二师兄有关。”

半晌，苏沫开口：“确定吗？”

纪玲：“我不知道，我根本不敢相信这是真的。你们师兄妹几个都是你师父一手栽培出来的，说你们几个就是我们的儿女也不为过，傅进他怎么可能会害死你师父……”纪玲说到最后，泣不成声。

苏沫听在耳里，一颗心像是被一双无形的手狠狠攥着，生疼。

他们师兄妹几个，没一个家境好的。从拜入赵诓门下开始，他们吃在赵诓那儿，住在赵诓那儿，赵诓待他们更是视如己出。还有纪玲，虽然平时对他们严厉了些，但也从没苛待过他们半分。赵诓是男人，难免粗枝大叶了些，吃穿用度一直都是她在帮忙张罗。所以对于赵诓和纪玲，苏沫的感情不是一般的深。

听到纪玲一直在哭，苏沫抿了抿唇，轻呼出一口气，柔声安慰：“师母，你精神压力太大了，这件事我来调查，你先休息一段时间。”

纪玲：“沫沫，我……”

苏沫：“师母，有我呢，你别担心。”

挂断电话，苏沫脸色沉沉，思忖片刻，拿起手机翻找出她那位大师兄的微信拨了通语音电话过去。铃声响起，对方一秒挂断。看着被挂断的语音电话，苏沫一脸蒙。不等她问，对方发了条信息过来。

大师兄：说事。

这么高冷？苏沫没有任何铺垫，直接切入主题。

苏沫：大师兄对师父的死怎么看？

大师兄：**你回长乐县是为了调查师父的事？**

苏沫：**是。**

对于她这位大师兄，她始终心存疑虑。主要是这个人太神秘了，让她短时间内没办法分辨是敌是友。

按理来说，同门师兄妹之间哪怕不亲近也不该有这种顾虑，可问题是，在他身上有太多不正常的地方。被迫关店，离奇去世，赵讴遭遇人生中两大难关时，他全不在场，这实在不符合一个大弟子该有的表现。

大师兄：**收手，你别管。**

苏沫：？

大师兄：**你道行太浅。**

苏沫：？？

她道行浅？意思就是他道行深呗。

苏沫再发，信息却石沉大海。看着聊天对话框，苏沫嘲弄轻笑，她活这么大，就没见过说话这么毒舌又狂妄的人。

苏沫退出微信，转而拨通了阮卉的电话。待阮卉接起，苏沫说："最近你帮我盯紧傅进和叶冉。"

阮卉一秒会意："傅进确实有问题？"

苏沫拧眉："不确定，所以让你帮我盯着。"

苏沫没透露太多，跟阮卉聊了几句，挂断电话后，胸口始终憋了一口气。一年了，幕后黑手到底是谁？是谁有这么大的能耐只手遮天？

苏沫正皱眉想着，放下半截的卷帘门突然升起。苏沫抬眼，见双琪耷拉着一张脸从外走了进来。这丫头不是生气走了吗？怎么又回来了？

双琪不仅回来了，手里还拎了一份午饭，咖喱牛肉盖饭。

看着双琪拍在她眼跟前的盖饭，苏沫挑眉："给我的？"

双琪板着脸说："除了你还有谁？"

苏沫坐在高脚椅上，双腿交叠，倾身往前，眉眼弯弯："谢谢你呀，琪琪。"

双琪："你别跟我来这套。"

苏沫眨眼："世上男人千千万，你何必在秦琛那一棵树上吊死？"

看着苏沫那张勾人的脸，双琪气不起来，但还是气："既然你觉得他一般，那你为什么还要吊死在他那棵树上？"

苏沫戏谑："我什么时候说我要吊死在秦琛那棵树上了？"

双琪："你们俩不是在一起了吗？"

苏沫红唇勾笑，没心没肺："各取所需而已。"

秦琛在双琪心里的形象可谓一秒破碎。

苏沫拿过筷子吃饭，见她脸色难看，揶揄地问："还喜欢吗？"

双琪眼露鄙夷，虽然没说话，但神情表达了一切。

双琪已经知道了真相，苏沫也就懒得多走那一段路，临下班前给秦琛发了条信息，让他直接在门口等她。

苏沫和双琪一起关店离开。和秦琛擦肩而过时，双琪脚下步子一顿，痛心疾首又满是嫌弃地看向秦琛："真是没想到，你居然是这种人。"

秦琛闻言，眉峰微蹙，却没停步。

双琪去骑自己的电动车，嘴里依旧碎碎叨叨："还以为你是多有内涵的一个人呢，没想到也跟其他男人一样肤浅。"

秦琛听在耳朵里，神情淡定，掏出车钥匙开门，顺手接过苏沫手里的包。三人距离不过一米，那些话秦琛能听到，苏沫自然也能听到的。苏沫抿唇，心里划过一抹异样，莫名堵得慌，有种说不出的不舒服。秦琛这算不算被她害了？回去的路上，两人一句话没说。

苏沫低着头玩手机，过了一会儿，她偏着脑袋看向秦琛，想了想，懒懒散散地问："你昨晚最开始不是不同意的吗？后来怎么又同意了？"

面对苏沫的发问，秦琛没立即回话。过了约莫半分钟，他握着方向盘的手紧了紧，嗓音暗哑地说："有选择吗？"

苏沫被问得一噎。

秦琛又道："如果我不同意，你今天大概连看都不会再多看我一眼。"

苏沫舌尖抵着贝齿，没接话。

难怪，原来是怕她以后再也不搭理他。啧，可怜得要命。

苏沫嘴上虽然没说什么，但心里或多或少觉得有些亏欠。半晌，苏沫语气无奈又撩拨地开口：“秦老板，怎么办？跟我在一起你好像很吃亏，你要不要后悔？还来得及。”

苏沫整个人娇滴滴的，说的话却挖坑意图明显。见驾驶位的男人不说话，纤细的手指在他的下巴上作乱。眼看男人眸色渐暗，娇俏地笑。下一秒，她作乱的手被摁住。

“别闹。”秦琛嗓音肃冷，脸色好不到哪里去。

苏沫仍旧不安生，指尖挠着他的掌心，看出他想闪躲，又将他的手带到唇边。

眼看暧昧横生，气氛愈演愈烈，秦琛打转方向盘，把车倏地停在了路边。灼热的吻来势汹汹，秦琛攻城略地，直把怀里的人吻得动了情方才松开几许，额头抵着她的额头，哑声说：“苏沫。”

苏沫回应：“嗯？”

秦琛：“能不能对我好点？”

苏沫轻笑：“怎么好？”

秦琛：“我知道你瞧不上我，也知道我们俩没有可能，就在这段有限的时间内，你能不能稍微对我好一点？像对待……真正的男朋友那样。”

苏沫闻言，一颗心倏地收紧。

两人认识两月有余，在秦琛身上，她真挑不出什么毛病。如果他们不是在她感情受挫时相遇，外加她还有一堆烂摊子需要处理，或许她早已被打动。可惜，这个世界上什么都有，就是没有如果。

秦琛话落，苏沫抿了抿唇，没立即回话，半晌，神情难得认真：“好。”说罢，又揶揄了句，“秦琛，你跟我玩这么大，以后分开的时候没办法抽身怎么办？”

秦琛再次吻上去，沉声说：“是我自找的，真有那天，算我活该。”

男女之间，其实就是这么一回事。苏沫心里有数，她对秦琛是有好感的。她今年是三十岁，又不是十三岁，又打小被生活磨砺，早已习惯认清现实，从不当鸵鸟。这层窗户纸被挑开，两人的相处反倒是轻松起来。晚上回到家，秦琛做饭，苏沫跟阮卉视频。苏沫坐在客厅沙发上，双腿交叠，脚踝上的铃铛随着脚尖颤动发出阵阵脆响。

阮卉："惊天大瓜。"

苏沫："直接说重点。"

阮卉说："傅进在追求叶冉。"

苏沫挑眉："嗯？"

阮卉"啧啧"两声："是不是很震惊？"

苏沫水眸含笑："展开说说。"

阮卉："具体情况我也不清楚，但傅进在追求叶冉这点是可以确定的，而且追得相当高调。就在今天下午，在你前公司门口，傅进直接送了九百九十九朵玫瑰花。"

苏沫表情玩味："是吗？"

阮卉道："你要不信，我这儿有图有真相。"

苏沫拒绝："不用，怕辣眼睛。"

傅进追求叶冉，这件事不是一般反常。以苏沫对傅进的了解，叶冉压根儿就不是他喜欢的类型。事出反常必有妖。傅进是个唯利是图、为达目的不择手段的人，他明明不喜欢叶冉，却突然追求，唯一一种可能，就是叶冉身上有他想得到的东西。会是什么？

苏沫陷入思考，视频那头的阮卉忽然情绪激动地在视频里手舞足蹈。

苏沫轻挑眼尾："怎么？"

阮卉："秦老板也在家？"

苏沫顺着阮卉的视线往后看，见秦琛正好进了洗手间，转头大方回应："这么晚了，他不在家在哪儿？"

阮卉笑得贱兮兮的："家？他？

苏沫似笑非笑："你想说什么？"

阮卉把声音压低："你跟我说实话，你对秦老板真没动心？"

苏沫往后一靠，神情不辨真假，慵懒回复："对人没有。"

阮卉："且听下文？"

苏沫承认得大大方方："对身体倒是有点。"

阮卉在视频那头"啧啧"两声："你这么说，就不怕秦老板生气？"

苏沫："你觉得他会不知道？"

听到苏沫的话，阮卉往后一退，把手机摆放好后，双手抱拳朝她敬佩一拜："沫姐，打今儿起，你就是我唯一的姐。"

几分钟后，苏沫跟阮卉挂断电话，恰好秦琛从洗手间出来。苏沫回头，单手撑在沙发靠背上，下颌抵着手臂，撒娇道："都听到了？"

秦琛朝她看过来，眸色又暗又沉："嗯。"

苏沫红唇勾笑："会生气吗？"

秦琛："不会。"

苏沫唇角笑意加深，冲秦琛钩钩手指。待人走过来，她双手攀上他的脖子，在他唇角落下一吻："秦琛，你知道我最喜欢你哪点吗？"

秦琛："够听话。"

苏沫："识时务。"

最近这段时间，苏沫因为生理期的到来，身子一直不太舒服。吃过晚饭，她早早回了卧室休息，睡前还打了把游戏，手气超好。

另一边，秦琛站在窗前跟穆川打电话。

穆川的语气很是严肃："什么时候回来？"

秦琛："确定了傅进有问题？"

穆川："薛池调查的，还能有错？"

薛池，上次给秦琛送车的男人。别看这人只有二十出头，却是个有能耐的，自己名下有一家私家侦探所，还有一家修理厂，专门改装和修理豪车。

秦琛陷入短暂沉默。

穆川心里有数："舍不得苏沫？"

秦琛没吭声，算是默认。

穆川道："要我说，你直接跟她表明身份得了。暗恋了十二年，默默为她鞍前马后，我就不信她会铁石心肠，半点无动于衷。"

秦琛淡声："你想道德绑架？"

穆川轻嗤："道德绑架怎么了？凡事要看结果，为什么非得注重过程？"

秦琛道："小时候你老师难道没教过你过程很重要？"

兄弟俩互撑几句，穆川言归正传："我觉得你还是早点回来吧。你人在长乐，这边很多事调查起来不顺手，虽然我跟薛池能帮你，但你们那个圈子水太深，我们这种外人，根本插不进去手。"

秦琛嗓音沉沉："嗯。"

苏沫这一觉，直接睡到了中午。她睡得正好，扔在身侧的手机铃声大作，把她从梦中惊醒。她伸手摸过手机按下接听键，电话那头传来双琪刻意压低的愠怒声："那个人又来了。"

苏沫迷迷糊糊地问："谁？"

双琪："就上次找你那个男人。"

苏沫："哪个？"真不怪她，这段时间来找她的男人是真不少。有蒋商，有傅进，还有冒充了她两天半男友的李奥。

双琪："头发是三七分，特像坏人的那个。"

苏沫恍然大悟。哦，是傅进。

苏沫翻了个身，懒得应付："让他走。"

双琪小声嘟囔："我赶了，他死皮赖脸地不走。"

苏沫叹了口气："等着！"

苏沫最烦的就是给脸不要脸的人，这种人最擅长把别人的礼貌当作他得寸进尺的资本。几分钟后，苏沫起床简单洗了把脸，又化了个淡妆，挑了件黑色长裙，头发随意用发夹束起，踩着高跟鞋出了门。

打车到店里，她刚进店门，就看到了打扮得西装革履、油头粉面的傅进。不得不说，短短几天不见，傅进不知道是不是吃了什么激素，人跟吹气球似的鼓了一圈。

见到苏沫，傅进从椅子上起身："沫沫。"

上次苏沫对他还是皮笑肉不笑的，这次直接面无表情："哪股子作死的风又把你吹来了？"

傅进："沫沫，我想跟你谈个合作。"

苏沫："我有厌蠢症，跟你谈不了合作。"说着，苏沫走到收银台前把手包放下，拿起一旁的水杯抿了口水润润嗓子。

傅进也不恼，笑了笑，掏出一张支票放到收银台上，推到她面前。

苏沫垂眸，扫了眼上面的金额，随即挑眉："一千万？"

傅进："如果你觉得少，我们可以再谈。"

苏沫："最多能给我多少？"

傅进以为有门，眉开眼笑地说："小师妹，你开个价，只要你能开得起，我就能给得起。"

苏沫嘲弄："傅进，你抢银行了？"

他们几个人，谁不知道谁那点家底？即便这几年一个个都出人头地，但除非背后有人给撑着，不然就他们自己那仨瓜俩枣，实现自己的财富自由还行，帮别人实现财富自由，那是痴人说梦。

面对苏沫的发问，傅进没接话，看了一眼坐在落地窗前玩手机的双琪，转头看向苏沫，声音压得极低，说："沫沫，你别跟师父一样迂腐，好的东西，就是应该走向世界，让大家都看到，不应该拘泥于一方天地。"

苏沫脸上的笑意加深。傅进以为苏沫是妥协了，张张嘴还想再说点什么，衣领忽然被苏沫一把扯住。傅进微愣，苏沫倏地靠近他，质问道："傅进，师父的死跟你有关吗？"

苏沫问得直接，傅进猝不及防，愣然数秒，眼神一阵闪烁，随后一把推开苏沫："你在胡说八道什么？我怎么会害死师父？"

苏沫看着他，下一秒，转怒为笑："这我就放心了。"

傅进："嗯？"

苏沫垂眸，拿起放在收银台上的支票，捏在指尖晃了晃，翻脸比翻书快："合作，我同意了。"

傅进看着她，一时间没反应过来。

见他呆愣着，苏沫笑眯眯的："怎么？后悔了？"说罢，大方地将手里的支票递还回去，"强扭的瓜不甜。"

如果苏沫这会儿非得合作，那傅进大概会大大提防。但她这个反应，看上去似乎觉得这次合作可有可无，反倒让傅进放松了警惕。

苏沫原本就是这样一个人，从他认识她开始，她似乎一直都是懒懒散散的，凡事都不上心。但出奇地怪，她的专业能力却很强。当初赵诓还在世的时候曾说过，苏沫这种人，属于老天爷赏饭吃。

各种想法在傅进脑子里高速运转，待他把自己说服了，他便朝苏沫笑笑，将支票推回："小师妹，你这是什么话？我如果不想跟你合作，何必大老远从蓉城跑到长乐？"

苏沫轻笑："万一你是吃饱了撑的呢？"

傅进也不生气，跟苏沫靠近了些，皱着眉问："你刚刚说害死师父是什么意思？师父不是过敏致死吗？"

苏沫："逗逗你而已。"

傅进不是傻子，自然分辨得清苏沫到底是在逗他还是在试探他，不过苏沫不想说，他也不追问。好不容易谈成的合作，可不能因为这点小事闹掰了。傅进笑笑，话锋一转，把话题扯回到了合作的事情上："小师妹，这次合作，我保证你赚得盆满钵满。"

苏沫看着他："最好真如你所说。"

傅进："我什么时候骗过你？"

苏沫要笑不笑的，没有回应。

几分钟后，傅进从苏沫的店里出来，往隔壁文身店瞥了两眼，然后快走几步钻进车里。上车后，他抬手扯了扯自己的领带，长松了一口气：“开车。”

司机：“是，傅总监。”

等车开出一段距离后，傅进掏出手机拨了一通电话出去。电话接通后，傅进沉声开口：“谈妥了。”

电话那头的人有些不可置信：“苏沫答应了？”

傅进轻蔑一笑：“谁会跟钱过不去？”

对方：“你确定她是真心合作，不是想捣乱？”

傅进胸有成竹：“不会。我跟你说，你不了解我这个小师妹，你别看她跟我师父关系好像很好的样子，但她这个人最不管事，一天到晚懒懒散散的，不着调。”

对方将信将疑：“你确定就好。”

傅进：“即便她有二心，有我在你怕什么？她掀不起什么风浪。”

对方：“从她收拾叶冉的手段来看，她可不像你说的是个花瓶。”

傅进道：“那是叶冉没脑子。”说罢，傅进脸上浮现出一抹不耐烦，不想再听对方给他泼冷水，主动岔开话题，“对了，我觉得秦琛好像没跟苏沫说自己的身份。”

对方：“哦？”

傅进说：“如果苏沫知道秦琛就是大师兄，她不可能只字不提，可从她刚刚的反应来看，她分明压根儿就不知道在她隔壁开文身店的秦琛的真实身份。”

听到傅进的话，对方沉默了片刻，说：“苏沫不知道秦琛的真实身份，可是监视他们俩的人反馈的消息说，两人这段日子一直同进同出……”对方说着说着，忽然意识到什么，嗤笑一声，“有点意思。”

傅进还没反应过来：“怎么了？”

电话那头的人玩味地道：“你之前不是说过，从苏沫拜入赵讵门下后，秦琛就再也没出现过？”

傅进接话：“是。赵诓说秦琛在闭关，再后来，他就一直被赵诓安排出去参加各种比赛……”

对方：“真是千古不变的定律啊，英雄难过美人关。”

傅进反应过来：“你是说……”傅进欲言又止，随即大笑，“原来是这样，哈哈哈，看来秦琛也不过如此嘛……”

傅进走后，苏沫把那张巨额支票随手扔在收银台上，指尖抵在支票上轻轻点了点，唇角勾起一抹冷笑。蠢货，这么多年都没长进。

在心里骂完了人，苏沫感觉饥肠辘辘，拿起手机打开微信给秦琛发了条信息。

苏沫：忙吗？

秦琛：怎么了？

苏沫：饿。

这段时间，苏沫的嘴是彻底被秦琛养刁了，长乐县那些小饭馆的外卖根本入不了她的口。如果是在昨天之前，苏沫是万万不能给秦琛发这样的信息的。但今时不同往日。秦琛不是说让她以对待男朋友的方式对待他吗？她饿了，想让男朋友做饭给她吃，很正常吧？

秦琛：想吃我做的？

苏沫：嗯哼。

秦琛：好。

几分钟后，苏沫瞧见隔壁秦琛开车出了门，等他再回来时，手里拎了不少菜。苏沫瞧着，眼里荡起笑意。秦琛这个男人，除了穷点，其他方面真挑不出半点毛病。

苏沫正盯着秦琛看，坐在角落里的双琪悠悠开口，语气里满是不可置信：“你们俩确定不是在谈恋爱？”

苏沫收回视线：“你哪只眼看出我们俩是在谈恋爱？”

双琪用手指指自己的两只眼："我两只眼都看到了。"

苏沫："那是你眼神不行。"

双琪："哼！"

中午，苏沫带着双琪去隔壁蹭饭。双琪扭扭捏捏的，不太想去，最后是被苏沫硬拽过去的。进门后，闻到饭香，双琪一秒变脸。吃货的人生就是这样，没有什么是一顿饭搞不定的，如果有，那就两顿。文身店的年轻小伙在看到苏沫的时候很是惊喜，只有邱正，喜忧参半。

都是二三十岁的人，所以聊起来没有拘束。

有人趁机问苏沫："老板娘，你有没有男朋友？"

苏沫靠在沙发里，双腿交叠，眉眼含笑："你猜。"

苏沫笑吟吟的，看人的时候一双眸子柔情似水，小男孩被她逗得脸红，不好意思地挠了挠后脑勺："不知道，应该是有，但没见过你男朋友……"

不等男孩说完，厨房里的秦琛开口："苏沫，过来一下。"

苏沫红唇勾笑："好。"说罢起身去往厨房。

苏沫一走，这群半大男人把话头对准了双琪。

他们跟苏沫不熟，加上她长得过分漂亮，总觉得有距离感，因此也不敢问太多。但他们跟双琪熟啊。之前双琪追秦琛的时候，那叫一个火热，不能说感天动地吧，也差不离了。不仅送早餐、送午餐、送晚餐，而且刮风送大衣，下雨送雨伞。所以他们跟双琪，是熟得不能再熟了。

"双琪，老板娘有男朋友吗？"

双琪耷拉着一张脸："没有。"

"怎么可能没有？老板娘长得那么漂亮，没人追吗？"

"如果没人追，那我可就追了。"

双琪皮笑肉不笑："那你可以试试。"只要你敢试，某人就能扒你一层皮。

另一边，苏沫走进厨房后，被辣椒味呛得皱了皱眉。她喜欢吃辣，但不喜欢闻做饭过程中的油烟味儿。

瞧见她的反应，秦琛把抽油烟机的档位调大些，沉声开口："那群臭小子问你什么？"苏沫走到秦琛跟前，道："问我有没有男朋友。"

秦琛道："你怎么说的？"

苏沫："我当然说没有。"说完，瞧见秦琛绷紧的侧脸，她懒懒地笑，不动声色地撩拨，"秦老板，我是为了你好，如果让他们知道你在我这儿没名没分的，你以后在他们面前还怎么立威？"

秦琛喉结滚动，嗓音冷漠："我不需要立威。"

苏沫轻笑，微仰着头，柔软的手搂住他的侧腰："不需要立威，只想要我，是吗？"

秦琛攥紧了拿着炒菜勺的手，面上却是八风不动："中午有鱼。"

苏沫："一半一半。"

秦琛："嗯。"

苏沫没在厨房多待，一方面是嫌呛，一方面是在这个地方不好，太显眼。她迟早是要离开长乐县的，可秦琛不一样，他未来可能会一直生活在这个地方。私下闹闹怎么荒唐都无所谓，真要传出点什么绯闻，凭他现在这个条件，怕是不好娶老婆。

想到秦琛以后会娶老婆，苏沫心里莫名发堵。

中午这顿饭吃得宾主尽欢，饭后，秦琛走进厨房拿出一份打包好的蛋糕递给苏沫。苏沫大方接过，倏地一笑："谢谢秦老板。"

秦琛面无表情："不谢。"

苏沫："待会儿把午饭钱和蛋糕钱转你。"

秦琛嗓音肃冷："嗯。"

苏沫翘着指尖拎着蛋糕："秦老板，我有个不情之请，不知道可不可以。"

秦琛淡声："你说。"

苏沫狡黠地笑："我跟双琪交生活费，以后中午都来你这边蹭饭可以吗？”

秦琛垂眸盯着她，看懂了她故意当着这么多人的面说这些的小心思：“可以。”

苏沫：“谢谢。”

苏沫拎着蛋糕和双琪回到漆器店。

双琪吃得太撑，拎了把椅子坐在落地窗前晒太阳，边晒边感慨：“我认识秦琛也挺久了，说实话，就没见过他像今天中午这样过。”

苏沫靠在一旁的躺椅里小口吃着蛋糕：“怎么了？”

双琪咬牙切齿：“太卑微了！”

苏沫咯咯地笑：“哦。”

双琪：“不过，我也有点同情他。”

苏沫：“为什么？”

双琪侧头看向苏沫：“秦琛长得那么好看，对你又那么好，你就真的一点都不动心吗？”

苏沫：“对我好，又长得好看，我就必须动心？”

一时间，双琪被反问得有些无话可说。苏沫长得漂亮，又会赚钱，想想也知道，她身边必然是不缺长得好又对她好的男人。

双琪叹了口气，没再说话。

彼时，隔壁文身店里，邱正站在秦琛面前欲言又止。

秦琛翻看着桌上的图纸，冷声道：“说。”

邱正闷声道：“琛哥，你跟隔壁老板娘还没断呢？”

秦琛：“你想说什么？”

邱正抿抿唇，咬了咬牙硬着头皮开口：“琛哥，你这样不好，我知道隔壁老板娘是很漂亮，是个男人就会动心，但人家跟咱们压根儿就不是一个世界的人。你不知道，今天上午还有一个开豪车的男人来找她了呢，你说这样的女人……”说着，邱正顿了顿，见秦琛脸上没有任何情绪，横了横心，深吸一口气，继续说，“这样的女人，根本不可能一直留在长乐，她就是把你当个无聊时的消遣……”

秦琛：“出去。”

邱正：“琛哥……”

秦琛抬头，目光凌厉：“别让我说第二遍！”

邱正向来怕他，被他这么一看，一激灵，转头一溜烟消失在了门口。

待邱正离开，秦琛脸色沉了沉，靠在桌边掏出手机点开了文身店门口的监控。时间往后退，他在视频里看到了畏首畏尾的傅进。

秦琛狭长的眸子眯起，里面全是寒意。过了片刻，秦琛退出视频拨了一通电话出去。电话接起，电话那头响起傅进的声音。只是，傅进的语气没了上次的唯诺惧意，反而中气十足，还带有几分嘲弄：“五哥，稀客啊，今天怎么想起来给我打电话？”

听到傅进拿乔的话，秦琛猜到了什么，冷笑道：“你现在在哪儿呢？”

这要是换作往常，傅进估计早被吓到腿软了，但现在，他自认为是拿捏着了秦琛的秘密，极轻地笑了一声，不以为然地说：“在公司，五哥有事？”

“等着。”撂下两个字，秦琛直接挂了电话，下楼出门。

前往机场的路上，秦琛拨出一通电话：“派几个人去一品阁。”

对方：“行。”

秦琛抵达一品阁时，已经是三个小时后。他扫了眼已经在门口等候多时的十个保镖，多余的话一句没说，直接带人冲了进去。

站在门口的两个保安早注意到了这十个保镖，原本还以为是哪个大人物出行，谁曾想，居然是冲一品阁来的，当即傻了眼。想螳臂当车，奈何压根儿挡不住。公司的保安都是花架子，秦琛带的十个保镖却是实打实的练家子。别说他们两个，就算把一品阁所有的保安都喊出来，恐怕也不是这十个保镖的对手。

秦琛带着人乘电梯直达傅进的办公室。他推门而入时，傅进正人五人六地给下面的人安排工作。看到秦琛，傅进瞬间瞳孔紧缩，一脸惧意。

给他汇报工作的人知道来者不善，见状心领神会，低声开口说：“傅总监，您看，要不我待会儿再来做汇报？”

“出去。”傅进呵斥，话像是从牙缝里挤出来的。他坐在椅子上，全身紧绷，完全是肌肉记忆形成的恐惧。

汇报工作的人闻言，忙不迭地收拾文件离开。临走时，还不忘朝秦琛挤出一个笑脸。待办公室里只剩下两人和十个保镖，傅进放在办公桌上的手攥紧，半晌，压着心底的怒意和惧意佯装淡定地开口：“五哥……”

秦琛直接打断他的话，一声令下：“动手。”

傅进见状，倏地起身，想阻拦，可这双腿就像是生了根，挪不动半步。听着办公室里噼里啪啦被砸的声音，瞧见窗外下属好奇的神情，傅进攥紧了身侧的手，好像自己回到了十多年前。

那会儿也是如此。明明两人拜入赵诓门下的时间相距不超过一周，可赵诓就是偏爱秦琛。在秦琛面前，他就好像一条狗。

想到这些，傅进终于忍无可忍：“秦琛，你是不是有点过了？”

说完，见秦琛没理他，傅进继续说：“当初我一直都在想，你为什么会突然离开，怎么就突然多了那么多比赛，直到我前两天得知你现在定居长乐，还跟小师妹出双入对。秦琛，小师妹要是知道……”

话还没说完，秦琛阔步上前，一把擒住他的后颈将人掼到了办公桌上。秦琛下手又狠又快，完全没给傅进反应的余地。等他彻底反应过来，人已经被按在了办公桌上，脸都被挤压变形。

“秦琛，你……”

落在他后颈的力道再次加重，颈动脉被掐着，窒息感瞬间袭来。

秦琛俯身低头，靠近他，眸色森冷，声音更是带着寒意：“傅进，你想说什么？”

傅进一张脸憋得通红，抵在办公桌上的手不停挣扎。

秦琛：“想死，你可以直说。”

傅进的眼眶里已然泛起血丝。

秦琛不以为然，表情冷漠，看他的样子如同看一条丧家犬：“知道这些年我为什么懒得收拾你吗？因为我怕脏了自己的手，但是你如果非得找死，我也不介意满足你的心愿。”

手下力道一点点加大，眼看傅进就要被活活掐死，办公室的门忽然被推开，一个四十岁左右的男人匆匆走了进来。

男人身高一米七左右，体型偏胖，脸上堆满了笑，眼睛笑得眯成了一条缝：“五哥，不知道您大驾光临，有失远迎。”男人说着，走上前去跟秦琛握手，握的，正好就是秦琛掐着傅进的那只手。

秦琛斜看了他一眼，却没松手的意思。

男人依旧笑着：“五哥，借一步说话。”

几分钟后，男人赔着笑脸送走了秦琛，而后笑意顿收，反手给了傅进一巴掌：“你没事招惹他做什么？”

傅进紧屏呼吸，大气不敢出。

男人：“秦琛就是条疯狗，当初连赵诓都管不住他，你以为知道了他屁大点的秘密，就能随意拿捏他？愚蠢！惹恼了他，他只会暗地里弄死你。”

傅进怒火中烧，又心惊胆战。

秦琛从一品阁出来后，让保镖们先走，自己则打算去酒店住一晚。时间太晚了，回长乐又是飞机又是转车的，到家起码得晚上九点。

揣在兜里的手机忽然响起。

苏沫：晚上我要吃糖醋里脊，还要吃辣子鸡丁。

文字本身没什么情绪体现，但秦琛却透过这些字看到了苏沫理所应当的模样。蛮横又不讲理的小姑娘，只要你不宠着，她转头就走。

秦琛：我在蓉城，有客户。

苏沫：哦。

“哦”这个字太刺眼。

秦琛：晚上九点到家，能等吗？

苏沫：能。

秦琛到家时，苏沫正躺在沙发上打游戏，两条修长紧致的腿搭在沙发靠背上，上半身躺在沙发上，脑袋悬空着，瞧见他，戚戚哀哀地说："饿。"

秦琛回看她，沉声应道："二十分钟。"

二十分钟后，秦琛把饭菜端上桌，随后走到沙发前把苏沫捞起来。

苏沫从网上刷到教程，说这样躺着能改善脖子前倾，可事实证明，不仅作用不大，而且对颈椎极为不友好。

被捞起后，她顺势攀上秦琛的脖子："又去文身？"

秦琛的嗓音低低沉沉："嗯。"

苏沫调笑："多少钱？"

秦琛信口胡诌："五千。"

苏沫一撇嘴："为了五千跑那么远？"

秦琛道："五千是我跟秦绿两个月的生活费。"

秦琛说得不卑不亢，苏沫听着，心里一堵，转移话题："我其实也有这种时候，而且比你还惨，那时候，五千块是我一年生活费。"

秦琛挑眉："嗯？"

苏沫倏然一笑："你以为我真是什么娇滴滴的大小姐吗？"

秦琛没说话，不置可否。

苏沫从来没跟秦琛说过自己的事，今天算是破天荒头一回。她坐到餐桌前，边吃饭，边说起自己的过往。

"我打小跟着我外婆生活，你别看老太太瞧着挺厉害的，其实特㞞，看到我舅妈，就跟老鼠见到猫一样。她疼我，打心眼里疼，但不敢表现出来，只敢晚上偷偷说爱我。我能懂，毕竟也不能因为我，就让我舅舅的日子过不下去。"说完，苏沫看向秦琛，"你是不是很好奇，在这种环境下长大的我怎么能这么骄纵？"

秦琛不吭声，回看着她，静待下文。

苏沫轻笑："因为我很爱我自己。"话落，她莞尔一笑，"是不是觉得很自私？"

秦琛："没有。"

苏沫伸手去夹辣子鸡丁："我这个人，确实活得挺自私的，我只想爱我自己，不想搞什么大爱大义。我活了三十年，连自己都还没爱明白，不想再去费脑子思考如何爱别人了。"苏沫喝了一口果汁，戏谑道，"等到了想结婚的时候，我就选个有眼缘的。"

秦琛："我能候补吗？"

苏沫直言不讳："你不行。"

秦琛眸色深邃："原因？"

苏沫半真半假地调笑："因为你太穷。"

饭后，秦琛收拾碗筷，苏沫去浴室洗漱。等到她出来时，秦琛已经回了卧室。苏沫扫了眼紧闭的次卧门，想到刚才在餐桌上的对话，抿了抿唇。她不能去哄，他们俩是没有以后的，他得提早接受这个现实。

晚上，苏沫躺在床上刷剧，心里莫名一阵烦躁。狗男人，明知道两人没结果还摆出那副姿态给她添堵。半晌，苏沫拿起手机点开微信给秦琛发了条信息。

苏沫：**你跟谁闹脾气呢？**

信息发出，苏沫等了会儿，秦琛没回。看了看屏幕上的时间，零点三十四分，她估摸着他应该是睡着了，便放下手机。刚准备睡觉，卧室门忽然被拧开，一道高大身影迎着门外昏黄的灯光走了进来。男人走到床边将她捞起，挨了骂也不吭声，三步并作两步把人抱回了自己房间。苏沫被扣住脚踝，不等她踹人，男人欺身而上。

这一晚，苏沫明明睡得迷迷糊糊，却在他靠过来的时候自然地在他怀里找了个舒服的位置蜷缩进去，忽然想到什么，还嘟囔着："明早要吃奶黄包。"

秦琛在她身后低笑："嗯。"

苏沫睡眼蒙眬："秦琛，你是不是笑了？"

秦琛嗓音低沉："没有。"

苏沫："哦。"

次日，苏沫睡得正沉，被放在床头柜上的手机铃声吵醒。她下意识去摸手机，拧眉按下接听键："喂。"

电话那头的人没立即回话，过了四五秒，对方声音里带着微微颤抖以及几分不确定，开口："小、小师妹？"

苏沫："你抖什么？"

陆沧："我……我电话不是打给你的。"

片刻，身后传来秦琛晨起慵懒低沉的声音："苏沫，你接的是我的电话。"

秦琛认识陆沧。

这个认知，让苏沫大清早就经历了一回大型"社死"。

苏沫拿着手机，没立即回应，这种时候，先说话的人一准吃亏。何况她知道陆沧的脾性，他必然会沉不住气。

果不其然，没过多久就听到电话那头传来陆沧支支吾吾的声音："小师妹……"

苏沫顺坡下驴，接得那叫一个自然："四师兄认识秦老板啊？"

陆沧头皮发麻："算是吧。"

苏沫说："秦老板是我的房客。"

陆沧："啊……"

前两天苏沫刚在群里问过"一个朋友"的问题，此刻即便不捅破这层窗户纸，也很难不让人浮想联翩。但她从不喜欢别人介入自己的私生活，也不想给谁解惑，哪怕是跟自己感情极好的师兄。

苏沫没再接话，转身把手机递给了秦琛。秦琛伸手接手机，苏沫将手机往回微微一收，警告似的看了他一眼，才慢半拍地把手机递给他，然后跳下床，光着脚回了主卧。

目送苏沫离开，秦琛冷声开口："说！"

陆沧欲哭无泪："大师兄，我要说我这通电话是无意的，你信吗？"

秦琛耐心有限："说重点。"

陆沧自知是撞枪口上了，可怜巴巴地开口："今早师母联系我，说是想让文轩阁重新开业，可是师父当年明明说过文轩阁绝不能再开，我拿不准，所以想问问你……"

秦琛沉声问："师母只联系了你吗？"

陆沧说："不是，也联系了三师兄，但三师兄那性子你又不是不知道，他多狡猾啊，直接把皮球踢到了我这里，说看看我的意见。"陆沧惨兮兮地抱怨，"我能有什么意见啊？我是咱们师兄弟几个里面最没脑子的。"

秦琛："你让师母联系我。"

陆沧语气为难："这样合适吗？"

纪玲前脚给他打了电话，他后脚就让纪玲联系秦琛，怎么看怎么有打小报告的嫌疑。秦琛嗓音肃冷："那这件事你做主。"

陆沧："大师兄，别啊！这么大的事哪里是我能做主的啊？"

秦琛："你自己考虑。"

苏沫回了卧室后再没睡着。别看她在秦琛卧室时表现得挺淡定的，实则这会儿烦躁到挠头。他们俩怎么能认识呢？什么时候认识的？她跟陆沧认识这么多年，也没听他提到过秦琛这号人物啊！苏沫越想越烦，发丝都被揪下来好几根。

她正闹心着呢，听到隔壁卧室门打开，她抿了抿唇下地，走到房门口开门，双手环胸看着秦琛，问："你怎么会认识陆沧？"

秦琛面不改色："客户。"

苏沫眼皮跳了跳："他？文身？"

要知道陆沧那个人，是平时磕破点皮都恨不得去医院的主儿，他会文身？

秦琛神情淡淡："嗯。"说完，又补了句不容苏沫怀疑的理由，"他说自己没有男子气概，觉得文身能增加男子气概。"

苏沫挑眉："他文什么？"

秦琛头也不回地迈步进了洗手间："你猜猜。"

苏沫思忖，文身，霸气的，能增加男子气概的……左青龙右白虎？

苏沫对文身这行没什么研究，胡乱猜测："白虎？"

陆沧本身就长得白净，还是个娃娃脸，他文个白虎……算了，画面太美，她不想继续往下想。

苏沫原本就是随口一说，谁知道秦琛接话："嗯。"

苏沫面露惊讶："真的？"

秦琛："真的。"

苏沫："他什么时候文？"

她倒是挺期待看到陆沧文身的样子的，凭他那个惜命劲儿，肯定要死要活的……

秦琛："你觉得他会什么时候文？"

今天大清早打的电话，那必然是想今天文啊。

苏沫试探着开口："今天？"

秦琛："猜对了。"

苏沫唇角含笑，眸子里碧波荡漾："不难猜。"

秦琛阔步进了厨房，常年如冰山的脸上，薄唇勾起一抹若有似无的笑意："是你够聪明。"

陆沧得知自己今天要文身，是在一个小时后。

他不可思议，诚惶诚恐，一米八的大男人，隔着手机差点哭出声："大师兄，我痛觉神经敏感，你是知道的……"

秦琛嗓音沉稳："不疼。"

陆沧："我不信。"

秦琛："你来试试就知道了。"

陆沧斗胆挣扎："我不。"

秦琛平静地说："我给你买了三个小时后的机票，中午见。"

陆沧：完了。

中午时分，苏沫忙了一上午才从工作室出来透气，刚准备去对面便利店买瓶水，就跟从出租车上下来的陆沧撞了个正着。

真文啊？苏沫早上那会儿还以为秦琛是在逗她玩儿。她正盯着陆沧看，车后排又走下来一个热辣高挑的姑娘，是阮卉。阮卉换了新发型，大波浪变成了齐耳短发，色调也从亚麻棕变成了深蓝色。这个发型和色调一般人驾驭不了，可放在阮卉身上，显得既个性又漂亮。

阮卉走到苏沫跟前，眨眨眼："惊喜不？"

苏沫真诚道："惊喜。"她确实没想到阮卉会来。

阮卉："我本来正上班呢，听说你四师兄要来，求爷爷告奶奶地，死缠烂打才求了他带我来。"

苏沫戏谑："那倒也不用这么卖力，我四师兄是出了名的对女人心软。"说罢，苏沫想到什么，又补了句，"当然，对象不包括我。"

这些年，她从没有因为自己是个女人从他那里得到过任何便利。甚至有一次，他们师兄妹几个喝多了玩摔跤。她以为陆沧多多少少会让着她，起码自己是小师妹不是？谁知道，他一个过肩摔，直接把她摔成了脑震荡，让她在医院里躺了一周。从那会儿起，她就知道，在陆沧心里，她压根儿不是个女人。

苏沫回神时，陆沧已经消失不见，在阮卉的示意下，她回头，见陆沧正以一种极为怪异的姿态走进文身店。

为什么说怪异呢？主要是他走路的姿态很有问题——昂首挺胸，步伐坚定，看着不像是去文身，倒像是要慷慨就义、从容赴死。

不光是她，连阮卉也看出来了："你确定你四师兄是自愿来文身的？"

苏沫轻笑："这还能有人逼他？"

事实证明，陆沧确实是被逼的。从走进文身店开始，他的脸上就再也没露出过笑容，直到被秦琛带进二楼的文身室，关上门，脱了上衣趴在文身床上，才勉强扯出一抹笑，打着哆嗦问了句："大师兄，你能直接敲晕我吗？"

秦琛："给你做局麻。"

陆沧："做了局麻就不会疼吗？"

秦琛面无表情："嗯。"

文身针落在身上的那一刻，陆沧毫无意外地发出了歇斯底里的惨叫，直到这时他才明白，原来人与人之间的信任可以如此薄弱，不值一提。

陆沧的惨叫声响彻整个文身店，就连隔壁漆器店都听到了动静。

苏沫带着阮卉刚进门，听到陆沧的惨叫声，轻挑了下眉梢。

阮卉："被杀了？"

苏沫："他就是这个狗德行。"

陆沧文了多久，就撕心裂肺地喊了多久。

两个小时后，隔壁忽然没了声，苏沫和阮卉还没反应过来，双琪已经起身跑到文身店打探消息去了。过了一会儿，双琪跑回来一撇嘴，说："我以为是文完了，没想到是人晕了。"

因为秦琛在文身，中午这顿饭是蹭不成了，所以苏沫带着阮卉和双琪找了家口味还不错的小饭馆。

饭桌上，阮卉说起叶冉的事，唏嘘又无语："她真是让我明白了生物的多样性。"

苏沫讪笑："人品是后天的教化和约束养成的，人性才是与生俱来的。她只不过是后天教化和约束不够，又将人性的贪婪和欲望放到了最大……"

苏沫正说着，揣在兜里的手机忽然响了起来。她捏了张纸巾压了压嘴角，顺势从兜里掏出手机，低头看了眼屏幕上的来电显示，按下接听键："师母。"

电话那头，纪玲明显情绪低落："沫沫，师母有件事想跟你商量。"

苏沫跟纪玲的关系，是在赵诓去世后才变得亲近了些。在此之前，纪玲一直忙于学校的事，跟他们几个师兄妹虽然不算疏远，但也绝对谈不上亲近。不过，苏沫对纪玲一向敬重，也记着她这些年对他们师兄妹的好。非亲非故的，不过只是拜个师门而已，能做到纪玲这个份上，说实话，已经够了。人嘛，不能狼心狗肺。

听出纪玲语气中的不对劲，苏沫给阮卉使了记眼色，示意她和双琪先吃，自己则拿着手机走到小饭馆门口接电话："师母，你说。"

纪玲声音哽咽："我想让文轩阁重新开业。"

苏沫闻言，瞬间拧眉："什么？"

纪玲带着哭腔说："沫沫，我知道，你师父当初关店的时候就曾说过，文轩阁绝对不会再开门做生意，可我……"

纪玲哭得泣不成声，再也说不下去。

苏沫静静听着，并不作声。如果是旁的什么事，苏沫会竭尽所能力挺。可这件事……她入师门多年，除了当年选择跟蒋商在一起，没做过一件忤逆赵诓的事。

纪玲哭了一阵，见苏沫这边始终没表态，稳了稳情绪，说："沫沫，我没别的意思，我就是想有个念想。"

苏沫："师兄们怎么说？"

纪玲："你三师兄和四师兄的意思，是听你大师兄的。"

提到大师兄，苏沫皱眉，没来由地反感。说来也怪，她跟这位大师兄面也没见过，他还在叶冉的事情上帮过她的忙，但她就是本能排斥。

过了一会儿，苏沫开口："师母，这件事我们从长计议。"

纪玲："沫沫……"

苏沫："师母，我懂您的意思，也能理解您的心情，但这件事我一个人确实做不了主，我得跟几位师兄商量。"

反感归反感，身为小师妹，这种事她不能挑大梁，她也挑不起。

听到苏沫的话，纪玲也没太激进，"嗯"了一声，又跟她聊了几句别的，叮嘱她好好照顾自己，这才挂了电话。

看着黑掉的手机屏，苏沫抿了抿唇。让文轩阁重新开张吗？

苏沫浅浅吸气，有些晃神。她没立即询问陆沧和褚行的意思，一来，陆沧这会儿还在文身，二来，她也需要自己捋一下这件事。

饭后，三人打车回到漆器店，刚下车，就看到秦琛正坐在文身店门口的高脚凳上看手机。他脊背微弓，一条腿踩实地面，另一条腿微屈。没有故意耍酷，却有满满的男性荷尔蒙从骨子里透出来。

苏沫挑眉，看得出神。

看到这一幕，阮卉用手戳了戳苏沫的细腰："是真帅。"

苏沫轻笑，不置可否。但凡不是真帅，她当初也不能选他。

阮卉："我就不信你一点没动心。"

苏沫："你很闲？怎么整天尽琢磨我这点事儿？实在闲得慌就找个厂子纳鞋底去。"苏沫说完，走到店门口开门，其间连一个多余的眼神都没给秦琛，仿佛两人是陌生人。

阮卉紧跟在她身后，小声嘟囔："真能沉得住气。"

面对阮卉的调侃，苏沫没说话，神态自若地进了门。

苏沫和阮卉虽然天天视频，但视频聊天哪有面对面八卦尽兴？所以一进店门，两人就开始聊最近圈子里的八卦。据说某位大佬为了给女儿"镀金"，强行把人塞进了圈内。这位大小姐没底子，没灵性，甚至连师门都没有，可即便这样，还是在新人比赛中夺了奖。

苏沫戏谑道："第一？"

阮卉："那倒不是，夺了个第三。"

苏沫不屑地轻嗤："作品呢？"

阮卉说："听说是一位老师傅给做的。"

具体是哪位老师傅，阮卉没点名，十有八九，她自己也不知道。

苏沫："老师傅也做这种事？"

阮卉撇嘴："这世道，人为财死，鸟为食亡，再加上各种下作手段……"

阮卉欲言又止，苏沫心知肚明。都说艺术家高贵，其实哪一行都有脏了心又脏了手的人，行业滤镜不可取。

阮卉：“说起来，那位被强行塞进来的大小姐跟你还是同姓。”

苏沫勾唇笑笑：“同姓不同命。”

阮卉：“跟她比什么？你有实力。”

苏沫揶揄道：“能躺着，谁愿意坐着？”

阮卉表示赞同：“那倒是。”

爱好是爱好，谋生是谋生，什么时候都不能相提并论。只有完全解决了生活问题、毫无后顾之忧的人，才会站出来追求真正的自我、真正的洒脱。饭都吃不饱的人，每天下了班，躺在床上刷个短视频都算是消遣娱乐。谈追求？那谁管我一日三餐？

苏沫入行确实是因为爱好，但如果她始终没在这行闯出什么名堂，恐怕早就退圈了。没办法，她得吃饭啊。她就是个普通人，爱好和艺术家的名头又不管饱。

两人正聊着，苏沫的手机振动，屏幕上跳出一条微信。

秦琛：中午吃饱了吗？

苏沫：？

秦琛：虾仁腰果和奶黄包，吃吗？

苏沫：现在？

秦琛：嗯。

苏沫抿唇，指尖在手机边缘轻敲。实话实说，她中午没吃饱。中午接了纪玲一通电话，她心里装了事，影响了食欲。思忖了会儿，苏沫决定还是不亏待自己。

苏沫：还想喝草莓汁。

秦琛：嗯。

十分钟后，苏沫去了文身店，美其名曰看望陆沧。

阮卉意味深长地看了她一眼，眼底满是戏谑……苏沫忽略她的眼神，用手指拢了下头发，迈步出门去了隔壁。

文身店里，大家都在忙，只有秦琛在厨房里帮她榨草莓汁。

她现在已经跟文身店的几个人熟悉了，老实巴交又有些腼腆的是邱正，一脸机灵相的叫阿飞……自然地跟几个人打过招呼，她迈步进了厨房。

秦琛正在把草莓汁倒入玻璃杯里，她弯腰去看，一本正经中带着若有似无的撩拨：“秦老板，你这手艺真好……”

秦琛没管她，去拿放在一旁的奶黄包和虾仁腰果。待他把两个盘子端过来，苏沫红唇微启，着意让他喂。

苏沫：“我没洗手。”

明明旁边就放着筷子，不过是给自己的懒找借口罢了。秦琛一言不发地拿过一旁的筷子，夹起一个奶黄包喂到她嘴边。

苏沫咬了一小口，随口说：“陆沧是我师兄你知道吗？”

秦琛面不改色：“是吗？”

苏沫：“四师兄。”

秦琛：“嗯。”

苏沫揶揄：“能打折吗？”

秦琛直直看着她：“几折？”

苏沫眨眨眼：“九折是熟人价，八折是友情价，七折？”

秦琛夹了一颗虾仁喂给她：“可以。”

苏沫眼睛弯弯：“秦老板，你这样不行，一点定力都没有。”

秦琛垂着眼眸看她，用粗粝的指腹蹭着她的嘴角，沉声道：“应该的。”

苏沫闻言，眯起眼：“秦琛，你可真会啊。”

秦琛：“那你喜欢吗？”

苏沫看着他，没接话。凡夫俗子，食色，性也，自然是喜欢的。

两人就这么一个喂一个吃，黏黏糊糊地吃了一顿下午茶。等苏沫回了漆器店，文身店这边彻底炸开了锅。

阿飞用手推推邱正："隔壁老板娘跟咱们琛哥……"

邱正低头闷声回应："不知道。"

阿飞："琛哥给人做下午茶呢。"

邱正睁眼说瞎话："那人家不是交了伙食费吗？"

阿飞瞪着眼珠子："这都过饭点了。"

邱正："那也得说到做到，不然人家老板娘的钱不就白交了？"

阿飞："你可真是油盐不进。"

邱正没再说话，把手里的计算器按得噼啪作响。

苏沫回到店里不久，就收到了傅进的微信。

傅进：**沫沫，你什么时候有时间？我们谈谈合作的事。**

苏沫垂眸扫过手机屏幕，没回。想谈合作？哪有那么容易？

黄昏时分，陆沧出现在苏沫漆器店。据说陆沧是昏过去后中途醒了一次，没文完，然后又晕了一次。此刻他脸色惨白，步履蹒跚，不知道的，还以为刚被用过刑。

苏沫见状，似笑非笑："你还好吧？"

陆沧疼得坐不下，只能一手扶着后腰，一手撑在收银台上，皮笑肉不笑地看着苏沫，说起话来带了点恶狠狠的味道："师妹，你喜欢白虎吗？"

苏沫以为他是在寻求审美共鸣，昧着良心接话："喜欢。"

陆沧咬牙切齿："我也喜欢。"

苏沫轻笑："看出来了。"

都疼成这样了，还执意要文，那必然是非常喜欢。

陆沧在苏沫的漆器店里坐了差不多一个小时，离开时，苏沫亲自送他出门。瞧着陆沧一副重伤患者的样子，她本想留他住一晚再走的，但陆沧不知道抽什么风，说什么都必须今晚回去。见他这么执着，苏沫也不好再说什么，只叮嘱阮卉把人照顾好。阮卉给她比了个"OK"的手势，示意她放心。

目送两人上了出租车，苏沫转身回店里，掏出手机给傅进回了条信息。

苏沫：**这周末吧。**

傅进：**好。**

苏沫：**是你来长乐？还是我去蓉城？**

傅进：**你来蓉城吧，正好我给你介绍几位大佬认识。**

苏沫的唇角勾起一抹讥讽。

谁家大佬天天在饭局上混？不过是一群道貌岸然的家伙，猪鼻子里插大葱——装相（象）。苏沫把手机随手扔到一旁，正琢磨事儿呢，双琪神情激动地跑到她跟前。

苏沫抬头，顺着双琪手指的方向，看到了玻璃门外的一双男女，眉峰紧蹙的秦琛，和一位看起来惹火又泼辣的美女。

苏沫挑眉："怎么了？"

双琪神神秘秘地说："那个是在你出现之前秦琛的准绯闻女友，大漂亮发廊的老板娘……"

大漂亮发廊的老板娘？很眼熟啊。苏沫指尖在收银台上轻点，一时间想不起来在哪里见过。啊，她想起来了。前段时间，在隔壁文身店，也是隔着落地玻璃门，只不过当时她在门外，这位老板娘跟秦琛在门内。她那会儿还跟秦琛说她没有跟别的女人共享一个男人的嗜好。想到这儿，苏沫嘲弄地笑笑，不以为然，拿起手机玩起了游戏。

见状，双琪一脸愕然："你就不担心？"

苏沫笑道："担心什么？"

双琪说："担心秦琛被抢走啊。"

苏沫有些漫不经心："压根儿也不是我的，又何来抢走一说？"

她是不在意了，可双琪在意。大漂亮发廊的老板娘可是她昔日情敌，两人还正面刚过呢。她都退场了，对方却还坚挺着，这让她心里堵得慌。无关爱不爱，为的就是一口气。

接下来，场面变得有些诡异。跟秦琛有实质关系的苏沫专注玩消消乐，跟秦琛没半点关系的双琪则一瞬不瞬地盯着门外，实时汇报。

“挨上了，他们俩挨上了！

“她还拉秦琛胳膊！我早看出她不是个省油的灯。

“她手里拿的是什么？好像是钱。秦琛的妹妹是不是病了？难道她想用钱砸他？”

苏沫原本是真不在意，但听到双琪这句话，她倏地抬眼，看到门外的女人确实拿着一个厚厚的信封在往秦琛怀里塞。她拧了下眉，起身走了出去。

“秦琛。”苏沫声音淡淡的，脸上还带着些许不耐烦。

站在她对面的两人齐齐朝她看了过来。

出于女性的第六感，女人在看到她的时候，脸色瞬间变得难看，一脸提防。

苏沫面不改色地撒谎：“我想文身，你现在方便吗？”

秦琛沉声回应：“方便。”

苏沫：“好。”说罢，苏沫率先往文身店迈步，秦琛紧随其后。

女人见状，伸手试图拉住秦琛。

秦琛止步看了对方一眼，神色冷漠：“我不喜欢女人死缠烂打。”

女人眼神尖锐：“你是不是喜欢新来的那个女人？”

秦琛：“跟你无关。”

女人不服气：“我哪点不如她？那种娇滴滴的女人，你觉得跟你合适吗？你自己什么样的家庭你不清楚？你……”

女人还欲说什么，已经走到文身店的苏沫突然折身回来，几步走到女人跟前，细眉轻挑，气势逼人：“他家庭什么样？”

女人气得胸口起起伏伏：“我在跟他说话，没跟你说。”

苏沫：“追人而已，你怎么还玩儿 PUA 呢？得不到就毁掉是吧？要是他的家庭真如你说的那么不堪，你怎么还削尖了脑袋往他跟前凑？你有病啊？”

女人被戗，一时间找不到话说。

苏沫："真是不知道你们这种人是什么心态，一方面说爱，一方面又各种瞧不上。"

女人气急："我懒得跟你这种一看就有公主病的人说话。"

苏沫轻蔑一笑："你一看就是个丫鬟命，所以看谁都像公主。"

女人："你……"

几分钟后，苏沫带着秦琛回了文身店。工作室里，秦琛神色平静，苏沫则是怒气未消。半晌，秦琛垂眸看着她，沉声开口："你气什么？"

苏沫抬眼："怕你被她洗脑。"

本来就一天到晚地为自己的家庭自卑，要是再被人洗脑了，那可就太有意思了。

秦琛哑声说："她说的也没错。"

苏沫气笑了："哪里没错？"

秦琛道："我的家庭是不好。"

苏沫反驳："大家都是普通人、普通家庭，放眼长乐县，有几个家庭是大富大贵的？你现在有自己的文身店，还靠自己的努力买了房子，秦琛……"

话没说完，秦琛伸手，一把将她抱到了绘图桌上，眸色幽深。

猝不及防间，苏沫只能竖起细眉瞪他。

秦琛大手掐着她腰，低头吻向她，嗓音喑哑："苏沫，求你喜欢喜欢我吧……"

苏沫听在耳朵里，呼吸一窒，心像是被一只大手攥住。不知道是不是她的错觉，她总觉得这一刻的秦琛好像整个人都要碎了。

苏沫跟他额头相抵，有那么一瞬间，她因为没办法给予回应，无端失措，甚至开始反思，自己是不是做得有点过了？

苏沫回漆器店后，坐在靠近落地窗的椅子上晒着太阳。整个人很是烦躁。她以为自己刚才为秦琛出头是正道的光，可在秦琛眼里，大抵是变了味儿。看他的样子，好像因为这件事对她越陷越深了呢。

从苏沫回来，双琪就发现了她的不对劲，观察了一会儿，忍不住出声问："苏沫姐，你没事吧？"

苏沫回神，恢复了往日懒懒散散的状态，人往椅子里一靠，扯过一旁的薄毯盖在身上，浅笑嫣然："我能有什么事？"

双琪："我瞧你好像……"她欲言又止。

苏沫轻挑眼尾："嗯？"

双琪："为情所困。"

苏沫矢口否认："不可能。"

双琪闻言，一脸将信将疑："哦。"

苏沫转头看向窗外的夕阳，过了一会儿，忽然开口："琪琪。"

双琪积极承应："嗯？"

苏沫问："在你眼里，秦琛是一个什么样的人？"

苏沫问得随意，仿佛就是随口一说。

双琪盯着她侧脸看了会儿，认真回答："首先肯定是帅气嘛，然后就是很有责任心，这点看他对他妹妹就能看出来……"

秦绿的事，双琪还是从邱正嘴里知道的。知道后，她突然就对秦琛喜欢苏沫这件事恨不起来了。他的人生都这么苦了，他追求自己喜欢的人找点甜头怎么了？况且，自己不也是在追求自己喜欢的人吗？

想通这些后，双琪豁然开朗，一秒释怀。

听到双琪对秦琛的评价，苏沫红唇勾了勾："嗯。"

双琪天真无邪："我评价得不对吗？"

苏沫懒散地回应："对吧？"

在椅子上躺了会儿，她的心绪始终没办法平静。正心烦意乱着，捏在手里的手机忽然振动。她拿起手机，屏幕上是纪玲的信息。

纪玲：沫沫，在师母心里，其实一直都把你当亲生女儿一样看待。

苏沫抿唇，没给纪玲回信息，而是点进置顶的"相亲相爱一家人"群发了条信息。

苏沫：**师母都跟你们联系过了吧？对于文轩阁重新开业的事，各位师兄怎么看？**

群里无一人回复。半晌，她正准备挨个儿私聊，群里那位之前神龙见首不见尾、最近却频繁出现的大师兄回了消息。

大师兄：**你怎么看？**

苏沫：**我没什么看法。**

大师兄：**那你就别管，也别问。**

苏沫：？？

两个问号发出去，对方没再回复。苏沫看着聊天界面，被气笑了。

不是。这人有病吧？架子这么大？脾气这么臭？

彼时，隔壁文身店，秦琛靠坐在绘图桌前，骨节分明的手指点在屏幕上，拨了一通电话出去。

待对方接起，秦琛沉声开口："师母，听说您想让文轩阁重新开业？"

秦琛声音冷漠，没什么感情。

电话那头的纪玲没立即接话，过了个七八秒，才带着温和笑意缓缓开口："小五，你难道不想吗？"

纪玲没回答，反倒把问题抛给了秦琛。

见秦琛不回答，纪玲又说："师母知道，你们师兄妹对文轩阁都很有感情，你师父当初关门是迫不得已，现在风头已经过去了……"纪玲说着，刻意停顿，随后继续开口，声音里带了几许怀念故人的难过，"况且，你师父当年有多希望文轩阁发扬光大，你是知道的。"

纪玲晓之以理，动之以情，分析了客观环境，又打了感情牌，最后还把赵诓的夙愿搬出来，为她这段话画上了一个圆满的句号。秦琛听着，久久没回应。

就在纪玲觉得他一定会拒绝时，秦琛沉声开口："我支持师母的决定。师母准备什么时候让文轩阁重新开业？"

纪玲大约是没想到事情会这么顺利，慢半拍地回应："筹备加上办各种手续，差不多一个月吧。”

秦琛淡声道：“好。”

纪玲：“小五，谢谢你支持师母的决定。”

秦琛道：“师父当年跟我说过，他当初之所以会开文轩阁，是想在这个圈子里站稳脚，然后风风光光地娶您进门。如今您想让文轩阁再次开业，我想，师父他老人家如果还活着，也一定会同意的。”

纪玲哽咽：“嗯。”

挂断电话，秦琛眸色暗沉。过了一会儿，他发了条信息出去。

秦琛：调查得怎么样了？

薛池：没查到。

秦琛：继续查。

薛池：会不会是你想得太多？

秦琛：别废话，继续查。

另一边，苏沫原本心里就不痛快，被撵后，心里更是堵得慌。瞧见外面天色渐晚，她起身走到收银台拎起自己的手包，唇角含笑看向双琪：“下班。”

双琪诧异：“这么早？”

苏沫笑眯眯地看着她：“你可以加班，不过没工资。”

从漆器店出来，苏沫瞥了眼隔壁已经亮起灯的文身店，没联系秦琛，打了辆出租车去了李奥的小酒馆。

她进门时，李奥正在跟人打电话。瞧见她，他眼底闪过一抹意外，对着电话那头的人道：“回聊，你的小祖宗来了。”

说罢，李奥挂断电话，招呼起苏沫。

苏沫走到高脚凳前坐下，随意放下手包：“谁的小祖宗？”

李奥不动声色地岔开话题：“尝尝新款？”

苏沫挑眉，不置可否：“今天要酒精度数高的。”

李奥知道苏沫没那么好糊弄，调酒的空当自然地回了她一句：“刚刚打电话的是我朋友，他女朋友回来了。”

苏沫笑笑，目光轻飘飘地落在一处蓝色灯光上：“哦。”

李奥：“有心事？”

苏沫收回目光，一手托着下颌，一手摆弄着手机：“没有。”

李奥把调制好的酒递到她面前：“没把我当朋友啊。”

苏沫拿起酒杯，瞧着里面晶莹剔透的蓝，漂亮指尖在杯壁上点了点：“你等的女人还是没消息？”

李奥：“杀人诛心？”

苏沫笑靥如花：“朋友嘛，彼此交换下秘密。”

见苏沫姿态慵懒，李奥倏地一笑：“有消息，说过段时间会回来一趟。”

苏沫轻笑：“高兴吗？”

李奥：“带男朋友一起回来。”

苏沫轻挑眼尾：“啧，诛心。”

等了那么多年的爱人，最后却是带着她的爱人一起回来的。那种场景，光是想想，就知道是怎么样的修罗场。

李奥看向她：“你呢？”

苏沫红唇轻启，指尖捏着酒杯回应：“我啊，心有点乱。”

李奥：“因为男人？”

苏沫戏谑：“你猜猜。”

李奥：“因为秦琛？”

苏沫往前倾靠，似笑非笑，看不出真实情绪：“大概？”

这话从她嘴里说出来，跟玩儿似的，半点不靠谱。李奥笑笑，点到为止，没再接话。一杯酒下肚，苏沫有些头晕。在自己醉态毕露前，她先一步结账离开。

从小酒馆出来，苏沫正准备打车，就接到了秦琛的电话。她秀眉微拧，按下接听键：“嗯？”

秦琛沉声问：“在哪儿？”

苏沫慵懒应承："逛街。"

秦琛："时间很晚了，在哪儿逛？我接你。"

苏沫红唇挑动，声音跟着冷下来："秦琛……"

秦琛轻声打断她："有什么话见面说。"

苏沫到底还是把地址发给了秦琛。苏沫看了下时间，秦琛到的时候，时间只过去了八分钟。不等他下车，苏沫就踩着高跟鞋上前，打开副驾驶座一侧的车门，弯腰坐了进去。瞧见她脸色不好，秦琛俯身过来给她系安全带，还顺手往她怀里塞了一个烤红薯。烤好的红薯热气腾腾的，只是东西不是这个季节该有的。

苏沫低垂着眼眸看他，水眸漂亮却薄凉无情。

秦琛垂眸系着安全带，低沉着嗓音开口："我错了。"

苏沫挑眉。

秦琛继续道："你不用喜欢我。"

苏沫抿抿唇，没说话。

下午那会儿，两人虽然没吵没闹，但气氛明显有些僵，最终两人不欢而散。这会儿听到秦琛的话，苏沫的神情稍微缓和了几分。

系好安全带，秦琛抬头看着她，两人对视间，苏沫高傲地抬了抬下颌，秦琛低头靠近。在唇角触碰的那刻，苏沫狠狠咬住他的薄唇："以后不准道德绑架我。"

秦琛吃痛，但没退缩："嗯。"

火气撒了，怒气没了，人也变得温顺起来，苏沫撒娇似的说："我喝了酒，晚上得喝醒酒汤。"

秦琛将人搂住，加深这个吻："好。"

那杯鸡尾酒度数高，后劲上来后，苏沫整个人昏昏沉沉的。回去的路上，她坐在副驾驶座上，迷迷糊糊地睡了过去。怀里抱着热气腾腾的红薯，不那么烫，正好可以取暖。

车子抵达小区，秦琛将睡得迷迷糊糊的人抱下车。身子腾空，苏沫很自然地伸手攀上了秦琛的脖子。待回到家，秦琛把她放下，她才黏黏糊糊地嘟囔了句："不喝醒酒汤了，困。"

秦琛："嗯。"

苏沫忽又睁开眼，噘着嘴说："可我还没卸妆。"说完，指尖捏紧秦琛的衣角，软绵绵地说，"秦老板，你能不能帮我卸妆？"

秦琛大手抚过她的脸颊："我去拿东西。"

苏沫乖乖巧巧地应："好。"

秦琛拿了卸妆棉，还拿了一块温热的毛巾，苏沫闭着眼享受来自秦老板的卸妆服务。

待妆卸了，脸也被温热的毛巾擦拭过，苏沫眼皮颤了颤，小声说："秦琛，不要把过多心思放在我身上，不要太当真……"

秦琛没有作声。她等了半天没听到他的回应，睁开眼，恰好对上一双深如寒潭的眸子。

秦琛："苏沫，你一次次地跟我说这些，到底是在警告我，还是在告诫你自己？"

卧室里气氛顿时凝固，两人就这么对视着，一时间谁都没再说话。一分钟后，秦琛伸手拿起放在床头柜上的毛巾和卸妆棉起身离开。

看着他的背影，苏沫抿唇，一颗心拧成了麻花。狗男人，她刚给他点好脸色，他就给她添堵。

第 10 章

入局

事实证明，哪怕喝多了酒，只要心里装了事，就会睡不踏实。苏沫辗转反侧到凌晨四点，最后是靠着一部恐怖片睡着的。

电影拍得很惊悚，算是她近期看过最有质感的一部。尤其是在女鬼出来的时候，特别带劲……然后，她就睡着了……梦里，她成了捉鬼师，与鬼同行。

苏沫再次睁眼，是被一通电话吵醒的。她迷迷糊糊中拿过手机按下接听键，电话那头传来傅进兴冲冲的声音：“沫沫，你今天有时间吗？”

苏沫现在人比心憔悴：“说。”

傅进：“如果你今天有时间的话，我可以安排你跟那几位大佬见一面。”

苏沫闻言，脸上闪过一抹不耐烦，刚想拒绝，想到什么，话锋一转：“今天什么时候？”

傅进道：“晚上吧，白天大家都忙，你也忙。”

苏沫：“晚上几点？”

傅进说：“八点？”

苏沫一口答应：“可以。”

她倒要看看，傅进晚上会给她介绍哪些牛鬼蛇神。

在床上躺了会儿，苏沫起床去洗漱，房门刚打开，就看到了在厨房做早餐的秦琛。昨天的小情绪还在，苏沫目不斜视地走进洗手间。出来后，她迈步到厨房门口，说："我今天去蓉城，白天不去店里，晚上也不回来。"

秦琛背对着她，沉声问："有事？"

苏沫："公事。"

秦琛又问："什么时候回来？"

苏沫一阵嘲弄："回来做什么？看你给我甩脸色？"

秦琛的背影一僵。紧接着，他伸手熄火，转身走到厨房门口。苏沫抬头看着他，气势不减。秦琛一言不发，忽然低头吻上了她的唇。

苏沫不高兴地挣扎着，秦琛将人搂紧，一吻结束，看着她无奈开口："不准我爱上你，不准我生气，不准我有一点违背你意愿的心思，苏沫，你当初对蒋商也这样？"

提到蒋商，苏沫眉毛都竖了起来，咬牙切齿地说："你提他，比说我有案底还让人恶心。"

听到苏沫的话，秦琛原本难看的脸色瞬间恢复正常。

苏沫将他的表情变化收入眼底，冷笑道："秦琛，你真是没出息，被我吃得死死的。"

秦琛低垂着眼眸，没反驳。

早餐时间，苏沫的心情稍稍好了些。没办法，早餐太好吃了。

饭后，看着秦琛忙碌的身影，她拿起手机懒散地在网上搜索起来：如何让一个男人短时间内腻烦你？

网友的回复千奇百怪，点赞最多的，要数前三条。

第一，分享，事无巨细地跟他分享。

第二，黏着他，越黏越好，最好能黏到无理取闹。

关于第二条，对方还给列举出了例子，比如在他打游戏的时候去跟他亲亲抱抱，保证秒烦。

第三，对他好，越好烦得越快。

看完这三条，苏沫轻笑出声。这些难道不是恋爱中情侣的正常操作？真有男人会嫌烦？如果真是这样，那这人可真够贱的。难道他希望找一个对他毫无分享欲，不黏着他，对他不好的女人？

苏沫觉得有趣，截图发给了阮卉。

阮卉：真的是这样！

苏沫：？

阮卉：男人是一种希望永远保持新鲜感的生物，就好比你跟蒋商，当初你忙得要死，他也忙得要死，偶尔一起吃顿烛光晚餐，自然浓情蜜意。如果当初你跟蒋商像现在你跟秦琛这样，你们俩早桥归桥、路归路了。

苏沫从字里行间琢磨出点意思。别说，歪理有时候也有一定道理。如果当初她跟蒋商真像她跟秦琛现在这样，七年过去，想想是挺烦的。

苏沫渐渐被阮卉带偏。

秦琛从厨房出来，三步并作两步走到她面前，俯身抱着她，贴在她耳边蛊惑她：“苏沫，这样就很好，我什么都不求，不会勉强你，你别躲。”

苏沫轻哼：“我没躲。”

秦琛：“嗯。”

苏沫休息了一会儿，从衣柜里选了一件长裙，然后去浴室化完妆，走之前准备跟秦琛打声招呼。她这次不确定走几天，韩金梅那边，需要他帮忙照顾下。

苏沫站在门口，正欲开口，发现秦琛正在换长裤。整个人微弓着背，肌肉结实。

爱美之心人皆有之，苏沫也不例外。或者说，她还挺喜欢秦琛的长相和身材的。在她看来，秦琛跟她以前身边那些男人都不一样。

苏沫正看得出神，秦琛忽然转身。对视间，秦琛稍稍蹙眉。见状，苏沫迈步上前，走到他跟前抱住他。今时不同往日。以前她偷窥他，他不高兴，情有可原。可现在，两人都黏糊成这样了，他凭什么不高兴？

“秦琛。”苏沫软绵绵地开口。

秦琛下意识伸手去抱人：“嗯？”

苏沫娇嗔：“你对我其实一点都不好。”

什么叫欲加之罪？这就是。秦琛沉默着不说话。

苏沫又说：“你对我总是板着一张脸，我不过就是盯着你看了会儿，你就摆脸子给我看。”

秦琛嗓音低沉：“没有，我不太会笑。”

苏沫抬头看着他，眼睛亮晶晶的，一脸狡黠：“等我回来。”

秦琛喉结滚动：“嗯。”

苏沫娇笑，心满意足。

半小时后，苏沫出发去市区机场。秦琛开车送她，苏沫在车上眯了一会儿，等到了机场，才懒散地睁眼。临下车前，苏沫倾身过去亲了亲秦琛的薄唇：“秦老板，谢谢。”

秦琛低垂眼眸看着她：“这算车费？”

苏沫：“对。”说完，跟逗小动物似的，用手指去挠秦琛的下巴，“高不高兴？”

秦琛面无表情地道：“高兴。”

苏沫挑眉：“你这是高兴的表现？”

秦琛眸色暗沉，薄唇试图勾起，没能成功，倒是把苏沫逗笑了：“行了，不勉强你了，又冷又酷的秦老板。”

目送她进了机场，秦琛掏出手机拨了一通电话出去。待电话那头接起，秦琛嗓音肃冷地开口：“苏沫去了蓉城，你帮我找人看着点。”

电话那头的穆川闻言调侃：“这么不放心，你怎么不跟着来？”

秦琛：“最近我跟得太紧，怕她起疑。”

每次她去蓉城，他都说去出差，太假了。一次两次还行，次数多了，苏沫也不是傻子。穆川："我挺期待你'掉马'（被人发现身份）的，你说以苏沫那个性子，她到时候还能要你吗？"

秦琛降下车窗点了根烟，认知清晰："不能。"

穆川戏谑："那你怎么办？"

秦琛慢条斯理地说："父凭子贵！"

"什么？！"穆川感慨自家兄弟腹黑之余，又隐隐担忧，"以苏沫的个性……"

秦琛沉声说："如果怀孕了，她肯定会生。"

穆川："这么肯定？"

秦琛道："她是个负责任的人。"

穆川彻底拜服。

苏沫进机场办理登机的时候，后知后觉地想起忘了跟秦琛说让他照顾韩金梅的事，掏出手机给他发了条信息。

苏沫：**秦老板，如果我三天不回家，记得帮我去看看外婆。**

秦琛：**好。**

苏沫：**谢谢秦老板。**

秦琛：**早点回来。**

苏沫正往登机口走呢，瞧见秦琛的信息，人愣了几秒。好多年都没人跟她说过这种话了。苏沫盯着手机看了会儿，收起了手机没再回复。

从长乐到蓉城，两个多小时，苏沫又补了会儿觉。下了飞机，傅进早安排了司机来接她。

司机殷勤地上前从她手里接过手包："苏小姐没有行李吗？"

苏沫回笑，人比花娇："不知道要待几天，缺什么直接买吧。"

司机知道苏沫的底细，深知她的经济实力："苏小姐缺什么，尽管跟我说，我可以帮苏小姐跑腿。"

苏沫莞尔："谢谢。"

去往酒店的路上，司机简单做了下自我介绍，说可以喊他"小王"，然后又跟苏沫猛夸了一番傅进的实力。苏沫左耳进右耳出，完全没放在心上。

司机从中央后视镜里瞧见她的神情，悻悻地闭了嘴。

有才华的人，骨子里都有点傲气，更何况苏沫在离开蓉城之前，在这个圈子里算是无人不知、无人不晓的。

司机在这个圈子里也有些年头了，知道这些大佬的性子，余下的路程没敢再多说话。车子抵达酒店后，司机下车给苏沫开车门。她自然而然地享受着这种待遇，笔直的长腿从车里迈下来，站直身子后，看向司机问："傅进现在是不是跟叶冉在一起？"

司机微怔，而后尴尬一笑："傅总监的私事，我不是很清楚。"

苏沫哼笑一声："是吗？"

司机硬着头皮接话："是。"

苏沫和叶冉的仇恨，圈子里谁不知道？他今天来接机时，傅进就曾提醒过他，关于这件事，一定要绝口不提。好在苏沫也没继续问，从他手里接过手包，道了声谢，就迈步进了酒店。

房间也是傅进一早就开好的，苏沫去前台做了身份登记，跟司机简单交代了几句，就自行乘电梯回了房间。

看着电梯门合上，司机才擦了把汗，掏出手机拨通了傅进的电话："傅总监，人已经到酒店了。"

电话那头的傅进："一路上有什么异常吗？"

司机："没有。"说完，司机想起什么，又补了句，"到酒店的时候，苏小姐问了我您跟叶小姐的事。"

傅进："你怎么说？"

司机道："按照您来之前教我的，我说我不知道。"

傅进应承："很好。"

跟司机挂断电话，傅进把手机放在一旁，殷勤劲儿十足地给坐在他对面的穆川添茶水：“穆总真有兴趣涉足漆器行业？”

穆川全身透着股慵懒劲儿，一看就是个玩世不恭的花花公子：“闲着也是闲着，不妨玩玩儿。”说罢，穆川拿起面前的茶杯把玩，“你刚刚说晚上的饭局要撮合谁跟谁？”

傅进喝茶：“我小师妹苏沫跟蒋氏那位总裁蒋商，有情人被棒打鸳鸯，我看不下去。”

穆川轻笑，意味深长地回应：“哦？傅总监还挺热心肠。”

苏沫是八点半到的。

司机来接她时，她在酒店房间慢悠悠地化妆。待她从酒店出来，司机脸上的笑比哭还难看。

苏沫轻笑着挑眉：“等了很久？”

司机不敢说实话：“还好，没多久。”

实际上，傅进已经接连给他打了七八通电话，还发信息催了五六遍。可是催他有什么用？这位祖宗慢条斯理、不急不慌，皇帝不急，他这个太监就算再急也没用啊！

前去餐厅的路上，司机卡着即将超速的临界点紧赶慢赶。抵达指定的餐厅后，苏沫下了车，司机又一路赔笑把她送到包厢门口，轻敲房门，随后推门跟她说：“苏小姐，请。”

苏沫扬起一抹笑：“谢谢。”

司机：“应该的。”

苏沫刚进门，就看到了坐在主位的蒋商，还有两个不认识的陌生男人。苏沫视线淡淡地从三人脸上扫过，最后定格在了坐在最下位的傅进身上。

傅进被她看得一激灵，忙站起身接人：“沫沫，你总算来了。”

说着，傅进走上前伸手往她身后腰间搂，想要半推半拥地把人推到餐桌前。谁知，他的手还没触碰到她，苏沫一记冷眼就扫了过来。

傅进搂着她腰的手顿住，堪堪收回，用仅两人能听到的声音说：“你千万别误会，二师兄可没有想撮合你跟蒋总的意思，我们这次的项目，蒋总是投资人。”

苏沫似笑非笑地看着他，声音冷飕飕的：“最好是这样。”

傅进：“我们师兄妹多年，难道我还能骗你？”

苏沫：“不好说。”

见她落了座，傅进才松了一口气，抬手把衬衣领口的纽扣解开两颗，走过来站在桌前做介绍：“这位是我小师妹，苏沫，三位老总应该都有听说过，我师父最宠的徒弟。她的手艺，在我们这个圈子里，绝对是数一数二。”

傅进话落，桌上其中一人调侃道：“比起你们大师兄呢？”

傅进：“这个……”

傅进正欲说点模棱两可的话，坐在主位的蒋商开了口：“各有千秋。”

蒋商主动解围，傅进接过话茬：“对对对，各有千秋。”说完，傅进又开始给苏沫介绍坐在蒋商身侧的两个男人，“沫沫，坐在蒋总左手边的这位是穆总。蓉城的夜场，一半以上都是穆总的产业。右手边的这位是赵总，做娱乐传媒行业的，前段时间最火的那部剧的女主，就是他们公司的演员……”

苏沫礼貌颔首，但笑不语。

介绍完，傅进坐下，又开始招呼服务生上菜。整个包厢的气氛，全靠傅进一个人推动。苏沫摇晃手里的酒杯，看着他吃力表演，心底忍不住轻嘲。这人的骨气在欲望面前，真是不值一提。

苏沫抬眼，见蒋商正一瞬不瞬地盯着她看，她眼底的讥讽肉眼可见。蒋商拿着酒杯的动作一僵。

两人之间的异样气氛在包厢里蔓延，坐在一旁的穆川看着，主动拿起酒杯跟蒋商碰了一下，揶揄开口：“这位苏小姐，就是那位让你念念不忘的前女友？”

蒋商喝着酒，没说是，也没说不是。

穆川瞧着很是不正经：“别说，长得是不错，而且……”

穆川还没说完，就见蒋商倏地起身出了门。他抬眼，恰好看到苏沫消失在包厢门口。穆川挑眉，这是要旧情复燃？

苏沫早料定了蒋商会跟着她出来，所以出了包厢，她压根儿就没走远，而是双手环胸靠着墙壁等他。

见蒋商果然跟了出来，苏沫细眉轻挑，说出的话极尽刻薄：“蒋商，你烦不烦啊？”都说迟来的深情比草贱，可犯贱的，是人。

苏沫毫不迂回，半点情分都没留。蒋商闻言，下颌紧绷，一副高位者被撂了面子的难堪样。

见状，苏沫轻嗤：“觉得难堪了？”

蒋商不吭声。

苏沫又说：“既然知道难堪，就别再做这种事，做人的底线是自尊自爱，是你先自轻自贱，而后才被人羞辱，这怪不得别人。”

别人还没抬起巴掌，你就把脸蹭到了对方的手心。对方就势打了你，你却说那是欺负你？那难道不是你上赶着找打？

这样疾言厉色的苏沫让蒋商感到陌生，在他的记忆中，她虽然骄纵，可最是善良心软，哪怕两人冷战，她也不曾对他说过一句重话。想到这些，蒋商皱起眉，眼底闪过一抹难受：“你就非得跟我这么说话？”

苏沫倏地一笑：“不然呢？我也想分手之后大家能桥归桥、路归路，见面做个点头之交，可这不是你一而再，再而三地自己作死吗？”

苏沫句句难听，蒋商的脸色肉眼可见地难看起来。半晌，他深吸了一口气，迈步走向她，眉眼间满是隐忍：“是，我承认，这次的事是我安排的，可我也是为了你好。我知道你有才华，不想看你把自己的才华埋没在一个小县城。”

苏沫嘲弄：“照你这么说，我该跟你说声‘谢谢’了？”

蒋商："沫沫，我……"

苏沫："这么想帮我，当初我被叶冉陷害离开蓉城的时候怎么不帮我？"

蒋商："当初……"

不等他狡辩，苏沫继续说："当初你要联姻，所以生怕跟我扯上关系，是吧？"

蒋商知道苏沫这张嘴厉害，却从来都不知道会这么厉害。有那么一刹那，他甚至觉得面前的人有些陌生。

苏沫打小跟着韩金梅在舅舅家长大，练就了一身察言观色的好本领，此时洞悉了他的心思，讥笑道："让我猜猜，当初没办法帮我的蒋总，现在又为何能站出来帮我了。大概是你看出了蓝茜喜欢你？"

苏沫话落，蒋商瞳孔猛地一缩。

瞧见他的反应，苏沫冷笑："无耻！"把该说的话说完，苏沫准备离开。

蒋商呼吸一紧，在苏沫即将从他身边走过时，一把扣住了她的手腕，哑声开口："沫沫，我们俩真的没可能了吗？"

苏沫轻嘲："哪种可能？想让我给你当小三？"

蒋商低声说："我可以离婚，你给我点时间，我……"

苏沫打断他："蒋商，你跟蓝茜发生关系了吧？"

蒋商愕然怔住。

苏沫笑笑："你别误会，你们现在是名正言顺的夫妻，发生关系很正常，我也没有吃飞醋的意思。我只是好奇，想问问你，你的肉体给了蓝茜，精神出轨了叶冉，你告诉我，你拿什么跟我度过余生？"

苏沫字字珠玑，蒋商扣着她手腕的手越发收紧。

苏沫："你不会是想拿你那不值一提、支离破碎的爱吧？"

蒋商低垂眼眸，如鲠在喉："沫沫……"

苏沫戏谑："蒋商，大家都是体面人，彼此都留点脸吧。"

苏沫挣扎着想要将手腕从蒋商手里挣脱出来，蒋商本能地攥紧。苏沫看向他，眸子里全是寒意。蒋商被这样的眼神刺得一激灵，蓦地松手。

苏沫瞥了他一眼，冷笑一声，快速离开。

苏沫回到包厢，刚走到门口，迎面撞上了一个男人。很显然，这个男人在这里已经站了很久。

看到她，男人眼底满是玩味的笑："苏小姐。"

刚刚傅进介绍过，可苏沫压根儿没走心，此刻压根儿记不起他叫什么。

苏沫但笑不语，穆川心里也有数，贴心地做着自我介绍："鄙人姓穆，穆川。"

苏沫眉眼弯弯，丝毫没有被识破的窘迫："穆总好。"

打过招呼，苏沫回了包厢。

目送她进门，穆川拿起显示正在通话中的手机，对电话那头的秦琛道："老秦，你这女人，不好惹啊……"

苏沫回到包厢后，傅进不动声色地观察着她的脸色，瞧出什么，于是伸手给她倒酒，低声问："准备什么时候回蓉城？"

苏沫挑眉："谁？我？"

傅进打趣："难道你还准备一辈子都在长乐县？"

苏沫拿过酒杯抿了一口："没什么不好。"

傅进："你甘心？"

苏沫似笑非笑："人要那么多雄心壮志做什么？"

傅进跟她碰杯："我不信。"

苏沫喝着酒，但笑不语。

饭后，从餐厅出来，傅进让司机送苏沫回酒店。

临上车，傅进手撑着车门俯身对苏沫说："这个项目是中外合资，蒋总是主要投资人，别闹得太难看。"

苏沫靠在座椅里，红唇勾笑："放心，我不会跟钱过不去。"

听到苏沫的话，傅进脸上的担忧一扫而光："那就好。"

回去的路上，苏沫偏头看向车窗外的霓虹灯。大城市的夜色跟小县城的不同，很美，但孤零零的，让人没什么归属感。

因为已经有过前车之鉴，所以司机一路上一句多余的话都没说。抵达酒店后，司机下车给苏沫开车门。苏沫下车，道了声谢。进酒店前，她忽然折身回来，拐进了旁边的二十四小时便利店。

从便利店出来，苏沫发现傅进派来送她的司机还没走。她扫了一眼，唇角掀起一抹讥讽。这么防着她。怕她跑？还是怕她去调查什么？

她佯装没看到，踩着高跟鞋回了酒店。乘电梯上了楼，刚回到房间，她就接到了酒店前台打来的内线电话。

她走上前接起，电话那头响起前台甜美的声音："苏小姐，请问您需要醒酒汤吗？"

苏沫想着这大概是傅进那边安排的，没拒绝："可以。"

前台："好的，您稍等，马上安排人给您送上去。"

苏沫："嗯。"

很快，房间的门铃被从外面按响。苏沫开门，见是服务生站在门外。他把端着的醒酒汤递给她："苏小姐，您的醒酒汤。"

苏沫接过，唇角弯笑："谢谢。"

她坐在沙发上打开醒酒汤，用勺子喝了一小口，忍不住眯起了眼。好喝！

酒店楼下，穆川看着坐在自己身侧的男人，调侃："不是说不来？怎么又来了？不仅来了，还给人偷偷摸摸地煮醒酒汤。"

秦琛神态自若："出差。"

穆川："把我当苏沫哄？"

秦琛把玩着手里的手机："确实是出差。"

穆川戏谑："说说，出什么差？"

秦琛侧头看着他："给你文身。"

穆川噎住，笑容顿时僵在脸上。

车厢内的气氛眼看就要一直僵持下去，秦琛的手机忽然振动。他垂眸，屏幕上跳出苏沫的信息。

苏沫：**秦老板，我今晚喝酒了呢。**

看着信息，秦琛身子往座椅里靠了靠。

穆川凑过来瞧了一眼："这你都能扛得住？要不直接上去？"

秦琛淡声："不去。"

穆川挑眉，故意学苏沫说话的调调："不心疼？喝了酒呢。"

秦琛沉声说："以后有的是机会心疼，现在去，前功尽弃。"

"老谋深算。"说罢，穆川笑着问，"你说你早知今日何必当初？当初你要是一早就追苏沫，还有蒋商什么事？"

秦琛沉默着，没吭声。

穆川："话说你当年为什么没一早就追苏沫？"

秦琛转头看着他，宛如看一个傻子："她当年才十八岁，正是求学的时候，我去求爱？"

穆川道："那后来呢？她学成之后不还有好几年吗？"

秦琛说："她花了四年半的时间正式出师，又用半年时间在这个圈子里站稳了脚跟。"

穆川推算着时间，嗤笑道："挺好，学业有成，功成名就，正好遇到了蒋商。"

这话很是诛心，秦琛冷飕飕地看了他一眼，没说话。

苏沫因为久久没得到回复，懒散地窝在沙发里玩起了游戏。打完两局，回卧室刚躺下，放在床头柜上的手机突然振动了两下。她以为是秦琛，伸手拿过手机，没想到是阮卉。

阮卉：**你回来了？**

苏沫：**消息这么灵通？在我身上安定位装置了？**

阮卉：听叶冉那个八婆说的，她还跟别人说你在跟外企合作，全然不顾师训。

苏沫：她还真是关注我。

阮卉：你那边到底什么情况？

这件事说起来有些复杂，苏沫直接给阮卉发了条语音简单说明情况，又吐槽了下今晚蒋商的举动。

阮卉：我早说过，这个世界就是一个巨大的菜鸟驿站，有大件货，有小件货，还有无码的……

苏沫：没素质。

苏沫被阮卉彻底逗乐，人也清醒了，她坐起身，正想给阮卉发视频，秦琛的视频先一步发了过来。苏沫指尖一颤，还没反应过来呢，视频已经接通。两人在屏幕里对视，大眼瞪小眼。

苏沫眨眨眼："你在哪儿呢？"

看背景，绝对不是在家。

秦琛开口："在朋友家。"

苏沫轻挑眼尾："朋友？"

自从认识他，她就没见过他身边有什么朋友。而且从视频后面的背景看，这个家的主人绝对非富即贵。他还有这样的朋友？

秦琛的嗓音低低沉沉："嗯。"

苏沫没再说话，就这么一瞬不瞬地盯着秦琛。她看他，他也回看她。

半晌，秦琛开口："男性朋友。"

苏沫："你怎么证明？"

秦琛道："如果你愿意，我可以让他跟你视频，介绍他给你认识。"

听到秦琛要介绍朋友给她，苏沫脸色微变，话锋一转："是男人就行，我也没别的意思，就是……"

不等苏沫说完，秦琛沉声打断："我知道。"

苏沫有种被秦琛看透的感觉，心虚地没话找话："今晚酒店给我送了一份醒酒汤，味道不错，跟你的手艺有一拼。”

秦琛浓眉轻挑：“是吗？”

苏沫点头，随后娇柔地靠近屏幕，小声问：“秦琛，你有没有想我？”

秦琛喉结滚了滚：“嗯。”

苏沫红唇一张一合：“‘嗯’是什么意思？”

秦琛：“想。”

苏沫有坏心思，忍不住逗他：“想什么？”

秦琛：“你。”

苏沫循循善诱：“你在说什么？我听不懂，你就不能连在一起说吗？”

秦琛知道她想听什么，也知道她就是故意使坏，嗓音沉了沉，哑声说：“苏沫，我很想你。”

视频里的女人像个娇滴滴的小作精，哪怕明知道她此时此刻在挖坑，他也得义无反顾往下跳。没办法，谁让他喜欢。

听到秦琛的回答，苏沫红唇勾笑，心满意足：“好了，我要休息了，秦老板，晚安。”

秦琛应承道：“嗯，晚安。”

挂断电话，秦琛收起手机，站在他身后不远处的穆川迈步走过来：“这么娇，能受得了？”

秦琛看着他：“为什么受不了？”

穆川中肯评价：“太作。”

秦琛嗓音淡淡的：“你只看表象，自然会觉得她作。”

穆川调侃：“什么表象不表象？我看你现在就是荷尔蒙上头，等时间久了，你能保证不会觉得烦？”

秦琛往沙发里靠，看似恣意慵懒，看向手机的目光却暗了几分，再开口时，声音低沉严肃：“你猜她为什么作？”

穆川挑眉不解：“作还有理由？”

秦琛沉声道：“她不是作，她是在一遍遍地跟身边的人确认，她是被爱着的那个。”

穆川闻言，表情僵了下，抬手不自然地摸了摸鼻尖。

苏沫的家庭情况，穆川多少知道些。三岁时母亲因患乳腺癌去世，父亲不知所终，从此一直跟着外婆生活。据说早些年她外婆因为要帮她舅舅舅妈带孩子，一直带着苏沫住在舅舅家。舅妈性格泼辣，“威名”远播，那几年，苏沫过的是什么样的生活，可想而知。

这种环境里长大的姑娘，多多少少会有些情感缺陷，比如缺爱，缺很多很多的爱。穆川原是随口调侃，此刻想到这些，忽然觉得苏沫这姑娘确实可怜，再去对比她的那些作，发现其实真不算什么。更何况，她跟秦琛，是周瑜打黄盖，一个愿打一个愿挨。

穆川自觉转移话题：“对了，你师母那边，调查了大半个月了，什么异常都没查到，倒是关于傅进，查到不少。”

秦琛抬头：“查到了什么？”

穆川说：“在赵师傅出事之前，傅进曾去拜访过他老人家。”

秦琛：“然后呢？”

穆川：“巧就巧在，赵师傅出事后，一品阁那边忽然注入了外资。当然，这也不算什么，关键是，在这个节骨眼，傅进的个人账户，还收到了一笔五百万的大额进账。”

五百万，在这个圈子里，说多不多，说少不少。如果那段时间傅进有拿得出手的成品卖出去，有五百万进账自然没问题，可自打被逐出师门后，傅进就再也没出过拿得出手的作品。

前几年他在国外倒是得了一个奖，但是奖项华而不实。那些不懂行的人再怎么对其大为赞赏，国内正儿八经的行内人也根本不买账。

穆川看向秦琛：“你说这件事会不会是傅进做的，跟你师母没关系？你师母跟赵师傅在这个圈子里可是出了名的伉俪情深……”

秦琛：“我只相信证据。”

任何东西都有可能是假象，但证据背后的一定是真相。

苏沫在酒精的助眠作用下睡得不错。第二天一早，她起床洗漱完，神清气爽地去了酒店一楼餐厅吃早餐。

她人长得漂亮，不论什么时候都会引人关注。用餐期间，有男人过来跟她搭讪，以一种自认风流的姿态递给她一张名片。

苏沫抬头看了一眼，柔情似水的眼睛里眸光璀璨："抱歉啊，有男朋友了。"

对方锲而不舍："像你这么漂亮的姑娘，不该只有一个男朋友。"

苏沫表面微笑，内心鄙夷，本来不错的食欲，这下彻底没了。

出门在外，苏沫不愿与人结怨。就算这会儿看着人模人样的，谁知道下一秒他会做出什么发癫的事。

在对方万分自信的注视下，苏沫笑着从对方手里接过名片。下一秒，她起身离开，上电梯的时候顺手将名片扔进了电梯门旁的垃圾桶里。

垃圾桶，垃圾的最好归宿。

上了电梯，苏沫垂眸，百无聊赖地刷着朋友圈，纪玲的电话突然打了进来。苏沫按下接听键，纪玲温柔的声音在电话那头响起："沫沫，在忙吗？"

纪玲的声音带着笑意，让人听着颇有种如沐春风的感觉。

听出她心情不错，苏沫接话："不忙，师母有事？"

纪玲说："你师兄他们有没有跟你说文轩阁要重新开业的事？"

苏沫闻言，脸上笑意顿收，声音却没什么起伏："是吗？师兄他们没跟我提。"

纪玲笑着道："大概是想给你个惊喜。"

苏沫看着电梯内壁映出的自己的影子，皮笑肉不笑地说："也许是吧。"

惊喜？惊吓还差不多！

纪玲紧接着又说："沫沫，你什么时候有时间，回来帮师母张罗下？师母对圈内的事很多地方都不懂，怕做不好。"

苏沫："我现在就在蓉城。"

这种事瞒不住。傅进那样高调的一个人，跟她合作，必定会炒得沸沸扬扬。再加上还有叶冉推波助澜，她回了蓉城的事，早晚会传入纪玲耳朵里。与其让别人戳穿，不如她自己实话实说，以免跟纪玲心生嫌隙。

纪玲有些吃惊，又有些欢喜："你回来了？"

苏沫："嗯。"

纪玲问："那你中午有时间吗？"

苏沫对中午目前没什么安排，便应承下来："有，我中午去家里看师母。"

纪玲满心欢喜："好，那我中午等你，顺便给你做几道我刚学的川菜。"

苏沫笑着应了："谢谢师母。"

挂断电话，苏沫刚好下电梯。笑意顿收，她点进置顶群发了条信息。

苏沫：文轩阁要重新开业？我怎么不知道？

群里其他三个人没立即回应。过了约莫五分钟，褚行才在群里回复。

褚行：对，一个月后。

苏沫：怎么没人通知我？

褚行：这个……

陆沧：我们以为你知道。

苏沫：我怎么会知道？

褚行：这个……

陆沧：我们以为大师兄会通知你。

苏沫：？？

她跟那位大师兄很熟吗？他们俩这是在发什么癔症？怎么会觉得那位嘴毒腹黑又神龙见首不见尾的大师兄会通知她？

苏沫边发信息边往房间门口走，几步距离，她渐渐冷静下来，反应过来什么，在群里 @ 她那位大师兄。

苏沫：大师兄，文轩阁重新开业是你同意的？

大师兄：嗯。

苏沫：师父当初的话，你忘了？

面对苏沫的质问，对方没再回复。

苏沫刷卡进门，然后退出“相亲相爱一家人”群聊，点进一个名为“福布斯排行榜前三”的群里。

苏沫：他这种做法，你们俩没意见？

褚行：人微言轻。

陆沧：不敢质疑。

苏沫：你们俩怎么这么㞞？

褚行：长兄为父。

陆沧：我已经因为我的年少轻狂得到了应得的报应，吃一堑长一智，不想再重蹈覆辙。

苏沫气笑了，薄怒上头，也就没发现陆沧信息里的不对劲。退出群聊后，苏沫轻点备注为“大师兄”的头像，给对方发了条信息。

苏沫：文轩阁重新开业的事，我不同意。

大师兄：嗯。

苏沫：“嗯”是什么意思？

大师兄：知道了。

苏沫：那你什么意思？

大师兄：一个月后，文轩阁重新开业。

苏沫活了三十年，第一次跟一个人聊天聊出了滚刀肉的感觉。这位大师兄，看似高冷疏离，实际上就是个无赖。

苏沫的胸口堵了一口气，她想骂人，但碍于同门师兄妹的面子，咬牙强忍了下来。文轩阁重新开业这件事，苏沫虽然嘴上不说，但心底里从始至终都不愿意。不为别的，只是为了尊重赵讴的遗愿。赵讴直到死之前都在说，他们几个师兄妹可以自立门户，但是绝对不能让文轩阁重新开业。

想到这些，苏沫堵在胸口的怒气一点点发酵，眼看就要压制不住，手机忽然振动起来。她低头一看，是秦琛发来的微信消息，还附带一张照片。她点进去，发现照片里是一只毛茸茸的小狗，通体白色，瞧着又呆又萌。

秦琛：**喜欢吗？**

苏沫：？

秦琛：**买给你好不好？**

“好不好”这种问法，本身就挺腻歪的，看着就像在打情骂俏。

苏沫看着照片里的小狗，心里微动，却还是拒绝。

苏沫：**不用了，我不喜欢。**

她虽然很享受跟秦琛的这种相处模式，但她脑子还是理智的。以她跟秦琛的关系，两人分开是早晚的事。既然明知道早晚会分开，彼此之间的牵扯当然是越少越好，尤其共同抚养小动物这种事，不比共同抚养一个孩子付出的情感少。等到两人分开的那天，小狗归谁？归秦琛？她太了解自己，她肯定会想念。归她？到时候她要是睹狗思人怎么办？

不过这么一打岔，苏沫的怒气也平白消减了些。

冷静下来，理智归位，她忽然品出了点不同寻常。

她那位大师兄可是个老狐狸，据她所知，他跟赵诓的师徒情分，跟她比起来只多不少，两人堪比父子。他现在违背赵诓的遗愿让文轩阁重新开业，必然是有什么猫腻，至于猫腻是什么，她此刻还不得而知。

难道跟赵诓的死因有关？想到这些，苏沫攥紧手机，多留了个心眼。

临近中午，苏沫从酒店出来后，打车前往纪玲住的小区。抵达小区门口，她下车去门口的便利店买了一些寻常吃喝的东西，拎着上了楼。到了门口，纪玲亲自开的门，她把苏沫手里的东西接过去，笑着跟她聊起文轩阁开业的事。

“我还以为你那几个师兄会不同意呢，没想到，他们三个都没什么意见。你这边师母不担心，你肯定能理解师母的良苦用心。”

苏沫站在玄关处换鞋，闻言，唇角含笑，没有接话。

纪玲今天中午做的三菜一汤：两道川菜，一道清淡的素菜，还有一份紫菜汤。纪玲说自己最近胃不好，川菜一口没吃，只吃了几口清淡的素菜。

吃饭间，纪玲跟苏沫聊了几句文轩阁的事，又问起她感情的事：“最近有没有谈恋爱的打算？”

苏沫回道：“没有。”

纪玲给她夹了块水煮鱼，劝道：“过去的就让它过去，人得往前看。”

苏沫：“嗯。”

纪玲试探着开口：“师母帮你介绍一个怎么样？师母那所大学校长家的孙子，刚留学回来，人品和长相都没得说，最主要的是……”

纪玲兴致勃勃地做着介绍，苏沫尽管心里有几分排斥，脸上却一直带着温顺的笑意。她知道纪玲是好心，也就没让她不痛快，简单应付了几句。只是提到见面时，她含糊其词，回了句“改天”。

纪玲：“蒋商是不错，但你放心，师母给你介绍的，不比他差。”

苏沫唇角弯起：“我知道，谢谢师母，有时间我一定去见见。”

纪玲语重心长地道：“师母都是为了你好。”

苏沫：“嗯。”

从纪玲家的小区出来后，苏沫的情绪不算高。坐在出租车上，苏沫侧头盯着车窗外的风景看了一阵，掏出手机拨通了秦琛的电话。

接通后，电话里响起秦琛肃冷低沉的声音：“苏沫。”

苏沫深吸了一口气，鬼使神差地开口：“秦琛，你要不要来蓉城出差？”

秦琛：“嗯？”

苏沫骤然反应过来自己说了什么，呼吸一窒，攥紧手机说：“没事。”

而后不等秦琛说什么，直接挂了电话。

半小时后，车子抵达酒店，苏沫付钱下车。进了酒店，乘电梯上楼，下电梯的刹那，她跟站在电梯外的男人正对上视线。下一秒，苏沫眼眶红红，像只受了委屈的兔子："秦老板，抱抱。"

秦琛上前把人抱住，按进怀里，明显感觉到怀里的人身子颤了颤。

他一只手落在她腰间，另一只手落在她后颈摩挲着，没说话，但掌心的温度和力度让苏沫的情绪一点点归于平静。

半晌，秦琛低沉着嗓音开口："回去抱？"

苏沫闷声闷气的："嗯。"

进了房间，秦琛将人打横抱起，走到沙发前坐下，让苏沫坐到他腿上。两人面对面而坐，苏沫跟没骨头似的攀上他，把脸埋进他脖子里。

房间里落针可闻。许久，苏沫声音绵软地说："秦琛。"

秦琛落在她腰间的手收紧："我在。"

苏沫："我觉得有点累。"

秦琛沉声道："要不要休息会儿？"

苏沫抿唇："不要。"

秦琛的嗓音一如往常般肃冷，但又带了几许不易被察觉的温柔："要不要跟我聊聊？"

苏沫想说，又不想说。

秦琛猜出了她的心思，落在她后颈的手捏了捏："就当是普通朋友闲聊。"不用走心，不用负责，只是宣泄情绪的垃圾桶。

听到秦琛的话，苏沫沉默了几分钟，把脸埋进他脖子里蹭了蹭，低声说："我十八岁那年拜入了平遥漆器大师赵诓门下。我师父是那种很古板的老头，凭他的手艺在这个圈子里绝对可以称得上是顶级大师，但他不懂变通，跟不上物欲横流的人心……"

苏沫有一搭没一搭小声叙述着，只管发泄自己压抑的情绪，并不在乎秦琛是否能听懂。但不得不说，秦琛是个极好的聆听者，他本身就话少，这种时候话更是少得可怜。

苏沫深吸了一口气，顿了顿，又继续说：“前几年，有外企想注资我师父的文轩阁，被他老人家拒绝了，后来，文轩阁就受到了各种打压。就在我们这些徒弟都以为师父肯定会妥协时，谁曾想，老头直接关了文轩阁……”

秦琛：“很有骨气。”

苏沫哂笑：“是有骨气，可是这世道，人吃人，不见血、不剥皮、不抽筋，却连骨头渣都能给你嚼碎了，哪里是他关门就能万事大吉、息事宁人的？”

秦琛适时发问：“然后呢？”

苏沫说：“然后我师父就死了，死得不明不白。”

秦琛大手轻抚着苏沫的后背：“很难受，是吗？”

苏沫：“我打小没有父亲，老头会用戒尺打我手心，下手是真狠，打完我疼得一晚上都睡不着，严苛是严苛了些，可是……”

苏沫一阵哽咽，没能继续说下去，秦琛却听懂了她的话外音。

赵诓的存在，弥补了她缺失的父爱。在苏沫心里，赵诓是师父，也是父亲。这样一个特别的存在逝去，难怪苏沫会绷不住。

苏沫缓了缓情绪，吸了吸鼻子说：“现在，我师母跟我大师兄打算让文轩阁重新开业，我师父拿命关店，为的是他自己的信仰，他们现在却说重新开业就重新开业……”

听到苏沫的话，秦琛身子一僵：“或许，他们有自己的想法。”

苏沫：“不管他们有什么想法，我都觉得他们自私。”

察觉到怀里的人情绪又有些奓毛，秦琛摸了摸她的头发安抚她：“确实。”

有些话，埋在心里的时候，拧巴成了绳。可真说出来，情绪释然了，反倒觉得似乎也没那么难受。苏沫断断续续把所有想说的话都说完，软趴趴地在秦琛怀里待了会儿，忽然开始不老实。

苏沫的红唇掠过秦琛的脸颊，在他耳边说：“秦琛，你还喜欢我吗？有多喜欢？要不要跟我认真交往试试……”

声音娇娇柔柔，还带了点蛊惑。

秦琛偏过头看着她。苏沫莫名心里一紧，但还是佯装淡定地看着他。

秦琛问：“你确定？”

苏沫：“确定呀。”

秦琛哑声：“好。”

关系都确定了，苏沫越发肆无忌惮。头发在浴室里就吹干了，而她被秦琛包裹在宽大的浴巾里放到床上。秦琛亲了亲她的额头，折身去了浴室。听到浴室里水流声响起，苏沫猜，秦琛大概是在洗她弄湿的长裙。苏沫唇角弯弯，舒心地眯起眼。

几分钟后，苏沫眼看着就要睡着了，扔在客厅里的手机忽然铃声大作。她睁眼，秦琛从外面拿着手机进来递给她。

苏沫撇嘴：“谁？”

秦琛沉声道：“阮卉。”

苏沫闻言，神情一秒缓和，从秦琛手里接过手机按下接听键：“喂。”

阮卉搞笑着开了口：“天空一声巨响，老奴闪亮登场。苏小姐，老奴又给你送来了热乎的八卦了。”

苏沫忍俊不禁：“说。”

阮卉：“首先，是你那位前男友，大概率是要离婚了。”

苏沫挑眉：“哦？”

刚结婚多久啊，这就要离？按照普通人家的逻辑，就凭蒋商这段时间的所作所为，他当然是离一百次都不嫌多。可蒋商和蓝茜是联姻，这种婚姻，关系到整个蒋家和蓝家，牵一发动全身的利益关系，这么草率就结束了？

阮卉接话：“是蓝茜提的，真是又飒又帅。据说是叶冉被顶头上司欺负了，蒋商那个渣男帮忙出头，蓝茜知道后，直接提了离婚。”

苏沫笑道："挺好。"

别说，这样的蓝茜，她还挺欣赏的。拿得起放得下，哪怕动了心，离开时也绝对不拖泥带水。

阮卉继续："其次，第二个消息，蓝茜刚和蒋商提了离婚，叶冉就答应了傅进的追求。"

苏沫轻笑："这是唱哪出啊？"

阮卉道："这你就不懂了吧？要不说你恋爱经验少呢。这叫拿捏男人心态。你想，这种时候，蒋商被蓝茜的强势压得喘不过气来，肯定会想起温柔似水的叶冉的好，可等他一回头，发现叶冉有了男朋友，你猜会怎么样？"

苏沫笃定开口："放心，蒋商绝对不会有所行动。"

他哪怕有这份心，也不会有这个胆子。

蒋商是谁？堂堂蒋氏总裁。他身上背负的东西太多，当初跟她交往时都是前怕狼后怕虎的，哪怕他对她再喜欢，最后还是选择了联姻。如今区区一个叶冉，还不值得他犯险。更何况，已经有了她这个前车之鉴，他怎么可能会蠢到让自己重蹈覆辙？

阮卉笑着说："别管他会不会有所行动，反正他们三人的事现在圈内人都知道了。"

苏沫："挺热闹。"

阮卉打趣道："如果蒋商真的离婚了，回头求你复合，怎么办？"

苏沫嗤笑一声："他求我复合我就得接受？他以为他是谁？"

在她这儿演浪子回头金不换？抱歉，她只对金子有兴趣，对浪子没有。

阮卉咯咯咯直笑："也是。"

苏沫话锋一转，看了眼站在自己床前的秦琛说："况且，我现在已经有男朋友了。"

阮卉的笑声戛然而止。

苏沫大大方方地介绍："你认识的，秦琛，秦老板。"

苏沫说得轻飘飘，阮卉那边却忽然传来"砰"的一声巨响。

苏沫狐疑："嗯？"

阮卉："不是我……嗯嗯嗯……"

发出巨响的确实不是阮卉，而是站在她身后鬼鬼祟祟的陆沧。

阮卉今晚在公司加班，她原本以为全公司上下就剩她一个人了，谁知道居然还有一个跟她一样敬业的。

阮卉本想解释，不想被始作俑者捂住了嘴。两人对视间，陆沧眼底是罕见的慌乱。

陆沧用另一只闲置的手在嘴前比了个"嘘"的手势，用仅两人能听到的声音求爷爷告奶奶地说："姑奶奶，求你了，别说是我。"

阮卉朝他好一阵挤眉弄眼。此刻，两人该死地默契。

陆沧会意，再次开口："我待会儿跟你解释行吗？"

见阮卉眨了眨眼，陆沧这才松一口气，了然松手。

阮卉清了清嗓子，跟电话那头的苏沫说："没事，我不小心碰到了水杯。"

苏沫轻笑："被吓到了？"

阮卉接话："我早知道你们俩总有一天会狼狈为奸。"

感情无非就是一见钟情或者日久生情，旁的都是锦上添花的借口。

阮卉原本还想再问点什么，闺密嘛，绯闻倾诉地，八卦之源泉。不过碍于身后还站着一个人正目光灼灼地盯着她，她什么都没多说，只道了句："改天让你们家秦老板请我吃饭。"

苏沫一口答应："没问题。"

挂断电话，阮卉转头看向身后的陆沧。

陆沧挺了挺脊背，心都是虚的，脑子高速运转，编织着谎言："我请你吃饭。"

阮卉站起身，拨弄了下她刚接的长发："吃什么饭？去夜店，边喝边说。"

陆沧："行。"

另一边，苏沫切断电话后，从床上坐起身，整个人直往秦琛怀里钻。

秦琛伸手将人抱住，顺势在床上坐下，任由怀里的人使坏捣乱。

秦琛把人抱紧，低头吻上她的唇角，又去吻她的肩膀，嗓音低低沉沉地哄着：“我们现在是不是算正式在一起了？”

苏沫傲娇地轻哼：“嗯。”

秦琛：“苏沫。”

苏沫：“嗯？”

秦琛：“你喜欢我吗？”

苏沫心里一紧，多少还是有点心虚，毕竟对他还没喜欢得那么坚定。但没关系，她嘴硬：“不喜欢我会提出跟你交往？”

秦琛眸色深深，什么都看得懂，却没拆穿。

两人的关系好不容易才有了突破性的进展，他不傻，不会在这种时候把事情搞砸：“我也喜欢你。”

秦琛告白的语气坚定不移。

苏沫一时间扭扭捏捏的，出于弥补和亏欠的心态，她双手攀上他的脖子，主动奉上自己：“秦琛，你要对我好一点，比以前还要好一百倍，一千倍，一万倍，不然我会跑的……”

秦琛哑声：“你没这个机会。”

秦琛眼眸低垂，平日里肃冷的眸子里此刻盛满浓情蜜意。

苏沫喜欢看他这副贪恋自己的样子，奖励他一吻。纠缠间，她气息不稳地问：“秦琛，你为什么喜欢我……”

秦琛的嗓音低沉暗哑：“因为你是你。”

苏沫微愣，她想过 N 种答案，独独没想过这一种。

因为她是她。仅仅因为她是她自己。

番外

钟情

赵诓门下一直有一个不成文的规定：不收女弟子。

倒不是师门瞧不起女性，只是这一行艰辛，一般姑娘都坚持不了，再加上师门里都是男孩子，整天同吃同住的，管理起来也不方便。所以苏沫第一次上门时，毫无悬念地被赵诓拒之门外。

所有人都以为这件事会就此结束，没承想，这姑娘是个硬骨头，之后的很长一段时间里，她每天都会来。她也不闲着，打扫卫生，换桶装水，帮大家伙儿买饭，做着所有力所能及的活儿，很有眼力见儿。

最开始，没有人觉得如何，毕竟像她这样的也不是没有过，但都是三天新鲜劲儿。谁也没想到，苏沫这一做就是大半个月。到后来，饶是陆沧这样脸皮厚的人都有些不好意思了，开始抢着帮苏沫干活。

秦琛第一次见到苏沫时，她正在跟陆沧抢一桶水。

陆沧急得脸红脖子粗："我来，我来，这种重活儿怎么能让你一个女孩子干？"

苏沫拎着手里的水桶不松手，"没事，这两天我也没少做。"

陆沧："别！之前是之前，现在是现在……"

他如果早知道这姑娘有这定力，打死他都不能让她干那么多活儿。

昨晚师父可是给他们师兄弟几个下了死命令，必须把这丫头赶走。

意志力太强了，赵诓瞧着都犯怵。

两人正争来夺去，谁都没注意到从正门走进来一道高大身影，眉目冷厉，宽肩窄腰，一身寒意。

从苏沫身边经过时，秦琛脚下步子微顿。整天扎在男人堆里，忽然面前出现这样一张娇媚明艳的面孔，任谁心里都不可能毫无波动。更何况长得漂亮的人本就容易让人滋生好感、一眼记住。

秦琛对苏沫也是如此。不过，也仅仅是心中微动便擦身而过。

后来，秦琛从赵诓口中听说，这姑娘是来求学的。

赵诓喜茶，跟秦琛相对而坐，边沏茶边朝他摇头："我就没见过这么倔的姑娘……"

秦琛双手从赵诓手里接过茶杯："您没拒绝？"

赵诓："拒绝了不下十遍了。"

秦琛喝了一口茶，嗓音沉沉地道："那是挺倔的。"

赵诓在圈子里是出了名的脾气倔。能被这个倔老头说倔的姑娘，那必然是倔强非常。

秦琛本以为，两人不过一面之缘，不会再有什么交集，毕竟他刚在这行里站稳脚跟，平日里实在忙得很。谁曾想，第二面，第三面，第四面……每一次遇见，她都会给他留下不可磨灭的印象。久而久之，秦琛渐渐被她吸引。

最先发现不对劲的人是赵诓。这天，师徒俩闲来对弈，赵诓落下一子，状似无意地问："你最近来文轩阁的次数多了不少啊。"

秦琛面不改色："不忙。"

赵诓："怎么每次都不走正门？"

秦琛把玩着手里的黑子，回道："凑巧而已。"

赵诓意味深长地看着他："只是凑巧？"

秦琛抬眼，对上赵讵的眸子，修长的手指落下一子：“师父，你输了。”

赵讵闻言，忙不迭地去看棋盘，见自己确实输了，伸手便要去拿方才落下的那枚白棋：“这步棋不算，刚刚我……”

秦琛声音清冷：“落子无悔。”

赵讵抬眼瞪他：“就你这个性子，外面那丫头能喜欢你？”

提到苏沫，秦琛喉结滚了滚：“两袖清风，不敢误佳人。”

秦琛太忙，之后一段时间再也没来文轩阁。直到一天大雨，秦琛忙里偷闲，又一次来了文轩阁。他从后门而入，穿过蜿蜒的鹅卵石小路，刚抵达赵讵的办公室，就听到赵讵正在里面训人：“你们仨平时不是挺能耐的吗？怎么连一个小丫头都对付不了？”

今天苏沫忽然跟赵讵下跪，求他收她为徒。他一如往常般拒绝，可小姑娘一身反骨，根本不听劝。

赵讵火气上头，大手一挥：“要跪就出去跪，别跪我面前碍眼。”

他原本就是随口一说，想让人知难而退，没想到苏沫真就跑门外跪着去了。眼看门外的雨从毛毛细雨成了瓢泼大雨，苏沫就那么直挺挺地跪着，连背都没驼半分，赵讵气得发飙，嘴上不说，心里却急得很，生怕她在雨里跪出个好歹来。

陆沧和傅进小声嘟囔：“您平时不也很厉害嘛……”

赵讵一心都在苏沫身上，没听清两人说了什么，怒道：“什么？”

两人顿时低着脑袋，如鹌鹑一般。

赵讵怒气更甚，刚想发作，站在他跟前的三个人忽然眼睛一亮，齐齐看向他身后。“大师兄。”三人异口同声。

秦琛收起手里的雨伞，淡声回应：“嗯。”

见是他来了，赵讵的脸色虽然依旧难看，但语气到底是缓和了不少：“下这么大的雨，你怎么来了？”

秦琛惜字如金：“顺路。”

赵讵看了他一眼，轻哼一声。

秦琛无视赵诓的反应，给褚行使了个眼色。褚行会意，伸手扯了扯傅进和陆沧的衣角，三人悄然无息地退了出去。临走时，三人纷纷朝秦琛投去感激的眼神。三人一走，办公室里就只剩下秦琛和赵诓。

赵诓板着脸气道："你看看那个丫头，外面下那么大的雨，她就在那里跪着……"

秦琛俯身沏茶，脊背微弓："这丫头适合做您的徒弟。"秦琛端着茶递到赵诓跟前，继续道："跟您一样倔。"

赵诓冷着脸接过茶杯："这是好话？"

秦琛说："'骨子里有韧劲的人，最适合做这行。'这是您当初收我为徒的原话。何况您心里也已经松动了，不是吗？"

赵诓绷着脸默不作声。正如秦琛所说，通过这段时间对苏沫的观察，赵诓确实觉得苏沫是个好苗子。可师门从来就没有收女弟子的先例，而且，让一个小姑娘跟几个男人同吃同住，像什么话?

看出他的顾虑，秦琛从兜里掏出一把钥匙递给他："如果您觉得让她住您这里不方便，就让她住我那儿去……"说着，又补了句，"我搬出去。刚好这半年我比赛多。"

赵诓微微蹙眉，问："小五，你跟师父说实话，你对苏沫这丫头是不是……"

秦琛看向门外，大雨滂沱，纤弱的姑娘直挺挺地跪着，明明貌比花娇，骨子里却比谁都执拗……半晌，秦琛沉声说："有好感。"

赵诓不吭声了。

秦琛转头看向他，道："师父，您收她为徒吧。"

赵诓故意冷着脸道："如果我不答应呢？"

秦琛薄唇微勾，难得流露出一丝笑意："师父，我从来没求过您什么，这次，求您成全我。"

（未完待续）